北冥謎案

滿碧喬

【上】

高寶書版集團

◆目錄◆

第一章　解夢靈龜

景龍三年，暮春漸逝，立夏將至。

晌午過後，不知何處飄來三兩片積雨雲，東風一吹，便落下大雨如注，伴著教坊中幽幽咽咽的〈折楊柳曲〉，散滿洛陽城。

南市之中，有一小鋪開面朝北，號稱彙集玄武七宿之靈氣，以黑白雙拼色為匾額，邊嵌朱紅色卦爻，上書「靈龜閣」三個道勁大字，聽名字像是個占卜肆，門口卻沒有掛任何卜幡，而是立著一對紙人、紙馬。

單看這裝潢陣仗，恐怕要猜測閣主是個髮鬚盡白的盲瞎老道，可在這靈龜閣二層閣樓的內室裡，躍入眼簾的唯有一名稚氣未脫的清麗少女。

此時此刻，她正用絲絹小帕沾了白花油，擦拭著一柄半丈餘長的手杖，從上到下，萬分仔細，擦罷又用小毛刷清掃了頂端羅盤與雕花木烏鴉，待一切收拾停當，手杖幾乎煥然一新，她方展顏一笑，牽起兩個梨渦，顯出幾分符合年紀的俏皮來。

「薛至柔！薛至柔！」

一陣叫喊聲從後院傳來，驚擾了陰雨天午後的寧靜。

少女神情一震，一拍腦門，滿臉懊惱。不消說，這「薛至柔」喚的便是她本人。身為這靈龜閣的閣主，她與大唐許多宗室貴族子弟一樣，正在修道，雖未穿道袍，頭上卻配著一頂蓮花冠，顯得她整個人明麗俏皮之餘又帶了幾分絕倫出塵。而她所修繕的正是自己的法杖，名為「占風杖」。說起來，這法杖的來頭著實不小，竟是舉世聞名之天師李淳風的遺物，她異常珍視，修著修著竟忘了時辰。

薛至柔扁扁嘴，才要站起身，書房的大門「嘩啦」一聲開了，一個與她年紀相仿的姑娘衝了進來，臉上還帶著幾分薄薄的怒意：「妳是打坐入了定，還是煉丹中了毒，怎麼還不下來！我可是已等了妳半個時辰了！」

薛至柔辯解道：「啊，我方才占了一卦，看有煞星直衝這裡，想驅一驅，還沒……」

來人名叫唐之婉，與薛至柔同年出生，祖父為兵部尚書唐休璟。唐休璟曾與薛至柔之父薛訥同在遼東屯駐，故而兩個姑娘自小親厚，乃是手帕之交。

是年初，兩人湊出五十鍰銀錢，一道在洛陽南市盤下了這兩面臨街的院子，北面便是薛至柔的靈龜閣，既是卜鋪，又是凶肆，店主號稱熟諳奇門詭事，龜甲卜筮、八卦連山、仙訣咒術、鎮魂超度等等，白日裡給人占卜解夢、超度做法，到了晚上就會有想要諮詢奇門詭事之人登門搖鈴，薛至柔便會化身為法探，抽絲剝繭，洞燭其奸，半年內連破兩起積年的懸案，竟也在坊間有了些名氣。南面是丹華軒，專賣唐之婉親手所製的胭脂水粉。原本薛至柔以為，這太平盛世裡丹華軒的生意會遠勝過靈龜閣，不想這大半年下來竟是靈龜閣的入帳更加豐厚，為此唐之婉還專程請薛至柔幫忙「看風水」。

兩人在一處待得久了，唐之婉也有幾分洞察之力，盯著薛至柔的顏面，不通道：「有煞星來剋人，妳還能那麼開心？別是修妳這手杖忘了時辰。」

「有煞星，我不正好有生意嘛，」一眼見自己被拆穿，薛至柔不再狡賴，玩笑一句後，認錯道，「害唐掌櫃等半晌，是我不好，今日這頓便是我請妳。外面的雨不小，天會黑得較早，再晚怕是那些酒肆就要關張了，我們快吃飯去罷。」

看著嬉皮笑臉的薛至柔，唐之婉有些困惑道：「明日妳阿爺就要入京了，妳怎的還像個沒事人似的？他不是一直不許妳做法探嗎？妳就不怕妳阿爺關了靈龜閣，直接帶妳回遼東去？」

「我怕什麼，我阿爺回洛陽是為了護送新羅供奉的北冥魚，又不是專程來逮我的，大小宮宴、集會都應付不及，哪裡顧得上理我。更何況……」薛至柔神色十足頑劣，「我給我阿爺擺了個陣，讓他受些小磋磨，這樣他便顧我不得了。」

說話間，兩人相攜下了木質旋梯，來到了靈龜閣的一樓。此處裝潢甚是考究，兩卷輕紗幔帳之後是一張闊大的桃木桌，其上用細木銼分為均等五格，分別刻著「山、醫、命、法、道」，兩側書架上擺滿龜板、蓍草、羅盤等物。

門外大雨潺湲，桌案上的半卷《連山》亦被斜風吹亂，沾雨欲濕。

薛至柔微微一蹙眉，輕道一聲：「共工也來補課？」便上前撿拾起《連山》，放回了書架上。忽聽門口的搖鈴響了起來，一位身著素袍的陌生男子不知何時到了門口，只見他頭配一頂竹斗笠，遮住面容，身上衣袍極為寬大，步履幽幽，襯得整個人如遊魂一般，風雨如晦，翻出的袖籠下透出三兩點墨痕，看起來又有些出塵風雅之感。

門外風雨大作，街面上空無一人，薛至柔與唐之婉皆不知這人是打何處鑽出來的，還沒反應過來，便見他闊步走了進來，疏冷的聲音問道：「敢問哪位是瑤池奉？」

「瑤池奉」正是薛至柔的道號，不單稱號響亮，來頭更大，乃是張果、葉法善等當世真人親自取定。不知怎的，從來人口中說出來，卻有幾分戲謔嘲諷的意味。

薛至柔一挑長眉，還未應聲，旁側早已餓懵的唐之婉便推道：「瑤池奉不在，今日大雨，小店已打烊了。若有要事，還請改日再來。」

「某常年被夢魘折磨，多日不得安寢，有鄰人稱瑤池奉擅長解夢，便冒雨特來相問，不想……」

聽聞有人遇到了困境，薛至柔心底湧起了幾分責任，試探地拋出四個字道：「神功造化？」

「玄運自然。」那人答道。

兩句取自李淳風《乙巳占》的首兩句，薛至柔曾與顧客約法三章，若要推薦親朋好友來此，便將這對子告知。故而只要能對的出這密語，必定是友人推薦而來的客人。薛至柔一改又睏又餓、無精打采的模樣，明澈眼底流光一聚，彎身一禮：「貴客請落座。」

唐之婉見薛至柔又坐在那張桃木桌前，準備開始忙活，好氣又好笑，當著人又不好說什麼，只道：「我等不了妳，自己吃飯去了，給妳帶些好吃的回來。」說罷，轉身出了靈龜閣。

那人將斗笠摘了，斜靠在門邊，上前坐在了薛至柔對案，只見他約莫十七、八歲，眉目漆黑如畫，在紙一樣蒼白的面龐上顯得尤為打眼，身上所穿雖非布衣，卻略顯陳舊，與洛陽城中身著聯珠紋唐錦的貴族子弟對比鮮明。

衣帶鬆鬆垮垮，一看便是因憂思過度消瘦了許多，面龐亦是瘦削，顯得格外憂鬱。單看五官，倒是個極難得的美男子，眉宇間還帶著幾絲澄澈稚氣，只是髮髻有些淩亂，不過用木簪隨手一挽，顯得頗為不修邊幅，整個人卻似有幾分骨氣，甚至給人桀驁不馴之感。

薛至柔不如唐之婉看重容貌，卻也忍不住暗嘆此人的俊俏。但也不過一眨眼的功夫，她目光被這少年人的手吸引，發問道：「敢問閣下平日可是做拿筆的營生？慣用左手？」

少年幽深的眸子一亮，唇角微微一揚，彷彿來了三分興致，嗓音卻是一如既往的冷冽：「明書科落榜舉子，自長安至京洛，靠畫畫、寫字掙些盤纏。」

「向來都是考前抱佛腳，不想還有落榜後算卦的……」薛至柔喃喃一句，抬眼看著他，語調高了兩分，「我這裡明碼標價，童叟無欺，無論是算卦還是解夢，皆是三鍰，但縱使是解夢，文昌星是否眷顧也是天機不可洩露，我是不能告訴你的。」

「不問高中，而是解一個從小便做，做了十幾年的噩夢。」

「哦？」薛至柔起了幾分好奇，才要細問，突然瞥見那少年人腰間別有一張人臉。風雨如晦，昏黃搖曳的燭光影映下，少年將腰間那「人臉」拿起來——竟是一張人皮面具，兩眼處留有孔洞，黑黢黢的頗為駭人，映襯著他蒼白俊俏的面龐，令此情此景更顯詭譎。

若是換了旁的姑娘，不知會否嚇得奪門而逃，薛至柔卻不過看了兩眼，面不改色道：「說說你的夢魘罷。」

「在一個內外上鎖的二層小館內，除了一個女子外別無他人。然而待外面的人撬鎖打開大門，卻發現這女子懸梁而死。官府認定她是自殺，但有一神探看出端倪，說此女並非自殺，而是他殺。」

隨著他的講述，薛至柔眼前立刻浮現出場景來，女子縊死館內，旁無他人，卻是他殺，確實有些蹊蹺。她還未來得及細思，又聽這少年說道：「這噩夢糾纏某許久，故特來請教瑤池奉，若是那神探所說是真的，幕後黑手究竟要如何才能隔空殺人於無形？」

話音剛落，四下裡一陣陰風吹過，攜進閣內三兩雨滴，彷彿那冤魂也在此時此刻來到靈龜閣，想聽薛至柔說個究竟。

薛至柔不慌不忙繼續發問：「那女子腳離地、頭距房梁各幾許？繩上有沒有結？」

「作夢的事，自然不會那般清晰。瑤池奉只消告訴我，如何以此法殺人就是了。」少年說著，嘴角勾起一抹笑，骨節分明的手緩緩在桃木桌上排下三鍰銀錢。

薛至柔心道，這貨不像是來解夢的，更像是來她這裡誆騙一個殺人手法，不知要跑到何處作祟。她雙眼骨碌一轉，煞有介事地拿起桌案旁的雞距筆，抽出一張詩箋，大筆一揮，寫下密密數十字交與了他。

少年接過，定睛一看，只見其上寫著「合歡皮二錢，何首烏一兩，天麻二錢」云云，不覺失笑：「我來問案，為何妳卻給我開這治癔症的藥方？」

薛至柔歪嘴一笑，清秀的小臉兒也起了幾分邪氣：「這可不只是治癔症，還專打人肚子裡的鬼胎！我開這閣是給人斷案的，不是教人作案的。若有冤情，需得先將現場詳情分明告我，我便給你解答。你不說現場如何，卻一直逼問我是如何做到以此法殺人，我怎會知曉？不如你直接去問問衙門裡的牢頭好了。」說罷，薛至柔抄起身旁的法杖，擺出趕客的架勢。

但眼前這廝並不怎麼趕眼色，目光轉向薛至柔的法杖，興趣滿滿：「百聞不如一見，這便是『占風杖』罷，傳說中黃冠子李淳風留下的法器。」

「與你有什麼干係？你再不走，今晚可要在武侯鋪裡討飯了。」

那少年見薛至柔當真惱了，輕佻一笑，也不反駁，抬手一撥木烏鴉口中的銜花，起身行至大門側，取了斗笠戴上，一陣風似的出門去了。

打從破案出了名以來，來找薛至柔問案的人越來越多，其中不乏一些不法之徒，想要從她這裡誆騙些離奇的手法，作案或坑害百姓。薛至柔自幼熟讀《道德經》，知曉「絕聖棄智，民利百倍」這看似反直覺的箴言中所蘊含的苦澀哲理，對於不善來者總要多留一個心眼。

唐之婉覓食而歸，與少年擦肩而過。見這人沒過多久便走了，她便好奇多看了兩眼。這一看不要緊，只見他斗笠雖然壓得低，容貌卻十分俊美，不由呆愣一瞬。再看薛至柔，舉著法杖叉腰站在門口，便露出了一副了然之態。

這沉悶的雨天本令人十足瞌睡，唐之婉此時卻打起了十二萬分的精神，尚未邁入靈龜閣的門檻便忍不住包打聽：「又是個借著問案來提親的？這個好生俊俏，為何要趕走啊？可惜了！」

「怎的，妳看上了？可要我出去給妳追回來？」

唐之婉掩口而笑，活像個奸商：「不不不，我可無福消受，只想開好我的胭脂鋪。我就不信了，難不成買我胭脂的還沒街頭橫死的人多？」

說起來，這薛至柔與唐之婉之所以能在洛陽重逢，正是因為韋后來了興致，要為她們這些公卿家族的適齡女子賜婚。為了推卻韋后的美意，薛至柔直接入觀修真，而唐之婉則號稱舊病纏身。但是於李唐王朝而言，王公子弟修真總有還俗之日，久病也會有痊癒的一天，加之薛至柔之父即將成為大唐第一位節度使，唐之婉的祖父又是兵部尚書，雖然暫且婉謝韋皇后的念頭，登門而來的神漢、媒婆卻還是絡繹不絕，這等事也成了兩個姑娘的日常調侃。

「目前來看，還真是不如……」

薛至柔這話氣得唐之婉白眼直翻，但她也清楚自己嘴皮子耍不過薛至柔，索性不與她硬碰，從食籃裡端出凡當餅擺在桃木桌上：「話說明日可就是妳阿爺送北冥魚入神都苑的日子了，妳應當在賓客名單上罷，可要去看看嗎？」

薛至柔吃著唐之婉帶回的凡當餅，狼吞虎嚥，幾乎顧不得說話，良久才從牙縫裡擠出字來：「就算我不怕我阿爺，也沒有自投羅網的道理啊。後日我還要給臨淄王的長子主持生辰典儀，明天約了兩個小師妹一道去西市採買，就不去湊熱鬧了。對了，我還得囑咐妳兩句：若是我阿爺當真派人問到這來，妳打馬虎眼便是了，千萬別切實回答他的問話。我阿爺做過許多年的明府，最會審案問話，妳可千萬別被他捉了把柄。」

唐之婉不擅長扯謊，頓時不知所措：「我說妳啊，真能給我找麻煩。我不懂你們給人設陷阱那一套，倘若說漏了嘴，妳可別怪我。」

「不怪、不怪，」薛至柔的神情比唐之婉輕鬆得多，似是根本未將她父親薛訥來洛陽之事放在心上，自顧自說道，「妳知道嗎？後日可是我第一次為人主持紅事，先前妳也曉得找我的都是些白事，常日裡翻死屍，他們都叫我女羅剎，這次我若是能……」

唐之婉好氣又好笑，嗔道：「我不聽妳瞎掰，明日妳去西市，如果看見有農人賣新鮮的山桃花，記得給我帶些回來。」

薛至柔連連答應，明日還有要緊事，見雨勢甚大，估摸不會再有人上門，她直接關了靈龜閣，與唐之婉閒聊幾句便各自睡去了。

翌日早起，薛至柔策馬來到崇玄署，找到兩名小師妹，一道往西市採買明日生辰典儀所需的香燭符紙。回程時，正趕上她父親幽州都督薛訥送新羅供奉的北冥魚入城。洛陽萬人空巷，百姓們皆聚集在天津橋下看熱鬧，縱便看不到那「北冥魚」的雄姿，看看鑲金罐車也是個不錯的選擇。身側的兩個小女冠都對薛至柔流露出歆羨神情，她卻絲毫不當一回事，打了個哈欠，只想早點回靈龜閣背明日的祈福文。

不過薛至柔所料不差，當夜她父親確實沒有派人尋來。到了該就寢的時間，薛至柔閉上眼，很快便睡著了。

不知又過了多久，意識忽然重回體內，薛至柔朦朧睜開眼，一張眼眶空洞的慘白人臉正緊緊盯著她，距離之近，幾乎貼上了她的鼻尖。

薛至柔大驚失色，忙欲從榻上跳起來，四肢百骸卻像是被釘住，完全動彈不得，恍惚間想起這副面孔正是白日那奇怪郎君隨身佩戴的人皮面具。

彼時看到那面具，她未有什麼想法，此時卻被嚇得一身冷汗。

這是什麼鬼把戲？那廝到底是何方妖孽，他的面具為何會夜半出現在靈龜閣裡？

薛至柔在心裡不停默念「太上老君急急如律令」，大腦飛速尋找破解之法，然而她尚未想明白，就聽見了一個既近又遠的聲音，彷彿來自面前的這張面具，又像是來自太虛幻境般，不斷地迴響。

「乾坤反轉……冤命五道……解此連環……方得終兆……」

這話猶如魔咒，在腦海中不停疊加迴響，從微不可聞到振聾發聵，薛至柔頭痛欲裂，閉上眼睛、摀上耳朵，卻依然無濟於事。情急之下，她奮力以頭撞向面前這人皮面具，誰料眼前的一切倏然消失。

薛至柔腦袋晃了幾晃方定住，身子的禁錮解除了，她整個身子像是被抽乾了一半，沒有一絲氣力，身下的涼簟也濕透了。直窗櫺透出一絲天光，籠在臥榻上，薛至柔慢慢回過神思，緩緩鬆了口氣。

原來方才的一切只是夢，看來白日裡未曾覺得，心裡卻還是因為那詭異的傢伙起了波瀾。薛至柔舒活舒活酸困的四肢，想起今天一大早還要去神都苑主持李嗣直的生辰典儀，橫豎她已睡意全無，不如早些起來做準備，便起身去了浴房沐浴焚香。收拾停當後，她肅然地換上金線鶴樣的玄色道袍，出門上了臨淄王府派來接她的馬車。

約摸大半個時辰後，馬車停在了神都苑門口。是日的道場設在神都苑凝碧池西南角的岸上，該池以「水面闊大，青翠欲滴」而得名，春有舢板龍舟可泛波競渡，夏有玉臺畫舫可嬉水乘涼，秋有白蓮青蓬可攀折採摘，冬有雪景霧樹可賞玩流連。

去歲曾有西域使節帶來歌伎，在這凝碧池上與魚鮫同歌共舞，又在火樹銀花中踏波而行，給人留下深刻印象。說來也巧，昨日薛至柔之父送北冥魚入洛陽的典禮就是在此處舉行的，敕造高臺上已不見歡鬧的人群，但薛至柔可以想像，彼時必定是歡飲達旦。

隨著更漏點到吉時，臨淄王李隆基身著郡王禮服，帶著他年僅三歲的長子李嗣直信步走來。

薛至柔帶著兩個小女冠向李隆基父子見禮道：「崇玄署瑤池奉，奉命前來，為殿下之子主持生辰……」

薛至柔話未說完，便被年幼的李嗣直以一聲「薛姐姐」打斷，在場的侍婢婆婦皆忍不住笑了起來。

李隆基性子爽利，向來不拘小節：「一年多未見，怎麼至柔卻生分起來了？這裡沒有外人，不必拘謹，開始典儀便是了。」

李隆基與薛至柔之父薛訥頗為相熟，加之他的表弟薛崇簡心悅薛至柔彌久，兩人也頗有來往，但莫看他這般和氣灑脫，早年的經歷卻是相當坎坷。

身為李治與武則天之孫，李隆基出生時，其父已即帝位。他二歲封楚王，四歲時被武則天過繼給英年早逝的太子李弘為嗣子，算得上有個平順風光的孩提時期。然而天有不測風雲，五歲之時，其父李旦被廢黜，李隆基亦被降封號為臨淄王，隨父親一道被幽禁於東宮，長達十年之久。其間他的母親竇德妃被構陷致死，父親李旦亦被誣謀反，僥倖留下一命。如今武周還政李唐，伯父李顯即帝位，李隆基終於重獲重用。二十餘歲便經歷如此大起大落，想來他雖看似嬉笑怒罵，不拘小節，內裡則有旁人未及之城府。

吉時已到，薛至柔得到李隆基允准後，開啟神壇，點上香燭，而後拿起桃木劍，煞有介事地舞了一番。她年紀尚小，一招一式卻很是老辣，頗有幾分得道天師的氣概。只是第一次主持這等紅事，表情有些拿捏失當，笑得過於歡喜。

舞罷桃木劍，薛至柔又展開寫有李嗣直生辰八字的祈福表文，口念祈福咒語後，投入火中。隨後，李隆基帶著李嗣直行至拜墊，父子兩人雙雙叩首，祈求新的一歲平安。

禮成後，便是放生環節。李嗣直方才在薛至柔的指揮下一會拜倒、一會起身，早已按捺不住，見兩名女道搬來盛著魚苗的木桶，登時興奮地跑過去，不斷用手觸摸水中小魚，邊摸邊道：「阿爺快看，好多漂亮的小魚！」

李隆基摸了摸李嗣直的頭，向薛至柔投去感激的目光。隨後，父子一同登上小船，由李隆基持槳，划至湖中央，兩人一起將桶中的魚苗倒入湖水中。薛至柔看著眼前父慈子孝的一幕，心道今日可真是開了個好頭，主持了這樣一場堪稱完美的紅事，看看以後誰還說她是索命羅剎。

正得意忘形之際，四下裡忽起了一陣陰風，直吹得她頭頂的髮冠要飛，眾人亦是歪七扭八，站身不直。

忽然間，隨從中有一眼尖之人指著湖中急道：「不好！湖中有異！保護郡王！」

侍衛們還未來得及反應，一個巨大黑影猛地躍出水面，猶如惡犬般張開帶著鋒利牙齒的巨顎，一口便咬住了李嗣直的腿。李隆基見狀趕忙拉住李嗣直的手，與他一道被拖入了水中。兩個幫忙的小女冠哪裡見過這等陣勢，都嚇得癱坐在地。待侍衛們脫掉隨身鎧甲，一個個跳入湖中時，碧波下竟泛出一陣紅潮來，恐怕凶多吉少。

薛至柔全身的血液彷彿瞬間凝固了，不單是因為這突如其來的意外，更因為襲擊李隆基父子的不是別的，正是她父親昨日護送來的北冥魚！

狂風不知何時止息了，這東西五里、南北三里的凝碧池卻仍是駭浪驚濤。北冥魚在水下興風作浪，竟掀翻畫舫，摧折檣楫，而臨淄王父子生死不明，隨著時間的推移，情況萬分危殆。

「妖道陷害！妖道陷害！速除之！」不知是何人喊了一聲，眾人猶如大夢初醒，立即提矛執戈，轉向湖畔，將目瞪口呆的薛至柔團團圍住。

面對這等變故，薛至柔尚帶有幾分稚氣的清秀小臉極其蒼白，甚至連唇口也如頰面一樣沒有分毫血色。儘管如此，她還是竭力穩住聲線，為自己辯白：「此事與我並不相干，你們不去抓那畜生，抓我做什麼？」

「這畜生是妳父親送來，今日又是妳設壇引得郡王父子到此，有什麼話，妳還是留著到大理寺認罪再說罷！來人，將妖道法器毀了！」

薛至柔對於去大理寺並無抵抗，聽到要奪走她手中的占風杖，卻是萬分不肯：「我何罪之有，你們憑什麼奪我法器？」

然而那些龍虎營守衛並不理會她，步步逼近，薛至柔遊說無用，只能步步退卻，腳跟處已懸空。

眼前是無限逼近的重重刀刃，再退一步則可能會飼於池中凶獸之口，薛至柔進退維谷，尚來不及細思量，忽聞身後巨物騰起，應是水獸襲來，惹得她一個踉蹌未站穩，跌落下水嗆咳不休。

她拚命掙扎，卻難以靠岸，逐漸窒息，意識模糊，連岸上那些執戈看著她狼狽吞水的身影都看不真切了。即便如此，她依舊緊緊握著手中的占風杖，水色朦朧間，只見那杖頂木烏鴉竟逕自旋轉起來，烏鴉的嘴不斷在旋轉間，變換著指向八卦羅盤的各個方位，越轉越快。恍惚間，薛至柔又聽到了昨夜夢中那面具現形時振聾發聵的聲音。

「乾坤反轉……冤命五道……解此連環……方得終兆……」

話音剛落，薛至柔登時眼前一黑，似乎要魂魄離體一般，下一瞬便被吸入了從羅盤中心不斷擴大的黑暗之中。

回過神來時，薛至柔發現自己竟站在靈龜閣裡，面前站著的正是那日來靈龜閣問案的神祕少年。

「玄運自然。」那少年道。

第二章　北冥有魚

薛至柔呆立當場，良久無法回神。

她方才明明在神都苑主持臨淄王長子李嗣直的生辰典儀；那北冥魚不知從何處鑽了出來，襲擊了臨淄王父子；自己與父親被視作凶嫌，不單要被扭送大理寺，甚至連占風杖也要被當作妖人法器給撅折了。怎會突然回到了靈龜閣，而那日的賊廝怎的又來了？

薛至柔頭痛欲裂，以手扶額，踉踉蹌蹌險些摔倒，連眼前這人也起了重影：「你又來做什麼？吵架沒吵夠嗎？」

斗笠一抬，露出一張俊美無儔的面龐，少年詫異道：「瑤池奉這是什麼意思，某頭回造訪，請瑤池奉解夢，何故說某『又來』？」

薛至柔聽他這般說，神情越加茫然，眉頭微蹙，未及再問，就見唐之婉不知從哪個旮旯裡閃出身來，眼冒賊光，低聲在她耳邊起鬨道：「沒想到那破斗笠下面藏了個這麼俊俏的郎君，難怪妳飯也不吃了。得了，我出去給妳帶點吃的回來。」

說罷，唐之婉快步出了門，撐著油紙傘，須臾融入了潑天的雨幕之中。

若說方才薛至柔是頭暈眼花，此時則是目瞪口呆。她強行穩住心神，與那少年一道坐回桌案前，良久才盡量自然地說道：「今日如是大雨，不知明日如何。」

「瑤池奉莫不是擔心明日北冥魚入京洛之事？」那少年接口道，「某聽聞瑤池奉無所不通，難道不會觀天象嗎？」

還是如前一般，帶著戲謔甚至是挑釁的語氣。若說方才薛至柔是懷疑，此時此刻她才終於意識到，自己尚處在北冥魚入洛陽的前一天，她表情一時失控，小嘴張得溜圓，怎麼也想不明白，難道先前的經歷只是黃粱一夢嗎？可彼時的感受卻是那般真實，與此時別無二致，耳得為聲，目遇成色，沒有分毫虛妄。

薛至柔手扶胸脅，盡量控制住身體的顫抖，快速回憶：當時她墜落入水，嗆咳難捱，只覺靈魂出竅被吸入了占風杖的羅盤中。隨後，就又出現在了這裡，回到了兩日前那個大雨如注的午後。這一切的一切都是那般匪夷所思，卻也真實發生在了她的身上。

薛至柔望著少年腰間那張詭譎的人皮面具，像是炸了毛的貓，頓時起了防備，而且無論她如何變換坐姿、位置，總覺得那兩個黑洞洞的眼眶在盯著自己。

少年覺察出薛至柔的異樣，發出一聲嗤笑，抬手將那面具解了下來：「瑤池奉不會還怕這個罷？」

薛至柔也不否認，只道：「可否借我一觀？」

少年將面具在手裡掂了掂，似是覺得薛至柔的要求有些奇怪，但最終還是遞了上去。

薛至柔接過，只覺得那面具觸手微溫，竟像是活著似的，十分詭異。

那夜她夢到了這人皮面具，絮絮叨叨不知說著什麼，她落水後亦聽到了同樣的聲音，不知她的遭遇與這玩意到底有沒有瓜葛。

見薛至柔半晌不吱聲，那少年起了幾分不耐煩：「可看夠了？何時為某解夢？」

薛至柔將面具還了回去，挑眉問：「何夢？你且說。」

那少年徐緩開口，又將那夢境重複了一遍。

薛至柔面無表情，心底卻是從未有過的惶然，還有幾分無以言表的恐懼，連唇齒都禁不住打顫。她雙手交握於桃木桌下，攝住心神，言語幾句，將這少年人打發了，而後便脫力了一大半，兀自靠在憑几上，久久難以回神。

唐之婉冒雨回來，見薛至柔一副魂不守舍模樣，打趣道：「方才那俏郎君哪去了？可是來提親的？」

薛至柔張張嘴，似是想回應兩句，又不知當說什麼，最終還是三緘其口。

唐之婉從未見過薛至柔這般無精打采，以為她身體不適，斂了嬉笑神色，探手欲摸她的額頭：「怎麼呆呆的，別是風大、雨大吹病了……」

薛至柔下意識一縮，躲開了唐之婉的手，兩人皆是一愣。

薛至柔忙擠出一絲笑，掩蓋自己的異常：「啊，不是，我太餓了，妳給我帶什麼好吃的了？」

唐之婉不疑有他，獻寶般打開食盒，端出凡當餅：「喏，妳最愛吃的，快嘗嘗。」

果然還是與先前一樣的凡當餅。

薛至柔看著摯友爛漫的笑顏，不知是欣慰還是害怕，心內五味雜陳。但為了不讓唐之婉看出端倪，她裝作極其歡快地吃了起來，實則味同嚼蠟。

才吃了小半個，又聽唐之婉問道：「說起來，明日妳父親便要押運北冥魚入京洛了，妳應當在賓客名單上罷，可要去神都苑看看？」

果然還是一模一樣的話語，此時薛至柔已冷靜了許多，雖搞不清先前的經歷究竟是個太過真實的夢境還是其他，她此時的的確確處在北冥魚入京洛的前一天，慘案尚未發生，一切都來得及。

唐之婉見薛至柔發呆，伸手在她眼前晃了晃：「妳今日是怎的了？魂不守舍的，不是被方才那俏郎君奪舍了罷？」

若是平時，薛至柔定要回嘴幾句，此時卻全然沒了那般心思，只道：「要奪也是我奪他，他是何方妖孽，還能奪我的舍？我只是有些乏了，先回房歇息了。」

說罷，不待唐之婉應聲，她便一陣風似的回到了後院房間，翻箱倒櫃，將所有的書卷都扒了出來，開始一本本地翻看。

她父母年輕時曾隨李淳風修道，母親樊夫人是李淳風最小的弟子。李淳風過世前，曾寫下一個生辰八字，並囑咐樊夫人將著作與占風杖皆留給那人。二十四年後，薛至柔出生，生辰八字與李淳風所留全然一致，樊夫人便將占風杖與李淳風的心血著作全都給了她。說起來薛至柔確有道緣，自小便對李淳風的諸多著作倒背如流，她也因此被戲稱為「李淳風轉世」，「瑤池奉」的道號也是因此而來。

此時此刻她如同瘋了一般，一目十行地翻閱著李淳風的全部遺著，希望能找到依據來解釋近來發生的事。薛至柔猶記得那半夢半醒之際，她聽到的那個低沉的聲音，什麼「乾坤冤命」，什麼「連環終兆」，可她翻遍了所有藏書遺著，都沒有找到類似的話。

薛至柔大受打擊，深深嘆了口氣，倚著胡床邊，像秋日裡打了霜的波斯草。但也不過片刻的工夫，她便重新振作起來，改去典籍中尋找有關夢境的記載。

畢竟自己是個大活人，並未變回襁褓中的嬰兒，總不可能是輪迴投胎，這一切的經歷恐怕只有作夢能解釋得通。

「讖夢？」薛至柔幾乎翻得韋編三絕，終於在一個極不起眼的角落發現了相關記載。據李淳風所言，他年輕時經常做這種夢，未來之事分毫不差地於夢中展現給他，令他得以預言許多事，難道相同的現象發生在自己的身上？若真如此，是否意味著，倘若自己不做出分毫改變，後日的慘案還是會發生？自己與父親仍會被當做陷害臨淄王父子的凶手？

薛至柔緩緩合上書卷，暗暗慶幸自己與李淳風一樣，竟有這預言讖夢之力。那麼現在需要做的，便是化解危機，阻止慘案發生了。

因為新羅國上貢「北冥魚」之事，這兩日洛陽城裡極為熱鬧。為表對新羅使團朝貢之重視，聖人特命能工巧匠於洛陽神都苑修築高臺，並借每年宮中例行的消夏假期，從長安大明宮移駕洛陽紫微宮中，只為一睹「北冥魚」的真容。打從清晨開始，洛陽城中的皇親國戚們便陸陸續續乘車駕馬趕往神都苑，天街上更是車水馬龍，川流不息。

城中百姓雖不能進入神都禁苑，卻也早早集結於天津橋兩岸，只見大運河上，一艘弘舸巨艦正穩穩靠岸。船艙打開，首先映入眼簾的是高高擎起的「薛」字帥旗，這普普通通的軍旗不單象徵著薛訥連戰吐蕃、防備突厥，守衛邊疆的赫赫戰功，更有其父薛仁貴「三箭定天山」、「大破九姓鐵勒」的榮光。

其後，便是由上百名士兵用纖繩合力拉出一輛奇形怪狀的大水車，猶如一個裝著四輪的巨型水缸，邊沿高過眾人頭頂。由於下船顛簸，不斷有水從邊沿潑灑下來，可見其內必然將水注得滿滿當當，好讓「北冥魚」暢游無拘。

單看運送這一路，先自新羅海運至登州，再走運河上溯至洛陽，最後在天津橋到神都苑這幾里地轉為水車陸路運輸，背後便不知道耗費了多少工夫，可謂處處彰顯著大唐國力之盛。即便這「北冥魚」不真像《逍遙遊》中所說那般「鯤大千里」，也沒有人會介懷，畢竟這陣仗已是難得一見的奇偉壯觀了。

神都苑裡，熱鬧的氛圍更勝於外，數百名皇親國戚湧上高臺，想尋個靠前位置，好一睹北冥魚的「雄姿」。華服霓裳的人群中，薛至柔亦在其列，雖然緊繃著白瓷般的下頜，站姿亦是端然，顧盼生輝的靈動雙眼卻還是暴露了她的心思。與旁人談及「北冥魚」時的亢奮不同，她顯得十足心不在焉，一心搜尋與北冥魚襲擊有關的蛛絲馬跡。

頭一個可以確定的，就是自己的確是如假包換地身處北冥魚進神都苑的這一天，畢竟這等沸騰場面，周遭的王公貴胄們的推杯換盞，無論如何也是不能重來一遍的。薛至柔才來洛陽半年，還是頭一次進神都苑，這無比真切的歡慶氛圍，怎麼也不像虛無，倒襯得之前的那些經歷如同大夢一場。

薛至柔雙手拍了拍臉頰，在白皙的面龐上留下了幾個頗不協調的手指印，似是想讓自己冷靜下來，不要被眼前狂熱的氣氛所裹挾。她定了定神，心道眼下第一要務便是盡快尋到臨淄王李隆基，勸他推遲或者乾脆取消那祈福儀式。

只是這人海茫茫，金玉滿眼，臨淄王又會在何處？

薛至柔正四望尋覓不得，忽聽一聲「鎮國太平公主駕到！」她眼前一黑，兩腿一軟，心下暗暗叫糟。

她倒不是害怕太平公主本人，而是怕公主的次子薛崇簡，每次只要見面，他就會拉著自己說個沒完。薛至柔自詡有要事在身，沒功夫與他閒聊，跟在眾人屁股後面行過禮後，便悄無聲息沉入了人海，等著典禮結束後去尋李隆基。

薛至柔藏在角落裡，終於挨到了吉時，見皇室眾人皆已落座，不再擔心遇上薛崇簡，終於現身出來。只見敕造高臺上，身為皇帝欽定特使的李隆基與武延秀皆站定了，薛至柔之父薛訥與新羅使臣準備打開罐車，令北冥魚展現真容。雖然在唐之婉面前誇了海口，看到父親，薛至柔還是有些發怵，身子不自覺便矮了半截。

臺上臺下，氣氛一樣的熱鬧，甚至可以用「沸騰」來形容，薛至柔自始至終讓自己保持冷眼，希望能借旁觀的機會找出幾分端倪。可神都苑的人實在太多，要麼便是看人人皆沒有嫌疑，要麼便是草木皆兵，人人可憎。

就在這樣的糾結往復之下，典禮終於結束，薛至柔毫無斬獲，打算還是按照原定計劃去找李隆基，勸他取消明日在神都苑為李嗣直慶生的典儀。見他下了高臺，薛至柔忙快步跟上，叫住李隆基道：「臨淄王殿下留步！」

見薛至柔叉著腰、氣喘吁吁地走上前對他叉手行禮，李隆基頗為訝異：「至柔，這是怎麼了？這麼急著找本王有何要事？」

「若非有要緊事，也不敢來叨擾殿下，」薛至柔稍微喘勻了氣息，對李隆基道：「昨夜至柔夜占風象，有風從陰徵來，而明日為徵日。《乙巳占》云：『徵日風從陰徵來，人君憂，走獸為大災。』故而至柔斗膽求請臨淄王殿下，可否取消明日的典禮，待來日風水順遂時，再為嗣直祈福？」

李隆基略微蹙了蹙眉頭：「月前妳不是才告訴本王，已選了吉時吉日的嗎？怎麼如今卻又說不吉利？」

所謂「黃道吉日」自然是不假，但這個時間確實是薛至柔怕李隆基反悔不讓她主持而刻意選了個最早的日期，為了定下這個日子，她大放厥詞，誇得天花亂墜，彷彿錯過便會遺恨終身。

眼下她要勸說李隆基放棄這萬年一遇的良辰吉日，當真是自作自受，薛至柔硬著頭皮編排道：「殿下知曉，這風水之事，瞬息萬變，為此古今聖賢往往都會結合日、月、水、火、風等各種卦象，隨時修正，其中更以風象最是反復無常。往常若無大礙則可不必理會，但昨夜風象頗為異常，恐不能置之不理。」

薛至柔如此說，李隆基也只能嘆息一聲道：「妳是得了李淳風真傳的，此事自是應聽從是安排。可惜嗣直已對放生儀式期待許久，本王也推了不少邀約，府上更是為此做了良多準備。」

薛至柔知道自己的請求定會令臨淄王為難，可讖夢裡臨淄王血染凝碧池的那一幕如此駭人，令她每每回想便是一身冷汗。

薛至柔不肯鬆口，繼續勸道：「是……是……至柔也覺得十分遺憾，不瞞殿下，我還專門裁了新衣服，修整了占風杖……怪只怪天象突變。吉凶之事，人命關天。但信其有，不信其無啊。只要平安順遂，改期再祈福，想來效果更佳。」

薛至柔生了一張巧嘴，慣會說話，三言兩句便讓李隆基不再那般抵觸，轉而笑道：「既如此，本王這便差人去告訴宮苑總監，取消明日之約。」

見李隆基答應了，薛至柔喜出望外，忙叉手退下，不再打攪。

如此一來，明日定當無虞，剩下的就是查清北冥魚究竟為何會出現在凝碧池裡作亂。薛至柔腳下生風，大步流星正要去調查，忽然被人攔住。

薛至柔定睛一看，這攔道的不是旁人，竟是她父親薛訥。

薛至柔一時瞠目結舌，磕磕巴巴道：「阿……阿爺……」

薛訥與其他膀大腰圓的將軍不同，雖戰功赫赫，氣質卻十分儒雅，神色謙然，年輕時想必是個難得的俊俏郎君，說起話來亦是謙和，只是話裡內容卻不像他的形象這般溫良：「一別大半年，見玄玄一切安好，為父便放心了。妳祖母年紀大了，十分思念妳。此一番入京洛機會難得，待回程時，妳便與為父同回遼東罷。」

薛至柔一時目瞪口呆，再一看父親，還是那般笑眯眯的。薛至柔心道，這老頭兒笑裡藏刀的本事終於用在親女兒身上了，同時忍不住懷疑那唐之婉可是也會掐算，竟然預言的這般準確。她尬笑著回道：「玄玄也掛心祖母，只是當初是為了婉拒韋皇后的賜婚，阿爺和阿娘才送我來洛陽修道，如今尚不足半年，就這樣回遼東，會不會惹皇后不快……」

「玄玄小小年紀，竟然還擔心這些事，當真是為父的過失。朝野之事，為父自當打點得當，妳不需太過勞心。」

這一幕堪稱「父慈女孝」，但薛至柔很清楚，必是父親知曉自己在洛陽城開了靈龜閣的事，還做了法探，心下反對，但又不欲直言激得她狗急跳牆，索性釜底抽薪，來一套軟刀子割人。

父親這般和顏悅色，她不好乖張忤逆，也開始上梁不正下梁歪地裝蒜：「其實兒在洛陽不只是修道，也在鴻臚寺做女官，幫著葉天師處理一些小事，若是貿然走了，恐怕一時找不到人替補，會讓葉天師為難。」

「這個妳也不必擔心，為父已經與葉天師說好了，他不曾反對。」

薛至柔自視與葉法善是忘年交，不想這老頭不顧義氣，也不阻攔幾分，竟這樣草率便答允了父親。在旁人眼裡智慧非凡的父親，不會知曉自己眼下在犯一個多麼愚蠢的錯誤。要知道，明日在這凝碧池畔可是要發生危及全族性命的大事，只恨她不能明言，只能含糊說道：「玄玄日前占了一卦，明日起天象有變，恐怕是有災星作祟，不宜遠行，若是應對不當，可能會妨害雙親，我還是再多修幾日，等到這輪天象過後再回遼東探望祖母……」

「既然如此……」薛訥眉頭微蹙，似是被薛至柔說動，旋即話鋒突轉，「不妨玄玄今夜就動身罷，為父有一部下，正要接自己家中妻女一道去往遼東，妳與他們同行，可謂是兩相便宜。妳且在這裡稍候，為父這就去告知他。」

薛至柔有如五雷轟頂，再也顧不得與父親彎彎繞、打啞謎，顏色略帶焦急道：「阿爺，我知道你是因為我做法探的事，才要帶我回遼東，但眼下實在不是這個時候。兒有不得已的苦衷，暫時不能說，再過幾日等事情平息，我便回遼東去，但憑父母責罰……」

「哦？」薛訥神色如舊，看不出喜怒，卻帶著幾分身為人父的威嚴，「離開遼東時，妳祖母與母親百般叮囑妳『勿涉險事』，妳滿口應承，卻悄悄開起了凶肆。妳可有想過，妳阿娘與祖母夜裡能否安枕？」

「我做的事並沒有令自己身涉險境，阿娘和祖母為何會睡不著？」薛至柔辯道，「為何總是把人心想得過於險惡？那些平頭百姓家的積年舊案，刑部大理寺根本來不及管，而我不過是在做法事時看出有問題，順道解了案子，算不得什麼罪過罷？況且……至柔如今所做之事，難道不正是阿爺你當年在藍田當縣令時所做的嗎？」

最後一句薛至柔的聲音很小，但薛訥還是清楚聽到。他微微一頓，目光柔和了幾分，但這一點也不影響他的反對態度：「妳幼時愛看為父在藍田做縣令時的箚記，為父知曉妳心懷正義，頗有志向。但妳既沒有名正言順的官職，又沒有出眾的武藝，能夠保證自己的安全。縱然憑藉運氣，破了幾樁積年的案子，天下的懸案又哪裡能因妳而肅清？不過是治標不治本，逞一時兒女意氣罷了。」

薛至柔猜到父親可能不會支持自己做法探，卻是第一次聽他如此開誠布公。原來在父親眼中，自己所做的一切就如同幼童過家家似的，這令薛至柔深感挫敗，忍不住回嘴道：「若按阿爺這說法，天下人都只顧自己，事不關己高高掛起便好了？太涼薄了罷！」

薛至柔一時衝動，話說的有些過，這本就是北冥魚入神都苑的熱鬧場合，聽得他們父女二人口角，不少人側目而視。薛至柔有些懊悔，但正與父親較勁，自然是一句軟話也不肯說，瞋著雙眼、鼓著粉腮，目光裡卻流露出兩分歉意。

「為父之所以如此堅持，只因世道就是比妳所想要險惡得多。」薛訥嘆息一聲，從懷兜中掏出幾封信箋遞與她。薛至柔不明白父親的意思，狐疑接過，打開一看，寫信人是父親的內衛崔桐，其上竟詳細寫著她所破獲的案件。

沒想到父親竟真的派人盯著自己的一舉一動，薛至柔大為惱火，方才的幾絲歉意也被騰騰雄起的怒氣燒飛了。然而她正欲發作，忽然瞳孔一震，竟是見其下記述著她曾兩次陷入險境，差點有性命之危，是崔桐暗中化解，保護她倖免於難，而她自己渾然不知。

薛至柔不知該氣惱還是該慶幸，短短一瞬間，表情變化劇烈，人雖一動未動，氣焰卻登時矮進了塵埃裡。

跟自己的小女兒相比，薛訥是老江湖，見薛至柔有所觸動，馬上安撫道：「好了，妳年紀尚小，有這等心意是好事，等回遼東後，再讓妳母親仔細說與妳聽。待會子的宮宴妳不在名單上，就早些回靈龜閣收拾，今夜便動身罷。」

繞來繞去，還是逃不過今夜回遼東這話題，父親態度如此堅決，顯然是在遼東時便與母親串通好了。薛至柔雖惱這兩口子算計自己，但也非常識時務地知道這一次靈龜閣是保不住了，不得不退而求其次：「私自做法探算是我的錯，但今夜我絕不能回遼東。無論我現在說什麼，阿爺定會覺得是我不想回家的無賴藉口，但我這一次真的有要緊事……」

薛至柔的話非但未打消薛訥的顧慮，反而惹得他目光更深了幾分：「妳可是遇上了什麼麻煩？」

薛至柔欲言又止，想起李淳風的筆記上，明白寫著：「**爲免讖不可破，鮮語他人，切**

切。」也就是說，為了避免這讖夢不可改變，絕對不能告訴旁人。況且，如今的自己顯而易見處在某種非比尋常的經歷中，那朦朧之際的迴響之聲究竟來自何人，是什麼意思，自己又為何會落入這無盡的循環，一切盡未解明。若是貿然說出實情，萬一造成無法挽回的局面，便是追悔莫及，實話是肯定不能說的。但看父親這陣勢，若不編出個像樣的由頭，他也不會同意自己留下來。

薛至柔平日裡算得上伶牙俐齒，唐之婉更是誇張地說她能將死人念活，此時她卻像是繼承了父親的名諱，口訥如瓢，半晌編不出一個像樣的理由，與父親大眼瞪小眼。

時光一寸寸過去，夕陽點滴滴西斜，對於旁人不過眨眼的功夫，薛至柔卻已失去了讓「無言以對」看似「欲言又止」的機會。父親那般擅長查案，怎會看不出她的窘迫，沉聲算作結案：「好了，諸般事都回遼東再說，晚宴時間到了，妳回靈龜閣稍候，宵禁前必會有人去接妳。」

恐懼、困惑、擔心、氣憤、急切、無助，所有情緒融匯，終於到達頂點，見父親依然是這般油鹽不進，薛至柔再也忍不住了，眼淚與情緒同時迸發：「讓我來修道，我來了，現下突然又讓我走，不給一點通融的餘地。就算是養的犬馬，也不能這般呼來喝去的罷？橫豎我拗不過你們，但我今日絕不回遼東！」

說罷，薛至柔不知從哪裡湧出一股蠻力，衝開了父親的阻攔，很快便遠離了喧鬧的人群，直到四下無人，絲竹聲亦聽聞不見，方停了下來。

適才一瞬間只是想先從父親處逃開，現下則終於開始覺得委屈，她哽哽兩聲，開始滾淚不止。讖夢的壓力，父母的拒斥，仿若一塊巨石壘在心口。

明日即便李隆基父子不在凝碧池祈福，若是北冥魚被放入池中，也一樣會釀成禍端。而其他王公顯貴，譬如那安樂公主，便最喜歡在凝碧池上泛舟，萬一她被北冥魚咬了，自家這一門性命可就要遭殃了。

難怪母親生氣的時候總叫父親呆子，確實是誤事啊，薛至柔又氣又急，恨不能捶地，心想這下悄無聲息平息事端是不可能了，眼下唯一的辦法就是直接找宮苑總監，將方才給臨淄王的那套說辭重複一遍，告訴他天象警示，恐有水獸之禍，務必將北冥魚看好，派上一縱隊人馬守著也不為過。

雖說這樣會讓她顯得有些可疑，總是要遠好過被抓去大理寺把占風杖撅折。薛至柔想明白了這個道理，打算立即找人去。

天邊最後一絲霞光退去了，天氣依舊燥熱，今夜無月，四周看不到一盞燈，方才來時未看路，此時頗有些找不著北。

薛至柔只能摸索著找路，這神都苑裡除了飛鳥池魚，還有放養的珍奇走獸，薛至柔彷彿隱隱能聽到走獸的低吼聲，瞬間有些害怕。

在這個節骨眼上，可千萬不能出什麼岔子，薛至柔快步出了窄巷，睜大眼四處尋望，卻全然記不起自己究竟打什麼地方來的，只能憑感覺尋路。

然而周遭實在是太黑了，薛至柔摸索了很久也看不到一個宮人，不知道是不是都去了合璧宮那邊。她只好憑著感覺前行，又走了約莫一炷香的工夫，面前終於豁然開朗，竟是不知道摸到了哪一處湖邊，水面反射出暗夜團霧，目之所見，唯有眼前方丈地的假山、矮松與垂柳，似曾相識，好似才打照面未久。

團霧氤氳，萬物皆不明朗，唯有薛至柔的一雙眼睛湛亮亮的，像是遼東城外山崗上的幼狼，但她的神情卻算不得清朗，自言自語道：「三清尊師在上，我這莫不是碰上了鬼打牆了……」

正當這時，她聽到湖對面似有響動，細微且詭異，惹得她下意識蹲下身子，伏在假山石的陰影下，揉揉眼，試圖借著昏暗的天光努力朝對岸看去。

目之所及似乎沒有什麼異常，薛至柔自嘲自己疑神疑鬼，要收斂目光之際，忽見更遠處的河對面，水邊樹影中不知掛著什麼，好似是塊長白布，驚得她倒吸一口氣，差點叫出聲來，但薛至柔並未收斂目光，反而將雙眼瞪得更大。

今夜無風，那「白布」的抖動頗不自然，她雖然害怕，但還是架不住好奇，在假山的掩體下，悄無聲息地向水邊挪步。

有個詞叫「移步換景」，意義雖與此情景無關，卻是此刻薛至柔的真切感受。她每走一步，都感覺投在自己身上與周遭的樹影不斷改變，似乎這林間的樹也會動一般。難道吸食日月精氣久了，連樹也能成精？

薛至柔只當是自己過度疲勞看到了幻覺，不敢多想，只一步步朝前邁去。

隨著視野漸近，籠罩著自己的婆娑樹影終於被拋在身後，林間所掛之物亦越發清晰，她禁不住目瞪口呆，難道說……那竟是一個人？

薛至柔差點叫出聲，魂兒彷彿飛上九天兜了一圈才重回體內。她揉揉眼，確信那果然是個人，只是雙腿似乎被人拴著倒掛起來，所繫之處亦是黑漆漆的看不真切。方才她看到的長白布是那人的衣衫，而他的頭正淹沒在神都苑漆黑一片的湖水中，起初似在掙扎，如今已是一動不動，雙手也垂下沒入水中，極其嚇人。

薛至柔雖然是個法探，卻是頭一遭目睹凶案，手足無措，不知道該不該立即去找武侯報案。但是那凶徒可能正在附近，若是貿然行動，讓對方發現自己，她的小命是否會受到威脅？

薛至柔還未想清楚，忽聽「噗通」一聲巨響，驚得她的心都要跳出嗓子眼，原是那倒掛著的人不知怎的墜進了湖裡。

明明是初夏燥熱的夜，薛至柔卻禁不住唇齒寒顫，緊盯著湖面。

不過須臾，水面便恢復了平靜，那人不知沉到何處去了，湖上圈圈波紋中泛起了一張十分眼熟的人皮面具。

薛至柔背後陣陣發冷，不為旁的，只為她認出那面具正是來自於前來靈龜閣拜訪的那惹人生厭的少年！難怪方才會覺得那倒懸的背影看起來有些眼熟！

他為何會到皇家禁苑來？看起來是個會殺人越貨的狠角色，怎的反倒在這丟了性命？

薛至柔正困惑，忽然感到眼前一黑，好似有一種無形的力量要將她的魂魄從身體吸離一般。與此同時，那個幽遠的聲音再度響起在腦海：「乾坤反轉……冤命五道……解此連環……方得終兆……」

又是那念經一樣不明所以的話！薛至柔氣得想要大喊，卻根本發不出聲，正當此時，她隱隱發覺有與先前不同之處，忙立起耳朵努力辨認這振聾發聵的人聲背後的背景音。

那是鐘磬敲響的聲音，與道觀、寺廟鐘鼓樓發出的敲擊聲類似——肅然、渺遠，明明聲音不大，卻令聞者連靈魂也震盪起來。這聲音上一次也似曾聞之，不過只有一聲，而這一次則是兩聲。

薛至柔還未想明，下一瞬便沒了知覺。

回過神來時，周圍的暗夜忽然散盡，天邊一片酡紅雲霞，薛至柔睜大雙眼，發現自己沒有回到那個大雨如注的午後，而是身處午後時分的神都苑，眼前一位華麗婦人正是太平公主，而自己身側眾人正烏壓壓跪倒一片，向公主行禮。

第三章　凝碧疑案

薛至柔的神情比方才見到有人橫死時驚駭得多，愣愣站著，忘了行禮，惹得旁側面熟的宮人急忙低聲提醒：「瑤池奉、瑤池奉……快拜見殿下。」

薛至柔仍在發懵，聽得提點，下意識彎身行禮，差點摔倒唷地。待公主離去方稍稍轉過神，忙向那宮人致謝，又躑躅問道：「方才……我是睡著了嗎？」

那宮人詫異道：「瑤池奉為何這般問？婢子見妳打那邊走過來，好似有心事，未見瑤池奉瞌睡啊……」

薛至柔竭力控制住表情，嘴角卻還是忍不住抽了兩下。真是奇也怪哉，不是讖夢，但她又回到了昨天傍晚北冥魚入神都苑之前，拜見太平公主這一刻，尚未與父親發生爭執，凶案自然也無從談起。

然而薛至柔人雖回到了此時，心思卻還停滯在那恐怖的殺人現場，待稍稍回過神，便陷入了疑惑與驚駭中。

她到底是做了什麼孽，才會不停進入這同一世的不同輪迴裡，次次走投無路？抑或說她是腦袋出了問題，方導致了這無比逼真的臆想？

薛至柔沿著迴廊木然行走，忽聽身後有一男子大聲喊道：「玄玄當心！」

薛至柔這才覺察到身邊有大物騰起，也嚇了一跳，眼睛一閉亂揮占風杖防身。可半晌過去，她並未受到任何攻擊，睜開眼定睛再看，那大物不過是隻仙鶴，不知打何處飛來，也被亂舞的薛至柔嚇著了，嘔啞叫了兩聲，振翅逃走了。

薛至柔轉過身，出聲的正是她上一個輪迴避之不及的薛崇簡。他今年不過十九歲，乃太平公主與已故駙馬都尉薛紹所生的第二子。當年薛顗涉嫌謀逆，其弟薛紹亦受牽連，餓死於河南獄時，太平公主正懷著薛崇簡。

公主與駙馬情重，待這個遺腹子自然是萬般寵愛，吃飯穿衣甚至沐浴出恭，樣樣都有人伺候，導致他今時今日成了個四體健全的富貴懶人。但他也並非一無是處，對於音樂、書畫等事極為精通，更因心性豁達而廣結良友。則天皇后在世時，想親自為這個外孫定下親事，但未幾則天皇后病逝，這事便也擱置了下來。

薛崇簡不喜洛陽城中的名媛淑女，倒是對從小只見過幾面的薛至柔念念不忘。此番薛至柔回到洛陽，他便時常尋她，縱便旁人說她從事的行當下九流，他也毫不介懷。

但薛至柔對他當真沒有一絲念想，更不想攀附他母親的權勢，時常躲著他，不想上一個輪迴躲了過去，這一輪卻因為發呆被他逮個正著。

薛至柔瞥了他一眼，不悅道：「跟你說多少次了，能不能別叫我的乳名！」

薛至柔態度不佳，但薛崇簡一點也不介懷，笑得十分燦爛：「好好好，我錯了……瑤池奉將門之後，不怕仙鶴，倒是我操了多餘的心。」

「好端端的，這畜生打何處飛來？」薛至柔困惑道。

薛崇簡答不上，轉身低聲問隨行的小廝：「是啊，這畜生怎好端端的出來嚇人？」

小廝欠身低語道：「二郎，這鳥是打孫道玄那裡飛來的……」

「孫道玄……」聽到這個名字，薛崇簡臉色略顯尷尬，探身向遠處涼亭望去。

薛至柔不知道「孫道玄」是誰，扶著圍欄順著薛崇簡的目光看出去，不過匆匆一瞥，人卻驚得原地跳了起來。

暮色深沉，夕陽暈染下的水面半江瑟瑟半江紅，數十丈開外的涼亭裡，一少年正立在亭中石案旁，好似在伏身作畫，雖然隔得極遠，天色又暗，看不清容貌，但那被夕陽濡染的極致瀟灑背影，疏闊的左肩以及左手持筆的特徵，仍讓薛至柔一眼認了出來，正是此前在神都苑夜裡她親眼看著倒吊溺死的，來靈龜閣問案的那貨！

薛至柔自詡是法探，什麼樣的死人沒見過，但死過一次的人又活生生出現在自己的面前還真是頭一次。她壓抑著唇齒顫抖，問薛崇簡：「你認得他？他是何人？」

「妳竟是不知道他？」薛崇簡忽然有些激動，手舞足蹈地向薛至柔介紹道，「〈送子天王圖〉妳總聽說過罷？便是那畫師！若論這二年誰在兩京最吃香，他說第二，可是無人敢說第一！我便是最喜歡他的畫作，只可惜他為人孤傲，我好幾次想請他入府論畫，他都不肯來，當真氣人。妳不知道，他畫的那……」

薛至柔不懂畫作，只好奇這廝為何先前會那般死在神都苑，打斷道：「等等，既然為人孤傲，太平公主府都不去，今日怎的又到這貴胄雲集的神都苑來了？」

提及這話題，薛崇簡的神情又變得切切察察起來：「方才聽人說，是安樂找人強征他來的。」

所謂「安樂」即安樂公主，乃當今聖上與韋皇后的愛女，美貌無比，號稱「大唐最姝麗之公主」，風頭比薛崇簡之母太平公主有過之而無不及。尊崇的地位、豐厚的食邑，於她而言都算不了什麼，甚至連朝中大臣的任命，聖人皆容其置喙。

今年春，安樂公主更上了一道奏承，請求聖人封其為「皇太女」。聖人雖未答允，到底也未怪罪她一分，甚至恩寵更加優厚。為了能踏足安樂公主的府邸，多少人削尖腦袋、擠破頭，出盡百寶尚且難得其青眼，沒想到竟如此偏愛這孫道玄。薛至柔雖然對宮闈祕事沒什麼興趣，但也聽說過安樂公主喜歡英俊絕倫的男子，繼駙馬武延秀便是個美男子。以孫道玄那副頗為出眾的皮相來看，安樂公主喜歡他並不意外。

薛至柔正思量著，又聽薛崇簡說道：「這孫道玄啊，也真是個刺頭，先前聽說一直拒絕安樂來著，此番來了，安樂便考驗他只聽禽獸、笑聲蒙眼作畫。說來此人也真是神了，竟當真能蒙眼畫出那些奇珍異獸來，只是……」

「只是什麼？」

說到這話頭，薛崇簡轉身示意小廝後退兩步。小廝知曉他最是愛講宮闈八卦，連連後退不算，還用雙手摀住了耳朵。

薛崇簡這才放心，示意薛至柔近前，壓低嗓音，手擴得像個喇叭：「後來安樂將旁人都打發走了，依舊令孫道玄蒙著眼，卻未再放出任何畜生，自己笑如銀鈴似的，想必是想考驗考驗他……妳也知曉，安樂素來喜歡俊俏男子，如此便是看上孫道玄了。這要是換作旁人，定然心領神會，速速畫出一幅安樂公主的絕美畫像來巴結討好。偏生這孫道玄一向倨傲，不領會安樂的美意也罷，竟畫出個蟾蜍來，末了還指著旁側的草叢，非說聽到了蛙叫聲。安樂自是大怒，卻又找不到理由發作。最後還是武駙馬勸和，讓孫道玄將這苑子裡所有的飛禽走獸皆畫一遍，不畫完不許走，算是罰過。唉，看他獨自一人在那亭子裡作畫著實可憐，這神都苑裡，虎、豹、熊、羆、犬、馬、象，少說也有一千種，這不得畫到二半夜裡去。」

聽了這桃色八卦，薛至柔禁不住猜想，難不成上一個輪迴裡孫道玄之死，是因為得罪了安樂公主？可是以安樂公主的地位，大可隨便給他安個罪名處死，何苦要選在夜半無人時把他吊死在神都苑，還選擇那樣一種詭異的方式？而她自己反復陷在這一日無法自拔，又會不會與這廝有什麼關聯？

他身上究竟藏有什麼祕密？昨日他究竟為何要來靈龜閣尋自己，他所要解的夢境，是否暗藏什麼玄機？薛至柔遠遠望著孫道玄，思緒複雜。

薛崇簡見薛至柔盯著孫道玄的背影入神，生怕她也被孫道玄的皮囊迷住了，忙斜身上來擋在她面前，尷尬笑兩聲：「話說回來，孫道玄這廝來洛陽時間不長，洛陽城裡關於他的流言可真不少。坊間很多人都說，他自幼便將陽壽獻祭，跟小鬼學畫，早已不是人，而是畫魑。傳說畫魑乃是由古畫幻化成人形的妖怪，專吸年輕女子的氣血。安樂貪圖一時之快不怕死便也罷了，玄玄可千萬別……」

這等新奇的說法，薛至柔倒是第一次聽說，心道，這廝如果當真是什麼人形妖怪「畫魑」，那能將他倒栽蔥溺死在湖裡的又是何人？降魔大聖嗎？

薛至柔被自己這想法搞得好氣又好笑，尚未來得及細想，又聽薛崇簡肅然說道：「玄玄別笑，我可不是胡言亂語。妳不知道，那孫道玄閒來無事便去大理寺，為那些腐爛得無法辨明身分的屍身畫像，一待就是一整天。那些爛透了的屍身，那些老法曹皆斷不出容貌特徵，他竟能憑藉骨相畫出個八、九分。我雖然仰慕他的才華，但他確實有幾分說不出的怪異。我們這些知道內情的都避之唯恐不及，玄玄還是遠離此人為妙。」

薛至柔已聽不進薛崇簡這些有的沒的，心想作為法探，總盼著死人能開口說話，如今倒是有現成的機會在眼前，她恨不能立即去向孫道玄問個清楚，但見薛崇簡這副切切察察的架勢，不想惹他喋喋不休，便敷衍地點了點頭。

又到了舉行儀式的時間，薛至柔聽得那幾聲鑼響，明明夾在在眾人的哄笑聲中不甚明晰，於她而言卻是振聾發聵，身子不由自主地抖了兩下。薛崇簡忙關切發問，才發出了個氣聲，就見太平公主出了宿羽臺，他再不敢造次，忙隨母親前去看北冥魚去了。

有了上一次被父親抓包的教訓，薛至柔說什麼也不再往典禮跟前湊，避開耳目，打算去湖心亭子去找孫道玄。

這距離看似不過一射之地，卻要繞好幾個來回。薛至柔在上一個輪迴裡熬了大半夜，身體十分疲憊，神思卻是前所未有過的明澈。她手握占風杖，步履輕悄地走進亭子，想看看那孫道玄在畫什麼，哪知還未湊近，正臥在亭角上由他作畫的猧子忽然跳了起來，不滿地瞥了薛至柔一眼，似是怪她不請自來。孫道玄覺察到猧子的異樣，回過頭來，看到薛至柔，他微微一怔，而後便斂了目光，好似全然視她為無物。

那短短的一頓，還是顯出了他內心的波動，手中的畫筆滴下一滴淺墨，洇在畫布上，使得原本明麗的畫面陡然汙髒了。薛至柔不懂畫作，看到美好遭到汙染，發自內心地覺得可惜。但那孫道玄眉頭都未皺一下，三、兩筆點綴下來，卻將那洇髒的部分畫做燕雀，輕巧靈動，唯妙唯肖，像是馬上要從畫裡飛出來一般。

有道是「人法地，地法天，天法道，道法自然」，看到如此驚為天人的畫技，薛至柔不由得驚嘆一聲，又覺得自己太像個崇拜者，不利於接下來的交談，忙咳嗽幾聲掩飾。

但那讚嘆聲還是被孫道玄盡收耳中，他停了筆，轉過身半靠在雕花木案上，似笑非笑地看著薛至柔，神情頗為玩味。

薛至柔被抓包，倒也坦蕩，迎面與他相視，並無絲毫避諱。不得不說，這人確實是個難得的美男子，只是渾身上下透著一股拒人於千里之外的疏冷，冷然之外則是幾分邪氣，加上腰間那張人皮面具，倒是頗符合薛崇簡說的什麼獻祭陽壽的「畫魑」，讓人感覺危險又神祕，但在薛至柔看來，他卻有些好笑和可憐。

薛至柔清清嗓子，煞有介事道：「方才我從宿羽臺出來，見此處黑翳漸濃，恐是不詳之兆，特意前來提醒閣下，入夜早歸家，萬勿往水邊。若是……遭遇了什麼難解之謎，可來靈龜閣找我，我分文不取。」

孫道玄上下打量了一番薛至柔，終於開口道：「青玉道簪，黃線道袍，雖是少女，卻精通鬼神之事，在洛陽南市開一間凶肆，專為遇到詭奇異事的窮苦百姓答疑解惑，想來閣下應當就是大名鼎鼎的瑤池奉罷。某本想擇日去拜訪，未料到正主卻主動送上門，不可謂不巧啊。」

薛至柔原本神色自如，此時卻十分明顯地僵了一瞬。這貨先前明明已經來過靈龜閣了，如今為何睜著眼說瞎話？究竟是在刻意捉弄自己，還是忘記了兩人早已見過面之事，抑或是有別的圖謀？

薛至柔思量不清，索性直接發問：「這便奇了。若我沒記錯，閣下昨日不是才來尋我解過夢嗎？當時閣下說，常做一個女子在館中上吊自盡的夢。」

孫道玄眉目間流露出一絲難以置信，但他掩飾得極快，讓人越發參不透真假：「瑤池奉果然名不虛傳。某尚未去請教，閣下卻未卜先知，實在厲害。瑤池奉既已知道某所求，不妨快些為某解惑罷。」

薛至柔沒有回答，盯著孫道玄，不放過他任何一個細微的表情變化。此人的一舉一動雖然看起來有些狂悖，但當真不像是在說謊。

難道說……這些、那些邪門的經歷，當真是她的一個夢嗎？可若說是夢，她如何能在夢中還原出自己此前從未去過的神都苑？那弘舸巨艦、人山人海的景象，自己與父親爭執，包括眼前這廝的死，又怎會是南柯一夢？可這本該與她有共同經歷的人，又為何好似全然沒有記憶？

薛至柔不禁有些恍惚，頗有「莊周夢蝶」之感，感覺自己有些分不清夢境與現實了，把著占風杖的小手不知何時已是滿滿細汗。不得不說，她實在厭惡這種感覺，好似自己不過是命運的玩偶，無論如何掙扎都難逃蛛網。

但無論真假虛實，她之前目睹了這廝殞命，還是要對他加以提醒的：「你那夢正是為了對你加以警示，若想破局，就要像我方才說的，萬事謹慎，入夜早歸，切莫被人暗算，勒死、吊死了……」

薛至柔說著，看看桌案上未完之畫，再看看那搔首弄姿等著孫道玄作畫的猧子，感覺他表情雖無多大變化，整個人的氣場卻冷冽了許多，連帶著腰間的人皮面具都像在瞪人。薛至柔於是改口道：「罷了，看閣下情狀，好像不大好脫身，但為了保命，即便晚歸，也盡量不要與人單獨相處。『盛世苦修行，亂世濟蒼生。』眼下雖是盛世，但蒼天予神力，我不能見死不救。不必言謝。」

說罷，薛至柔轉身欲走，哪知那孫道玄冷笑一聲，在她身後喚道：「難怪總有人感嘆道法不存。今晚某若沒有被人一脖子吊死，明日倒是要去靈龜閣好好問問了。」

這廝果然還是那般不知好歹，薛至柔正打算再嗆他兩句，忽聽身前有人喚道：「至柔在這兒啊，倒讓本王好找。」

來人竟是臨淄王李隆基，縱使分不清自己所經歷的究竟是幻境還是現實，薛至柔仍不得不謹慎，寧當眼前的一切是真，也不能兒戲。她瞥了孫道玄一眼，似笑非笑：「閣下還是活過今夜，再來我這興師問罪罷。」

說罷，她不再理會孫道玄和那汪汪叫的猧子，轉身出了涼亭。到李隆基跟前，她一改方才的黑臉，躬身禮道：「讓殿下久等，至柔給殿下賠罪。」

「無妨，」李隆基毫不介意地擺擺手，「明日嗣直生辰祈福之事，可都辦妥當了？」

「不瞞殿下，方才找了殿下半晌，也是為了明日的事。今晨，至柔觀測天象，見那軫水蚓隱隱發黑，再結合嗣直八字，不宜往水邊，那祈福不是有個放生魚苗的儀式嘛，不妨明日……」

「那不要緊，魚苗不放便是了。」李隆基大度，向來不拘細枝末節，卻也沒給薛至柔留迴旋的餘地，「嗣直那孩子認生，唯有跟妳親近些，明日的典儀便託付與妳了。」

等一等，是她言辭過輕了嗎？怎的臨淄王好似一點也未放在心上，她趕忙回憶上一輪的措辭，重新說道：「殿下，事情並無這般簡單。昨夜至柔夜占風象，有風從陰徵來，而明日為徵日。《乙巳占》云：『徵日風從陰徵來，人君憂，走獸為大災。』故而至柔斗膽求請臨淄王殿下，能不能……」

話未說完，有一男子打遠處走來，喚道：「原來三郎在這啊，新羅使臣與薛大將軍正尋你呢。」

來人是安樂公主駙馬武延秀，此次與李隆基一道作為禮官，代表皇室迎接新羅使臣與北冥魚。方才聽薛崇簡說了安樂公主與孫道玄的事，此時看到武延秀，總覺得他頭上虛罩著一頂綠帽子，薛至柔甚至不大好意思與他搭訕。

李隆基哪知道薛至柔在想什麼，回身應道：「好，就來！」說罷便隨武延秀離開了。

薛至柔回過神，「殿下、殿下」的急喚幾聲，被周圍嘈雜的人聲盡數淹沒，李隆基並未回頭，她急得直跺腳，但礙於父親更不敢追上去，乾瞪眼半晌，十足無措。

『好在……取消了放生魚苗，應當還有轉圜的餘地。』薛至柔自我安慰著，垂頭喪氣地回到了靈龜閣。

她忽然想起一事，翻箱倒櫃找出一頂芙蓉子午冠，差人送去臨淄王府，帶話道：「明日命星在東，宜配金玉。至柔特準備了一頂玉芙蓉子午冠，於典儀上禮敬道祖最好不過，但嗣直年幼，尚未弱冠，只好請殿下明日配上，其他金飾，還請殿下酌情準備。」

傳話的小廝得令後，匆忙出了門。薛至柔站在靈龜閣門口，只覺殘陽西曬在顏面上的溫熱感是那般真實，但她的意識仍舊飄搖無定，全然搞不清自己是處在夢境還是現實。

未久，唐之婉終於回來了，薛至柔便以近來天象不利，直衝南市為由，誆著唐之婉帶她去唐家在洛陽的宅院住。唐之婉只當薛至柔是怕她爹來捉，也不深究，直接帶薛至柔回了家。

眼見已過了宵禁時間，父親心眼雖然多，對唐之婉的祖父唐休璟卻敬重有加，勢必不會找到唐府來，於是她開始制定其後的計畫，第一要緊的便是好好睡一覺，畢竟若是休息不好，頭腦發懵，萬事皆不好應對。

薛至柔幾乎是沾枕便睡著了，臨入夢前又想起了那惹人討厭的孫道玄。

不知道他今夜有沒有逃脫出歹人的魔爪，也不知道，這陷害孫道玄之人，與之前的北冥魚襲擊案之間會不會有什麼關聯。

不知睡了多久，朦朧間似聽到有婢女叩門，只是力度太輕，全然不足以將她喚醒。又不知過了多久，唐之婉的大力叩門聲與叫喊聲同時響起：「薛至柔！妳今日不是要當臨淄王府的差，怎的還睡呢！」

薛至柔一骨碌爬起，揉揉眼，只見窗外天光大亮。她趕忙收拾換衣，儘管著急忙亂，內心卻是長舒了一口氣，不管怎麼說，總算度過了北冥魚入洛陽的那一日，只剩下今日祈福典禮這最後一道考驗。

昨夜那小廝去臨淄王府處順道捎了口信，告知瑤池奉宿在唐家，故而臨淄王府的馬車今晨一早便等在了唐府大門外。薛至柔如前一般上了馬車，腦中所想的卻不再是那佶屈聱牙的祈福文，而是接下來可能會發生的諸般情況。

待到神都苑門口，趁車夫在閽室登記的空檔，薛至柔誆來昨夜出入宮禁的記檔查看，見那孫道玄雖確實畫到了二半夜，但還是平安出去了，心道這廝雖然不是什麼好人，能保住小命總還算是件好事罷。

凝碧池邊，兩個前來幫忙的小女冠已經候在了亭外，薛至柔上前笑道：「妳們都好準時啊，東西都帶齊全了罷？」

兩個小女冠解下身上背的包袱，露出香爐、符紙等物：「瑤池奉放心，一應俱全。放生用的魚妳說不必買，我們便也沒有買來。」

薛至柔心道，只要沒有這將魚苗放生的環節，令臨淄王父子離凝碧池遠遠的，縱使那畜生被放進了湖裡，也掀不起什麼風浪。到時，聖人最多只會追究宮苑總監管理不力，其他人就可逃過一劫了。

薛至柔心裡的算盤打得叮噹作響，算盤珠直要蹦上自己的臉。她目光轉向凝碧池上，只見夏日景致尤美，燕草如碧絲，秦桑低綠枝，眼前一片風平浪靜，未有北冥魚興風作浪的蹤跡。她心裡默念經文，只求這一次萬事順遂，千萬別再出什麼岔子。

正想著，寺人通傳臨淄王駕臨，薛至柔便斂了心神，帶著兩個小女冠向李隆基父子見禮。只見李隆基一身紫色郡王服制，頭配薛至柔交與他的那頂蓮花冠，神色飛揚自然，看起來興致很高；李嗣直雖年紀小，稚氣朗朗，一板一眼卻很有章法，惹得眾人忍俊不禁。

終於到了吉時，薛至柔開壇祭祀，一切如舊，只是她時不時要看看數丈外的凝碧池，以確保萬事無虞。

典禮流程完結，薛至柔勞心傷神，累得呼哧帶喘，才喘勻氣欲呷口水，卻見臨淄王府的隨從侍婢不知從何處拎出一個水桶，裡面放著幾隻鼈。

薛至柔正欲將口中的水咽下，見此情此景忍不住一口噴了出來。她忙放下杯盞，抹抹嘴上前對李隆基道：「殿下，昨日至柔曾說，嗣直近來不宜往水邊……」

李隆基笑道：「這是嗣直為他外祖特意準備的，說來嗣直與他外祖頗有緣分，老人家的壽辰便在明日，將其放生至凝碧池，以祝福他外祖福壽延年。至柔若是擔心嗣直，便由本王代勞，如此便再無不妥。」說罷，李隆基接過小桶，大步往凝碧池畔走去。

薛至柔直屁顛顛地忙去追，一聲「殿下」尚未出口，丈遠處水面忽然鑽出一頭巨獸，躍起丈高，徑直將李隆基拖下了水。

薛至柔距離極近，連驚帶嚇，一屁股坐在了地上，但她顧不得自憐，而是被巨大的驚駭裹挾，只因旁人或許因角度問題而看不見，她卻清楚看到那畜生跳起來，好似咬到了臨淄王的……頭？

她撐著身子站起，周身抖得更加厲害。

眨眼的功夫，凝碧池圈圈漣漪中漸漸泛起層層血色紅潮。

這一定是場噩夢吧？薛至柔握緊占風杖，下意識閉了眼，可先前輪迴時意識被抽離的一幕未再出現，她依舊停在這不願面對的現場。

而身後那些侍衛有如大夢初醒，快步跑至池邊，解下沉重甲衣，才要躍下水，水下忽有什麼東西「嘩」地露出頭來，嚇得眾人連連後退。

冒出水面的不是北冥魚，而是臨淄王李隆基，只見他的髮髻頹然傾倒，薛至柔所贈的玉冠不知所蹤，想必經歷水下鏖戰，整個人疲累至極，面色漲紅轉蒼白，大口喘息不止。

「阿爺！」年僅三歲的李嗣直見狀，十分擔憂，掙脫乳母朝水邊跑去。

李隆基立即瞪圓了眼大喝道：「別過來！」

話音未落，水面之下又躥起一龐然大物，竟是另一條北冥魚。見李嗣直正站在岸邊，轉身向他襲去。幾乎同時，李隆基以幾乎不可能的速度從水中躍起，飛身上岸，抬起右臂擋在了李嗣直面前。

那北冥魚大口重重一合，衝李隆基的右臂咬下，圍觀的宮人與宦官都嚇得曲腿掩面，驚叫連連，本以為必是血肉橫飛的場面，不想那北冥魚好像被硌了牙，瞬間又鬆了口，痛苦掙扎幾下後，遁入了水下。

薛至柔傻了一瞬，睜大眼看看李隆基那右臂，綢緞衣衫已被北冥魚的利齒撕扯破，露出一截金屬狀物，好似是西域的鉻金護腕。難道說，正是昨天她告訴李隆基今日宜配金，而他身為男子不便佩戴首飾，這才選了這鉻金的護腕，也著實幫了大忙。

再看被李隆基緊緊護在懷中的李嗣直，小小的身子顫抖不休，縱使父親以命相護，他的顏面上還是留下了一道血爪印，應是混亂之中被北冥魚撓傷，萬幸性命沒有大礙。他疼得滿頭虛汗，身子亦在發抖，縱便如此，依舊強忍著，沒有發出一聲哭叫。

薛至柔說不出自己是自責還是難過，既心疼這小小的人兒，又有些負氣，無法排揎。這兩日，或許是三日罷，她傾盡所能，機關算盡，不想還是只能眼睜睜看著北冥魚襲擊案發生在她主持的祈福儀式上。

面對著步步朝自己走來的李隆基，薛至柔心頭一緊，躬身長揖，一聲也不敢吭。

但李隆基分毫沒有怪罪她的意思，縱使髮髻凌亂，衣衫破損，仍舊保持著風度：「今日若非聽了瑤池奉之言，將這玉芙蓉子午冠戴在頭上，又配了這護腕，本王與嗣直難逃一劫。昨日瑤池奉已勸誡本王不得帶嗣直去水邊，是本王一意孤行，才導致嗣直受傷，此乃本王之過，與旁人皆無關，切勿牽扯無辜。速去通知萬騎軍前來鎮壓水獸，另外這北冥魚緣何無故出現在池中？速速查明！」

第四章　頗牧不用

話音才落，人群後走上一男子，約莫五十上下，身穿淺緋色官服，頭髮有些稀疏，顯得腦頂束髮的簪子搖搖欲墜，疾走這幾步更是彷彿要把這小小髮楸掀到後腦去。不知是因為天熱，還是被剛才的情景所駭，他滿頭大汗，神態窘迫，聲音微微打抖：「下官宮苑總監鍾紹京，聞訊立即趕來，並攜奉御一位，速速為殿下診治！」

「本王不要緊，看看嗣直罷，其餘人等，可以退下了。」

「殿下且慢！此案危及帝后安危，案發現場尚未辨明，不可以草率放人！」

聽得這一聲，在場諸人面面相覷，不單因為這話裡內容聳人聽聞，更因為他們根本沒看到是何人在說話。

眾人正詫異，水邊蘆葦叢中突然動了起來，惹得侍衛們全部將手放在劍柄上，嚴陣以待。片刻後，蘆葦向兩側分開，露出一名身著常服的男子，此刻正蹲在距離自己不遠的臨水邊，似是才勘查完畢般，起身朝眾人走來，身後還跟著兩名副手。

薛至柔忙道：「喂，那北冥魚可還沒死呢，你左不會也戴著價值連城的鑲金護肘，還不快離水邊遠……」

那人並不理會她，走到李隆基面前，禮道：「下官大理寺正劍斫峰，事出緊急，冒昧打斷殿下，還請海涵。」

『大理寺的官這麼快就來到了現場？』薛至柔十足困惑，李隆基也有同樣的不解，問道：「本王尚未通報大理寺，劍寺正為何來得如此之快？」

「回殿下，純屬巧合。明日帝后要來賞園，欲請渤海靺鞨大祚榮父子一道觀賞新羅國王進貢的北冥魚，大理寺特派下官前來偵察現場，確保無虞，未料正巧撞見北冥魚肆虐行凶。殿下雖倖免，此事仍是重大隱患，需從頭調查，以查明原委。」劍斫峰說罷，朝李隆基一叉手。

「原來如此。劍寺正所說不錯，既然事關帝后，勢必要徹底查清背後的真相，劍寺正職責所在，本王今日遇襲之事便交給你們大理寺徹查去罷。」

本以為暫時度過一劫，不想半路殺出個劍斫鋒，聽他的說辭，搞不好還是懷疑背後有什麼大陰謀，真是帽子越扣越大。薛至柔無法，只能隨著大理寺的人來到一座與涼亭相接的長廊，等著劍斫鋒盤問。

趁著劍斫峰與李隆基坐在涼亭下談笑風生，薛至柔仔細端詳了這位大理寺正一番。說到這劍斫鋒，薛至柔雖是第一次見他本人，卻不是第一次與他打交道。據稱此人是大理寺最年輕的寺正，不過二十出頭，十歲時以明法科頭名破格錄取，得到聖人賞識，自此平步青雲。據薛至柔瞭解，這廝倒也不是浪得虛名，查案確有幾分能耐，更是鐵面無私，這兩年偵破了京洛兩地的許多大案、要案。

但對於薛至柔來說，他卻是個極為麻煩的存在。打從她破了幾個案子，在洛陽城小有名氣後，這位劍寺正便多次公開與她作對，說什麼民間法探過譽，會危及有司聲譽，讓有冤案的百姓病急亂投醫。若是他手下各個得力能幹，哪裡還有她什麼事？

薛至柔臉上流露出一絲不屑笑意，見劍斫峰叉手送走了李隆基，她知道下一個便輪到自己了，又趕忙斂了神色，清清嗓子，主動走上前，坐在了李隆基方才所坐的位置上。

雖然身著常服，劍斫峰的腰間依然配著大理寺特製「司刑正法」銅牌，估摸沐浴、睡覺也不會摘，夜裡聽到鄰人殺雞也要爬起來審一審。方才薛至柔悄然觀察他，眼下便成了他觀察的對象。

薛至柔感覺他冰冷的目光上下將自己審度一番，沉定的嗓音發問道：「敢問瑤池奉，方才臨淄王稱，昨日妳提醒他，今日勿往水邊，且要佩戴玉冠金飾，可有此事？」

薛至柔是法探，自然知道劍斫峰是在懷疑自己，回道：「我人在崇玄署修道，受殿下指派，操持生辰典儀，自然應當多籌謀些。前兩日我觀測天象，發覺軫水蚓星隱隱發黑，建議殿下取消放生環節是我職責所在，有什麼問題嗎？」

劍斫峰站起身，冷聲一笑，邊睨著薛至柔邊踱步：「這李淳風的神算之術，還真是邪門啊，事發之時，本官就在附近，親眼看到那兩條北冥魚，一條咬在臨淄王的玉冠上，一條咬在臨淄王右臂的鎏金護肘上，使得郡王並未受大傷害。這等料事如神，若非親眼所見，本官打死也不敢相信啊。畢竟瑤池奉可是不單預見了今日北冥魚的襲擊，甚至連其撕咬的部位都算得如此準確。本官還聽聞，這北冥魚是令尊親自同新羅國王交涉，並派兵千里迢迢護送到這神都苑來的。若是兩件事聯合在一處考量，就讓人不得不多心了……不知瑤池奉對此如何解釋？」

薛至柔瞬間有些心虛，確實如他所說，自己為了幫助臨淄王父子免於受襲，籌謀到了極致，甚至精確預警了他們遇襲的部位。但這並非是因為什麼李淳風所傳的祕術，而是因為她陷入了連自己都無法控制的讖夢循環之中。加之，這北冥魚確實是她爹千里迢迢送來的，站在劍斫峰的角度來看，確實非常可疑。

但那所謂「讖夢」過於離奇，就算說出實情，也只能被當做拙劣的搪塞之詞，只能徒增自己的嫌疑罷了。薛至柔如鯁在喉，好一陣沒有回答。

劍斫峰唇邊的笑意更濃，目光亦更冷了兩分，繼續說道：「臨淄王寬仁，今日若非本官恰好在場，只怕此事多半會以意外結案，但北冥魚勢必被斬殺，新羅使臣勢必受到申斥，帝后與大祚榮父子之約被迫取消，我大唐多年對外懷仁，竟因此而受損，卻唯有一個家族從中獲利，繼續盤踞東北，不知瑤池奉可有頭緒？」

有道是「聰明反被聰明誤」，今日這事便發生在了這不可一世的劍斫峰的身上。若是單就提醒李隆基戴玉冠與護肘之事發問，薛至柔確實百口莫辯。可他後面的話，卻無意間給了薛至柔點撥。

她抿嘴一笑，做出一副諱莫如深的模樣，語氣亦帶了譏誚：「劍寺正是大理寺正，不懂經書道法，卻偏生要論我們風水上的事，這便是『和尚拜堂——純屬外行』了。劍寺正只消多讀幾本書，便會知曉這金玉之物，自古至今都在風水上被認定有賜福之良用，在這裡我便不吊書袋給你細講，你若實在不知道，可以去靈龜閣尋我，我借兩本書給你。所以此一次提醒殿下以金玉相護，不過是我借鑑了先人的經驗，能助臨淄王父子，我自是十分開懷，怎能因此便說我是提前知道北冥魚要襲擊臨淄王呢？

而我父親若想挑撥大唐、新羅與渤海鞅鞨的關係，大可以在前線尋些事端，不至於蠢到繞這樣一大圈罷？若是信口胡言就可以肆意栽贓前線將士，我是否也可以說，臨淄王尚未通報你便置身於此處，必然與幕後真凶是一夥的，想要在第一時間陷害於我呀？哎，你別說，好像當真是有鼻子、有眼的，那你又是何目的？想破壞我大唐與新羅關係？還是想令前線無帥，達成什麼不可告人之密謀？」

劍斫峰打從十歲起便做判官審犯人，這卻是頭一遭被人給反審了，一時有些發愣。排隊等待訊問的一眾侍衛本都畏懼劍斫峰，見他被薛至柔問懵了，都忍不住想笑，加之已等了半晌不得如廁，更是憋得十分辛苦，堪比受刑。所幸旁觀的李隆基笑出了聲，侍衛們如蒙大赦，終於也稀稀拉拉笑了出來。

劍斫峰好似並未被周圍人的情緒與氣氛影響，依舊是那副不可一世的表情，挑眉欲再說話，忽見一名法曹匆匆走來，在他耳畔耳語幾句。

劍斫峰臉上原本還掛著若有似無的笑，此時卻全然瓦解，如冷刃般的目光向薛至柔投去：「看守北冥魚的宮人被發現溺死在閣室外的荷花池中，閘門被有心人打開，凶獸故而得以前來襲人，這一連串的事情必是有人裡應外合。瑤池奉，是非黑白不以妳的強辯改變，眼下妳確有嫌疑，即刻隨本官往大理寺走一趟罷。」

那孫道玄躲過了一劫，順利出了神都苑，卻有個宮人被溺死在荷花池裡？薛至柔再一次陷入震驚與茫然中，經過這一連串的事，眼前的迷霧非但沒有散去，反而越來越濃。眼見出了人命案，薛至柔沒有任何推脫的理由，只得跟著劍斫峰等人走出神都苑的大門。

幾輛馬車已停候在門口，烈陽燦燦，天氣好像比她印象中熱上許多，這神都苑外除了蹲守值班的石獅子外空無一物。她心中默念晦氣，低聲數落起神都苑門口那兩個石獸道：「若非你們怠忽職守，不鎮邪祟，我又何苦受這個症……」

及至大理寺，薛至柔未被再度詢話，而是被侍衛領著穿過長長走廊，步入一間屋舍。

室內倒比薛至柔預想中更寬敞整潔，其內擺著上好的茶案、憑几與坐墊，桌上放著可供充饑的茶餅點心，牆上掛有摺扇作為裝飾。與一般屋舍不同的是，對著大門的另一側全無牆壁遮擋，直接與後院相連，可觀院中假山曲水，柳葉垂波。再遠處，則是大理寺的圍牆，牆上建有望樓，三步一崗，五步一哨。想必房間朝向後院的這一側全無遮擋設計，就是為了令這些望樓中的守衛將各個屋內的情況一覽無餘。

薛至柔知曉，這便是大理寺的「三品院」了，傳說中拘囚三品以上官員的處所，看來她是沾了自己父、母親乃至祖父的光，以區區崇玄署道徒的身分，得以在這裡被軟禁，而不是在漆黑黑的牢裡跟耗子作伴。

但這並不能令她有一瞬的鬆弛，薛至柔總覺得這一連串的事件背後應有更大的陰謀，她開始思考此前的所有經歷，想要理出個頭緒來。

首先，根據她自己的記憶，她前後經歷了三次北冥魚入神都苑的典禮。姑且不論這三次經歷究竟各自是夢是真，都將其算作一個「輪迴」。

那麼第一個輪迴中，她頭一天在神都苑碰見了孫道玄，第二天沒有去神都苑參加觀北冥魚的慶典，第三天直接去了給李嗣直辦的祈福儀式。其結果是，臨淄王與李嗣直被襲擊殞命，而自己亦墜入了凝碧池中，陷入輪迴，回到了靈龜閣裡碰見孫道玄的那一幕。

第二個輪迴中，她第二天去了神都苑，躲開了太平公主與薛崇簡，找臨淄王取消了翌日的祈福儀式，隨後因同父親吵架後在苑中迷了路，獨自耽擱至入夜，誤打誤撞在某處湖邊撞見了孫道玄被倒吊著溺斃，又陷入輪迴。這一次卻沒有回到靈龜閣，而是回到了神都苑裡太平公主駕到之時。

第三個輪迴中，她遇到薛崇簡，聽他提及正在亭中作畫的孫道玄並前去提醒，可能有人欲加害於他，恰好遇上臨淄王，勸諫他推後典禮不成，最後只是取消了放生魚苗。薛至柔無法，只好根據第一次輪迴的經驗，贈與他一頂玉冠，並提醒他務必於手臂上佩戴金屬護飾。最終，孫道玄活著離開了神都苑，祈福儀式上臨淄王父子雖然仍因放生鼉鱉導致了北冥魚襲擊，卻因為戴了玉冠與金護肘倖免於難。

這一次，直到現下她被押送到「三品院」來，尚未發生輪迴，似乎昭示著她已成功脫離了循環的困擾。

單看陷入輪迴的時機，第一次是在李隆基被北冥魚拖入池中，第二次是在孫道玄遭人暗算倒懸於水面溺斃之際，陷入輪迴前，她都清楚看到占風杖上的木烏鴉旋轉起來，轉得人頭暈眼花，好似將她的意識都吸飛了。難道是李淳風留給自己的這根法杖顯了靈，每當出現不該死的人殞命，便會導致輪迴的發生？

薛至柔晃了晃占風杖，只見那木烏鴉穩坐泰山，一點要轉的意思也沒有，搞得她越發茫然，表情比木烏鴉還呆。眼下唯一可以確定的，便是她可以透過不同的選擇，讓事情有了更好的走向，不僅避免了薛家因北冥魚咬死了李隆基而被滿門抄斬，還留住了孫道玄一條狗命。

這麼看來，整件事最受傷的唯有她而已，畢竟身為道徒，即便不追求兵解成仙，起碼也要不墮輪迴。也不知她到底傷了什麼陰鷙，陽壽未盡卻一次次遭受輪迴折磨。

但總歸，她的勞心傷神也不是毫無效果，薛至柔如是自我安慰著，又訓誡自己切不可掉以輕心，務必嚴陣以待，內心一段獨白頗有其父陣前勉勵將士的風采。

薛至柔自我激勵完畢，繼續思量線索。這樣來來回回折騰幾趟，她十分確定，這一系列的事件不是天災，而是人禍，有人切切實實在利用她父親護送來的北冥魚搞事，但關鍵性的真相她卻一無所知。臨淄王與此事的關節一清二楚，但孫道玄不過一介布衣，不過是與安樂公主有些桃色緋聞，好似與其他的任何人事物都不相干。

薛至柔邊晃著空蕩蕩的提梁壺，邊想著若要掌握更多線索，需得先從此處離開。但她一點也不心急，起身衝著院牆上放哨的侍衛道：「哎，沒水了！快接些來！」

似是從未見過這樣理直氣壯的嫌犯，那侍衛慢吞吞走下哨崗來，還瞥了薛至柔兩眼。

薛至柔很清楚自己在這裡待不了多久，昨夜為了躲避父親，她很早便出了神都苑，根本沒有作案的時間，苑門處記檔清晰，只要大理寺查過，縱使嫌疑沒有完全洗清，也罪不至被關押，很快便能從這裡出去了。

薛至柔沉心靜氣地品品茶，不過一炷香的功夫，房門果然打開，來者卻不是前來放她出去大理寺的差役，而是唐之婉。

這確實出乎薛至柔的意料，她「噌」地站起身，驚道：「大理寺連妳也一道關了？」

「什麼時候了，妳還在這玩笑！」唐之婉看起來比薛至柔更憂心，連聲音都帶了幾分顫抖，「我是借了祖父的關係，才得以進來探望妳，順便也給妳帶個話。方才薛將軍從驛站被大理寺的人帶走了，還出現了一些小小的騷動。我祖父很擔憂，說此事若傳回遼東，勢必導致軍心不穩。」

方才得知宮人溺斃，薛至柔就猜到父親可能會受牽連，只是沒想到竟直接收了監，她面色十分難看，好半晌沒有吱聲。

「你們父女倆都號稱擅長查案，眼下可好，反被人做了局。妳說會不會就是那些新羅人搗的鬼，給北冥魚下了藥，或對那畜生用了什麼邪術，才讓那畜生發瘋，故意傷人？」唐之婉猜測道。

「怎麼可能，」薛至柔回道，「餵藥怎能控住牠何時發症？至於做法，妳莫說是我，就算是葉天師都不可能算得出畜生的生辰八字，我在遼東多年，也沒聽說他們有什麼不得了的法師，怎可能突然冒出來操縱畜生傷人？」

薛至柔所說的「葉天師」正是鴻臚寺卿葉法善，乃大唐最德高望重之天師，為今已有九十四歲高齡。唐之婉一聽竟連他做不了，那這世間恐怕確無這等可能。她轉了轉黑白分明的眼珠，一副絞盡腦汁的模樣：「新羅國內，恐怕不都是想要與我們大唐交好之人吧？或許使團內便有見不得兩國交好的人，暗中破壞也未可知罷？」

「妳不知道，那些畜生在神都苑裡都有專門的籠子關著，還有專人看守。一個新羅國人，人生地不熟的，要怎樣才能在黑燈瞎火的神都苑裡做這樣的案子，看不清路連自己都要掉進池子裡的。」

「這也不會，那也不能，那妳說，到底是什麼情況？好端端的，怎的那北冥魚就瘋魔出來攛人？」唐之婉的鼻尖上細汗涔涔，彷彿腦袋都要燒穿了。

「必定是有內奸，並且位階不會低，不是神都苑裡的官員，便是昨日來神都苑觀北冥魚的賓客。」薛至柔答道。

事關重大，她們說話的聲音都很小，但這一面漏風的卻像是有回聲，震得兩人心弦瞬間緊繃，半晌說不出話。

正當這時，不知何處傳來鐘鳴，震得薛至柔頭痛欲裂，她眼前一黑、腿一軟，差點跌倒在地。幸而唐之婉眼疾手快，將她穩穩扶住：「哎、哎，妳沒事罷？」

薛至柔只覺天旋地轉，縱便有唐之婉攙扶，她還是紮著馬步，盡量穩住自身，看起來很像小時候做錯了事，被她母親在軍營裡罰站。

半晌後，充斥耳鼓的鐘鳴終於停了，薛至柔感覺自己的腦子好像被那鐘鳴聲一塊帶走了，許久才緩過神，對嚇得臉色煞白的唐之婉道：「我沒事，妳來的時候可幫我問了，我什麼時候能出去？」

唐之婉聽說薛至柔出事前，正在店裡研做新的朱砂紙，絳唇點了一半匆匆趕來，此時說起話，一張一翕時有如綻蕾花苞，既可愛又有些可笑：「大理寺的人說，本來應放妳出去的，但茲事體大，防著妳跑了，需找三品以上非涉案官員為妳作保，眼下人雖找到了，但手續繁瑣，不知多久才能辦下來。」

「我爹都讓他們給拉走了，我能跑哪去？」薛至柔氣不打一處來，又問，「何人替我作保？別是唐尚書罷，千萬別再牽連你們家。」

「祖父確實不便出面，我去公主府找的薛崇簡……妳的事，那小子一向上心，現下應當就在前堂簽文書。」

薛至柔不願意欠薛崇簡的人情，但也十分清楚，這事讓他這個不涉朝政的富貴閒人出面最為合適，她訥訥頷首向唐之婉道謝：「大熱天讓妳在外面鼠竄狼奔，我心裡也怪過意不去的，等出去了請妳吃好吃的……對了，臨淄王父子如何了？」

若不是聽薛至柔用什麼「鼠竄狼奔」這樣的詞，唐之婉險些就要信這丫頭嘴裡的「過意不去」。她翻了個白眼以示不滿，心裡卻一絲也未計較，回道：「別提了，臨淄王府與太平公主府不是都在積善坊嘛，去找薛崇簡的時候，我想著順道去王府看看嗣直，不想虢王誰的也去了，張羅著設宴給臨淄王壓驚什麼的，我看他們就是找個由頭吃酒罷了。」

薛至柔眉間微蹙，似是別有他想，她還未說出口，就聽門外侍衛喚道：「唐二娘子，時間可到了，切莫為難小人，早些出來罷！」

積善坊北靠洛河大堤月坡，景色秀麗，重樓復閣，輝煌金碧，達官顯貴雲集，不單有鎮國太平公主的恢弘府邸，也有臨淄王李隆基等五位郡王、親王的宅院。

人定時分，不少人家已關門閉戶，準備歇息，臨淄王府絲竹聲卻仍喧沸。蘭亭曲水畔筵席佳釀，胡笳配管弦，一直響到明月下西樓，樂工李龜年奏一首蕭梁〈桃花曲〉，復惹得滿座叫絕。

李隆基有一從叔父名為李邕，獲封虢王，年紀與他相當，兩人自小頗為要好。酒過三巡的他非但沒有困倦，反而興致越高，把酒朗聲笑道：「諸位！聽了這〈桃花曲〉，倒叫本王想起來，垂拱年間，每到上巳節，女官們便揀選了桃花編成冠給我們戴上，咱們三郎最是俊俏，彼時眾人便都說，三郎命裡可是帶桃花的。」

李隆基坐在主位之上，不知是否是因為擔心李嗣直的傷勢，嘴角雖然掛著若有似無的笑，興致卻明顯沒有其他人高。聽得李邕調侃，他亦打趣回嘴：「若是我沒記錯，垂拱年間叔父才兩、三歲罷？尚且揣著尿布，怎還能記得女官叫本王什麼？」

眾人又是大笑，安樂公主的駙馬武延秀道：「虢王記不記得姑且不論，但三郎命裡有桃花劫，確實不假。坊間皆傳三郎近來還收了一姓公孫的舞姬，不單舞姿曼妙，姿容亦是絕色。」

聽武延秀這般說，在場眾人哄笑聲更厲害了，不少人拉拽著他要敬酒，還調侃若不喝下去便找安樂公主告狀，一時間氣氛哄哄鬧，更顯熱烈十足。

李隆基忍笑做出一副無奈之態，略帶幾分醉意道：「我說你們一個個裝好心，說什麼要設宴給本王壓驚，搞了半天是想來看本王新得的舞劍姬罷？既是如此，我把她叫出來便是了，省得你們老惦記。」

說罷，李隆基側過身，頗有韻律感地拊掌兩聲。現場玩鬧敬酒的人們瞬間停了動作，皆不自覺噤聲，屏息凝神望著李隆基身後的一方牡丹國色絹錦屏風，連眼都不敢眨一下。

彩雲遮月，月色的流光仿若瞬間柔和了許多，如薄紗籠在天地間，令萬物皆添了幾分柔婉。淡淡幽香氣韻不知打何處傳來，縈繞鼻翼間，若有似無，清新如夢，清脆的沙沙聲由遠及近，縱便只聞其聲，亦能猜出這是佳人足踝所佩戴的小銀鈴，亦能想像出她的步態是何等的嫋娜動人。

終於，一佳人款款走出屏風，行至宴池正中，與其他歌臺舞館的舞姬不同，她並未身穿華麗羽裙，所著不過薄紗素錦，三千青絲隨意地用細長玉簪一挽，墮於一段白皙修長的脖頸側畔，顯出異常嫵媚婉轉的弧度。

她的眉宇並未修飾成當下時興的鴛鴦眉，眉流自然生長，眉下一雙清目，有如冬日明湖，澄澈而沉靜，明明是一張極其濃麗美豔的面龐，她的氣質卻是清朗疏冷，若是走在街上，有心人恐怕會猜測她是何等人家通情之禮的閨秀，而絕不會是舞姬，唯一違和的，便是她纖細腰肢間懸掛的劍柄，畢竟在眾人看來她本應揮劍不動，難道還運斤如風不成？

眾人正看癡之際，玳弦聲響了起來，方才還低眉順目的佳人如同變了個人，驀地抽出腰間佩劍舞了起來，一招一式，一板一眼，以長袖善舞之姿，驅動冷冽寒光之劍，美人如玉，劍氣如霜，當真乃世所罕見之景。在座觀者皆不自覺陷入恍惚，不知究竟身處炎夏還是嚴冬。

酒盞翻了，羅裳汙了，但無人在意，眼光都只落在那一抹倩影上。忽然間，兩隻鷹隼不知從何飛來，如離弦劍一般，極其反常地從數千尺高空速度飛下，向主位襲擊而去。眾侍衛覺察異常時，鷹隼尖利如箭矢的嘴已逼近李隆基左心口，情勢無限危殆。

說時遲，那時快，本正舞劍的佳人竟比侍衛們的反應更快，暫態已至臨淄王近前。劍光一閃，兩隻鷹隼被她手中的雙劍擊中，慘叫一聲，滾落一旁。侍衛們忙上前收拾殘局，佳人卻彷彿什麼都沒發生一般，兩個團身復回到宴池正中，銜接得如此連貫，甚至令在場諸人分不清這究竟是突如其來的襲擊，還是為了此舞的效果有意為之。

一曲終末，雙劍收鞘，袖籠回落，佳人神色恬然慵懶，像是午夜夢迴，起身喝了一杯溫茶，彷彿方才的金戈鐵馬與她毫不相干。

絲竹聲不知何時停了，宴池上的眾人卻似未察覺，仍沉浸在那美輪美奐的劍舞上，久久無以回神。直至李隆基笑道：「公孫雪，本王新得之舞姬，不單通音律，尚辭藻，舞劍亦是一絕，方才一舞〈劍器〉，正是她考據蘭陵王入陣的傳說，由本王編曲而成，鬧了這大半夜，不知各位可盡興了？」

聽聞竟是臨淄王親自改編的管弦，眾人皆不由得舉杯讚嘆起來，李隆基亦少不了要自謙幾句。

觥籌交錯間，賓主盡歡，動人心魄的劍舞與那不期而至的鷹隼，都溶化、消散在了一杯杯濃濃的葡萄美酒之中。

筵席散去，送走了李邕等人，李隆基在公孫雪的攙扶下回到書房，拉門一合，他醉態瞬間消解了許多，端起侍人早就備好的醒酒茶一飲而盡。

公孫雪冷豔的面龐上終於動了神色，顯出幾分擔憂：「殿下，那鷹……」

「既要殺人，又怎會輕易放棄，往後定還會出許多亂子，且走著瞧罷。對了，嗣直如何了？」

「他雖不言語，但身子痛得直抖，方吃了藥已經睡了，劉夫人一直陪著。殿下，情態險惡，可要通知府中上下，早做提防嗎？」

李隆基未動聲色，初陽微光浮現，透過窗，給他年輕、沉勇而英俊的面龐鍍上了一層淺金色的輪廓。

他搖搖頭，唇邊勾起一彎淺笑：「本王想先看看，她能查出個什麼名堂來。」

不消說，李隆基提及的正是薛至柔。

將近傍晚時，薛崇簡終於簽完了繁瑣的保證手續，將薛至柔保了出來。

當看到薛崇簡那張心疼得快哭了的臉，以及他放在臂彎處，大機率是要給自己披上的披肩斗篷，薛至柔恨不能掉頭再回到三品院去。正當她遲步不前，身後通道忽然湧出一眾差役，每人手中都拿著厚厚一疊布告，匆匆四散著跑開，似是急著前往各坊張貼。

薛至柔猜測這樣大的陣仗應當與北冥魚案有關，趕忙跟上隊尾那個腿腳較慢的役人。薛崇簡見薛至柔忽然跑了，也趕忙跟上，就這樣有如「螳螂捕蟬、黃雀在後」一般，三人前後腳來到毗鄰的坊間門前。

那役人果然是在貼北冥魚案的通緝令，待那人走後，薛至柔與薛崇簡混在一擁而上的人群裡，湊上前看。

這一看不要緊，著實將他兩人嚇了一跳：那畫像上畫的，竟然是……孫道玄？

第五章　泥船渡河

明明還是初夏，太陽亦已平落山頭，薛至柔卻覺得燥得難受，打從回了靈龜閣，就一直在院子裡走來走去。

洛陽的地脈與氣候極適宜種花，除了牡丹這等名貴花種，其他大大小小的花草樹木長得也很好，譬如院裡這棵梨樹，葳蕤成蔭，先前薛至柔總喜歡坐在其下乘涼，總覺得雖然那雪白色的花朵已然凋落，清風吹來之際還是會裹挾絲縷香甜，令人心情愉悅。

但今日這怡然之所卻全然失去了功效，父親身陷囹圄，她也受到懷疑，方才又看到通緝的嫌犯竟是先前來過靈龜閣那廝，整個人既驚訝又懵然，立即拜託了薛崇簡再去打探。

平素裡薛崇簡絕不會去這等地方，今日已去了好幾趟，眼下薛至柔有所求，他二話沒說又回去打探，薛至柔此時正是在焦急等待他傳遞回消息。終於，有拍門聲傳來，她立即翩躚上前，打開大門，未料來人並非薛崇簡，而是鴻臚寺卿葉法善。

薛至柔十足驚訝：「這大熱天的，天師怎的來了？」

葉法善已有九十四歲高齡，仕宦五朝，極是德高望眾，但說來也可笑，若論資排輩，薛至柔這毛丫頭卻是該稱他為「師兄」。薛至柔自知淺薄，從來不敢這般稱呼，還是恭恭敬敬喚一聲「葉天師」，平素上經課時多多從旁協助這位慈祥的耄耋老人，兩人算是忘年之交。

葉法善與薛至柔四目相對，因為年事過高，他眼皮微耷，眼珠亦已混沌，目光卻明澈慈祥：「聞聽今日祈福儀式上出了事，師兄我頗為憂心，差人送我而來，看到妳無事，便放心兩分了……」

薛至柔偏身一看，巷口果然停著一輛牛車，一小童叼著個草標，正好整以暇地瞇眼曬太陽，她連忙攙扶住葉法善：「天師進院子說話罷，你腿腳一向不好，大熱天的，遣兩個師妹來看看就行了，怎的自己還出來了，若是中暑了可怎麼得了？」

「有幾樁要緊事，師兄我需得說與妳聽，好讓妳薛家早做準備。」葉法善由薛至柔攙扶著坐在了梨樹下的胡凳上，微胖的手攏在嘴邊，似是要說頂要緊的事。

薛至柔屏息凝神，瞪大雙眼等著聽，卻見這老頭又站了起來，蹒跚著各處轉轉，連庖廚、茅廁的門都打開看了看。

薛至柔明白他的意思，只覺好笑：「天師且放心，此處唯有我與唐二娘子一起住，她人在前頭看店，也沒有溜進來的小賊，說話是方便的。」

葉法善蹙著壽眉，擺擺手示意薛至柔不可掉以輕心，扶著桌案緩緩坐下，方道：「事發之後，新羅使臣大抵是怕被牽連怪罪，便先發制人，不單矢口否認臨淄王受襲之事與新羅有關，反詰問神都苑為何殺死才進貢的北冥魚，是否想要借機羞辱新羅國王。渤海靺鞨雖未說什麼，契丹的使臣卻是一個勁兒追問聖人如何補償大祚榮父子……朝中幾個高句麗出身的文臣武將，亦借機煽風點火，借此機會讒毀薛將軍清譽，直指薛將軍無能，不堪節度使之位，前線作戰數年仍未令遼東局勢企穩。更有甚者，稱薛將軍在前線與敵軍達成默契，以維護其家族世代將兵之權。這麼能編故事，怎不去修善坊的酒肆裡給人說書？」

出事後，薛至柔就想到肯定會有人趁機落井下石，但他們迫不及待的程度還是讓薛至柔既氣惱又可笑。她冷哼一聲，回道：「我祖父如何在高宗皇帝的指揮下平的遼東，我是不得而知，但這些年我阿爺有多勞苦，我是看在眼裡的。沒想到落在別人眼裡，倒是一樁肥差了。」

「大唐初設節度使之位，便落在妳父親頭上，怎會無人嫉妒？不過，至柔丫頭，妳也不必過度憂慮，師兄我仕宦五朝，這樣的事見了不少。更何況，聖人若對薛將軍不信任，也不會委以重任。有道是『當非常之謗而不辯』，眼下還是盡快找出真凶，誹謗之聲自會平息。」

薛至柔知曉葉法善愛喝茶，回房中將小泥爐搬了出來，邊烹茶煮水邊道：「我有個不情之請，在心裡掂量數次，只能求助天師……」

大熱天坐車走了半晌的路，葉法善著實渴了，端起茶盞便喝，被熱茶燙了口，他齜牙咧嘴，邊搧風邊含糊回道：「妳不必多說，師兄也明白妳的意思。若有機會舉薦妳查案，師兄願以性命身家為妳作保，不單是為著與妳祖父母、父母相交多年的情義，更是不願見到忠良遭奸邪構陷。只不過，此案牽連甚廣，最終可能會上達天聽，由聖人裁決。以師兄之見，明著查案恐怕會有舉賢不避親的嫌疑，且看看有沒有別的巧宗……不過有一點，師兄需提點妳謹記：無論如何查案，切記勿牽絆進皇親貴戚的紛爭中，尤其是……太平公主與安樂公主那裡，少去為妙，切切……」

除了葉法善外，再也無人會這樣懇切、直白地警示她，薛至柔點頭如搗蒜：「多謝葉天師提點。舉薦的事，便請天師多費心了！」

眼見天要黑了，薛至柔送葉法善出了小院，再三叮囑那小童仔細駕車之後，目送他們離開了。

到底是夏日了，即便太陽落了山，地氣仍是熱烘烘的，薛至柔的心卻彷彿掉進了冰窖之中。萬萬沒想到，北冥魚一案背後竟有這麼繁複的牽扯，這恐怕就是父親不願讓她做法探的原因。

薛至柔沉默著欲回院子去，合門一瞬間，門板卻被人推住了，她詫異抬起眼，只見原是薛崇簡回來了。他向來養尊處優，極少這樣風吹日曬，肉眼可見地黑了兩圈，笑起來顯得牙口更白：「莫慌，是我。」

薛至柔忙將薛崇簡迎進院裡，急切道：「如何如何？你問出來了沒有？」

薛崇簡可從未被薛至柔如此歡迎過，看著她緊盯自己的清亮雙眼，和咫尺之遙的嬌憨容顏，黑黑的面龐可疑地紅了兩分，腦袋嗡嗡作響，思緒瞬間空白，半晌才道：「啊，妳莫急，我問到了。妳可知道，昨日薛大將軍送來的北冥魚本是養在凝碧池北的淺池裡，雖然與凝碧池相連，但中間有一帶絞盤的閘門相隔，門欄很密實，有機關，需有鑰匙操縱才能打開，那溺死的小宮人便是負責看管鑰匙的。」

薛至柔忖了忖，心道：『能這樣瞭解神都苑的情況並能完美實施計畫，單是蓄謀已久仍不夠。』她面色不佳，又問：「為何會認定那孫道玄是凶手？他不是被安樂公主強徵來的嗎？」

「妳被請到大理寺之後，劍斫峰帶人將神都苑裡裡外外搜了個遍，竟在那蓮花池邊發現了一張字條，上面寫著『**畫畢其一**』，大理寺的法曹對比了字跡，與孫道玄的字跡極為相似。」

「左不能因為這個，就認定是他作案罷？若是凶手找人仿的筆跡呢？」

「單憑此是不能論斷，聽說劍斫峰又去盤查了神都苑出入的記檔，孫道玄走得最晚，旁人皆是結隊出入，只有他是獨自一人，有足夠的作案時機。況且如今所有賓客當中，只他一人下落不明，妳說他若無辜，為何不直接去大理寺說清楚，躲起來算怎麼回事？」

別的還好說，但若大理寺已盤點過前日進神都苑那所有人的作案時機，只有他一個人滿足條件，恐怕換做是自己也會認定他是作案凶手。但孫道玄為何要來作案陷害她父親？樓宇宮殿那麼多，他竟能那般精準地找到地方作案？

薛至柔沉默片刻，又問道：「他昨日應當是第一次到神都苑來罷？那個地方那麼大，薛崇簡又累又渴，正直接掂了提梁壺往嘴裡倒水，聽了薛至柔這話，只覺喉舌間的水都十分苦澀，吭吭哧哧道：「玄玄，我雖也不喜歡那劍斫峰，但他還是有些本事的。妳左不能因為那孫道玄長得俊俏，便覺得他不會殺人罷？」

薛崇簡今日忙前忙後，薛至柔本對他揣了兩分感激，聽他滿腦子都是這些有的沒的，又忍不住好氣又好笑：「我阿爺身陷囹圄，我只想抓到真凶，旁人美醜好壞與我何干？」

聽薛至柔如是說，薛崇簡瞬間又高興起來，他輕咳兩聲，強行壓抑住欲上翹的嘴角，繼續說道：「對了，玄玄，妳說大理寺應當已有與孫道玄交往密切之人的名單，我方才便去打探了一番，除了安樂公主與朝中幾位愛好書畫的大臣以外，便是葉法善葉天師了。如今到處尋孫道玄不得，大理寺便認為是他們之中有人愛才心切，窩藏了孫道玄……」

「葉天師？」薛至柔像是聽不懂這三個字似的，怔怔望著薛崇簡，遲疑片刻還是未提葉法善剛來過的事，只道，「葉天師那裡我可是三天兩頭的跑，怎的從未聽說他與孫道玄有交往？他既不愛書法，又不喜作畫，找孫道玄做什麼呢？」

「那便奇了，我可是費了九牛二虎之力，才找了個可靠之人問出的話。這孫道玄的籍貫就在陽翟，距京洛不遠，大理寺已經去問過他的養父母，當年便是葉天師將孫道玄帶去給他們收養，每年還會貼補些銀錢，讓他們請先生教孫道玄讀書、畫畫。這關係聽起來可不一般，妳竟然不知道？當真是奇哉怪哉，難不成……」薛崇簡尾音拖得極長，像是參透了什麼玄機，雙眼流光四溢。

薛至柔與薛崇簡對視，不由得也被他的情緒調動感染，喉頭發緊，等著聽他的結論。

「難不成，這老道士……在外面有了孽種？」薛崇簡煞有介事道。

本以為這小子終於變靈光了點，未料到話說出口卻與自己所想相差萬里，薛至柔只恨不能鑿他兩拳：「你怎麼想的啊？葉天師都多大年紀了，何況人家可是得道天師，你可莫要誣人清白！」

薛崇簡撓撓臉，欲言又止——他長得與他的父親薛紹很像，頗為俊美，卻因為眼神過於清澈而看起來少了城府，甚至有些不大聰慧之感——訕笑道，「除此之外，還能有什麼解釋，我實在想不到。不然……我去表哥或者武駙馬那裡打聽打聽，他們一向神通廣大，消息靈通些。」

薛崇簡所說的表哥，正是臨淄王李隆基。提起他，薛至柔免不了想起受傷的李嗣直：「對了，嗣直如何了，你去看過沒有？」

「看了，那些奉御只會說『無礙性命』，好像只要不死就不是大事，殊不知那樣小的一個孩子，被猛獸利爪所傷，傷口疼痛難耐，手筋也斷了，不單臉上會留下疤痕，手臂也難以用力，今後恐怕連拉弓都會是個問題，他母親劉夫人已經快瘋了。要知道，嗣直是表哥長子，本有大好前程，這般破了相又殘了身子，今後可怎麼辦……」

說話間，院門一開，唐之婉拎著食盒走了進來，看到薛崇簡竟還在這，她條件反射般立起兩隻眼：「讓你接個人，你怎的還賴上了？何時家去？仔細你母親尋你！」

薛崇簡立馬回嘴道：「唐二，我是受玄玄所托，去大理寺問了案回來的，妳什麼力也不出，還好意思說我？」

唐之婉在家裡確實排行第二，但不知怎的，每次從薛崇簡嘴裡說出來卻像罵人。薛至柔也不知道他倆為何一見面就吵架，忙從中調和：「他今日確實是受我所托，不過，眼下確實不早了，你還是早些回去，免得公主擔心。唐掌櫃快來讓我看看，給我帶了什麼好吃的了？」

薛崇簡雖有些不捨，但還是答應了，叮囑薛至柔放寬心思，便起身回家去了。

唐之婉隨著薛至柔一道進了房間，將食籃打開，鋪了滿滿一桌案的美味佳餚。薛至柔幾乎一整日未用飯，卻一點也不餓，但看唐之婉悉心地給自己布菜，還是認認真真地吃了起來。

唐之婉撿了個蒲團坐在她身邊，邊搧扇子邊道：「方才我在前堂，聽嚼舌根的說，大理寺已經查出北冥魚案的凶嫌了？竟然是個畫畫的？也不知道發什麼瘋癲，竟敢在神都苑殺人。」

「是啊，說起那廝，妳還見過，便是前天來過靈龜閣的那個俏郎君，名叫孫道玄，他……」薛至柔說著，忽然想起昨日孫道玄曾否認來靈龜閣之事，一時混亂，忙閉了口。

「竟然是他啊，」唐之婉倒是接得很流利，「看起來就像腦子有病，倒真是可惜了那張臉。」

薛至柔一怔，深琥珀色的瞳仁不自覺染上了幾分訝色，又怕唐之婉看出端倪，忙清咳兩聲，偏過了頭去。

所幸唐之婉一向粗枝大葉，未想太多，待薛至柔用罷晚飯，兩人又說了半晌閒話，眼見唐之婉已然睜不開眼，還在迷迷糊糊陪著自己，薛至柔知曉她在擔心，便稱自己困倦難當想睡了，讓她回房歇息。

白日裡一直專注於各種事，入夜獨坐房中，方覺察此事對自己的影響。父親身陷囹圄彷彿一個惡咒，令她的心缺了個大口子，無論做什麼事，都覺得空落落的。

但過度放任情緒並無益處，薛至柔仔細思索：那日在神都苑裡，孫道玄說自己尚未來靈龜閣拜訪過，薛至柔便只道這一個輪迴裡沒有發生孫道玄造訪靈龜閣這樣的事，但唐之婉卻記得他，實在是離奇。難道說，他們兩人之中，有一人與自己一樣，受到了輪迴讖夢的影響？

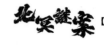

薛至柔被自己這想法嚇了一跳，抖抖從藥葫蘆裡，摸出兩粒丹藥吃了，準備好好地睡一覺，但也不知是否是自己心思太重，竟連仙師的藥丸也失了靈，輾轉反側了一整夜。

第二日，薛至柔頂著兩個黑眼圈出了門，趕往行立坊的凌空觀，打算問問那老道士與孫道玄到底是怎麼一回事，竟出資撫養他十餘年，昨日來尋自己的時候又為何隻字未提？薛至柔有股隱隱的直覺，與此事看起來毫不相干的葉法善或許是北冥魚案的突破口。她倒要看看，這個她無比敬重的，不是師父勝似師父的葉天師，葫蘆裡裝的究竟是什麼藥。

身為兩京最大的皇家道觀，凌空觀幾乎占了大半個坊，餘下不過三兩家小戶人家，也都是靠著這道觀謀生計，售賣些供香、供果與往來善男信女，聊以糊口。

薛至柔匆匆拾級而上，恰好遇到劍斫峰與幾名大理寺官員走出門來。幾人大眼瞪小眼，自然不能裝沒看見，薛至柔按品階向劍斫峰行了個禮：「劍寺正真是日理萬機啊，不知抓到了嫌犯沒有？」

「公務之事豈能隨意透露，瑤池奉還是自求多福吧。」

薛至柔故意笑得陰陽怪氣，不再多說一字，顛顛爬上臺階，進了觀去。

到了山門口，薛至柔向今日當值的道士玄義稟明了來意，得知葉法善一大早便帶著一大堆物什進宮表演去了，尚未歸來。薛至柔知曉，葉法善定是為了在聖人面前舉薦自己，才用法術表演作為藉口，好盡快求得聖人傳召。想到那年過九旬的老頭此時正在徽猷殿裡潛泳水府、飛步火房，只為哄得龍心大悅，好給自己查案求一個名正言順之職，薛至柔心裡五味雜陳，眼底不由起了薄霧。

葉法善不在，她便先在凌空觀裡探查。前殿善士、信眾雲集，人來人往，怕是藏不住人，她便往後殿的客堂區逛。客堂呈「回」字型，中間是庭院，除了蒼松翠柏、玉橋流水之外，便是一間樣式頗為飄逸的衲房，正是葉法善的居所。旁邊幾間則為客房，正值道門齋月，客房裡住滿了求道的信眾。

看到這裡的構造，薛至柔忽然來了靈感，隨手敲開東側的一間房，略做寒暄後，單刀直入問道：「敢問閣下來幾日了？這幾天入夜後，可曾見過葉天師房門上映照出人影？」

那人略思忖了下，回道：「三天前便來了。這幾日暮鼓時分緜戶時，的確有看到一個執筆伏案的影子映到那間衲房的明窗上，定是葉天師在抄寫經書罷。」

道謝過後，薛至柔又來到正對葉法善衲房西側的客堂門口，敲開房門，問了同樣的問題。

「暮鼓時分去掩窗扉，的確看到葉天師房中有人影映到明窗上，像是在翻看經書。」

「呃，你確定只有一個人影嗎？沒……沒什麼小道徒來給天師添茶倒水嗎？」

那人有些摸不著頭腦，但仍點點頭：「是……天師年紀大了，無人近身照拂，確實不大方便。或許……這就是得道天師的修為罷。」

薛至柔道了謝，待那人合上拉門，她轉身端詳起葉法善的衲房來。

這衲房設計得別出心裁，四面皆是落地的明紙窗，故而入夜後，若衲房中有人，燭光勢必會將影子映在明紙窗上。

葉法善年事已高，鮮少出門，也別無其他居所，若是窩藏孫道玄，最適合的地方便是這裡。可這兩側房間的信眾皆說只看到一個人影，倒是有些打消了這一嫌疑。

逛了半天全無所獲，薛至柔轉身出了院子。要見葉法善橫豎要等大半日，於是薛至柔打算回房睡個午覺。畢竟她學籍在崇玄署，自然在此處有臥房，只是許久未住，也不知道席褥返潮了沒？

薛至柔沿著迴廊來到不遠處的女寮，走進房間，理理床鋪和衣躺了下來。

查了一上午，並無什麼收穫，她的心情卻莫名輕鬆了幾分，估摸是因為判斷出葉法善並未窩藏孫道玄，餘下至於他究竟出於何等目的養活那廝，便顯得不那麼重要了。或許那廝藏在安樂公主處，抑或是哪位仰慕他的郡王府裡，與她又有什麼干係？

昨夜吃的丹丸彷彿此刻才起功效，薛至柔閉上眼，未久便在後院竹林隱隱傳來的鶯啼聲中睡著了。

不知過了多久，薛至柔在夢中打了個寒顫。

她迷迷糊糊醒來，竟看到一個熟悉的身影，背對著她坐在案几旁，正是葉法善。

「葉天師……」薛至柔方用歡喜的聲音去喚他，忽然想起自己此次前來是要詰問他與孫道玄的關係的，險險閉嘴，換了語氣道，「天師是何時回來的？悄沒聲坐這裡，嚇了我一跳。」

那人卻未有所表示，依然端坐著。薛至柔以為葉法善也同自己一樣打盹睡過去了，起身拍了拍他的肩，誰料葉法善端坐的身子忽然傾倒，如爛泥一般摔在了地上。

「葉天師！」薛至柔大驚，慌張去扶他，艱難搬過他的身子，卻見他顏面上竟戴著孫道玄的那副人皮面具，烏黑的血從面具黑洞洞的雙眼與嘴角處流了出來。

「葉天師！」薛至柔的聲音已是帶了哭腔，她想摘掉那個面具，看看葉法善的情況，卻怎麼都摘不掉，四下裡，再度傳出那個渺遠的聲音：「乾坤反轉……冤命五道……解此連環……方得終兆……」

「不！」薛至柔大叫一聲，猛然起身，發現自己原來是在作夢。這夢境逼真又嚇人，驚得她一背虛汗，手足皆在顫抖。還未喘勻氣，她便聽窗外傳來暮鼓聲，抬頭一看，天色竟已昏沉，心中大叫不好，趕忙從臥榻上爬了起來。

榻旁放著一餐飯食，還有一張字條，是個名叫靜義的師妹所留，說是喚她不起，便給她打了齋飯，還說天師已經回到觀裡。

薛至柔心道，這丹丸果然是不能亂吃的，吃了容易發癔症。她外出打了一盆淨水，好好擦了把臉，果然精神了許多，信步朝後院葉法善的袇房走去。

從西側客堂經過時，薛至柔恰好又碰到那個她問過話的信眾，他正準備把支著窗扉的木棍取下，落下鎖鑰。兩人視線相交，薛至柔含笑點頭算作招呼，那人亦回以微笑，隨即關上窗扉。薛至柔無意間看向東面，發現對面的客堂也正關窗扉，一股巨大的疑惑突然湧上心頭。

等等，他們的證詞，真的說明葉天師房中只有他一個人嗎？他們所提及看到人影的時間便是在此時。修道之人一向節儉，葉法善尤甚，曾立下規定，凌空觀自他起，房中只能掌一根蠟燭。那麼這螢燭之光，要如何將一個人影同時投射到東西兩側的明紙窗上？證據如此明顯，她竟然沒有第一時間發覺，真是何其愚蠢。薛至柔看向神房西側明紙窗上伏案閱卷的人影，不覺緊張起來，踮腳迅速繞至神房西側。

果不出其然，西側房門上，同樣映著一個伏案的人影。

薛至柔險些驚叫出聲，她連忙退了幾步，隱身回角落中，心幾乎要跳出嗓子眼。她說不清自己此時是何感受，驚詫、茫然，還是不解，幾乎要將她的腦子都燒壞了。

她此時該當如何？敲門進屋，問葉法善為何要這樣做，還是去報官，稱是孫道玄劫持了葉法善，脅迫他窩藏自己？薛至柔只覺腦袋完全不夠用了，雙腿也像灌了鉛，除了傻發怔什麼也做不了。

忽然間，走廊盡頭火光射入，隨之而來的是越發嘈雜的人聲和腳步聲：「走水了！快逃呀！」

似乎是被這動靜所驚擾，葉法善房間裡透出的燭光剎那間熄滅。薛至柔卻已顧不得那孫道玄是否藏身於此，飛也似地朝火光處跑去，欲探個究竟。

凌空觀已有百餘年歷史，因設計飄逸奇絕，宛若凌空而得名。而為了達到飄逸若飛的效果，所用的皆是輕質木料，加上多採用回字型、工字型等多鏤空布局，通風十分良好，即便是盛夏，住在其中亦十分舒涼，有馮虛御風之感。

但有一利便有一弊，這樣的設計一旦遭遇火種入侵，便會助火勢蔓延，故而進入凌空觀的人，上至葉法善本人，下至前來修行幾日的信眾，都不允許帶火種。燒火的庖廚亦是只能在規定的時間起灶，待熄火後，每隔半個時辰便有人去查看是否有火星殘留，甚至連香客房中的蠟燭都是特定材質，到暮鼓時分有專人負責點燃，微弱的燭火卻不足以再引燃其他，已是不能再謹慎，又是如何起火的呢？

薛至柔跑至迴廊盡頭，還沒轉過拐角，便覺一陣灼燒熱浪撲面而來。她忙以袖掩口，強忍著不適復行兩步，映入眼簾的景象令她霎時間目瞪口呆——日東月西，坎離對稱的數合院皆陷入一片火海，塔樓的火勢更是有沖天之高，令這本就燥熱無比的夏夜更顯得炙烤難受，熱風中夾雜著觀中人的呼救與呻吟，透出一種難掩的淒涼可怖。

越來越多的信眾聚集，來此看熱鬧，眼看這火勢已勢不可擋，才慌不擇路地邊喊走水邊逃命。

「葉天師！走水了！快逃啊！」薛至柔欲回禂房處去找葉法善，卻難以抗拒客堂處洶湧而出的人流，被裹挾得踉踉蹌蹌，離後院越來越遠。她發急欲衝開人群，卻被瘋狂逃命的人群擠倒，踩踏數腳，彷彿肺脅都要給踩穿了。

即便如此，她依舊掙扎著，顫顫巍巍站起，拖著受傷的腿腳往回跑。自大門口突然衝進來一隊趕來救人的武侯，見薛至柔踉踉蹌蹌，二話不說便將她當做傷患架起，朝山門外跑去。

「放我下來！我要去救葉天師！」薛至柔被兩名武侯架著，依然不住地掙扎想掙脫。

武侯瞪眼呵斥道：「小娘子不要命了嗎？快快隨我退出火場，切勿再被火困住了！」

一夜過去，天方擦亮，立行坊門處，武侯拉起的人牆外便聚滿了人，有的是方才從觀內逃出來、驚魂未定又無處可去的信眾，有的是看到起火的濃煙，從周遭坊裡跑來看究竟的百姓，還有的則是得了耳報神趕來看親眷朋友是否平安的家屬。

經過武侯一整夜奮戰，大火終於被撲滅，可那美輪美奐的道觀已在大火中化為焦炭，除了一尊泥塑的三清祖師像，幾乎什麼也沒剩下。根據搜救的武侯說，那三清祖師像被發現時，雙目之下竟淚痕潺湲，一如此時此刻頹坐在廢墟外的薛至柔。

無數次，她舉起自己身邊的占風杖，想看看能否重入輪迴；抑或閉上雙眼再睜開，發覺不過是個午夜夢迴的噩夢，可鐵一般的事實擺在眼前，足下尚溫熱的焦土氣息提醒她一切都是真的——凌空觀已毀，葉法善亦不知所蹤。

究竟是哪一步行差走錯，才造成這樣無法承受的惡果？薛至柔越是回想，越是恨自己昨日午後為何貪睡。若是老老實實守在葉法善的衲房門口，甚至只消早些起來，興許就能發現起火的苗頭。即便不能，她只要找到葉法善，便可以問清有關孫道玄的來龍去脈，還可以在著火時守在葉法善身邊，總好過現下完全不知道他人在何處。

葉法善年事高了，還有腿疾，面對這樣的熊熊大火，他究竟要如何脫身？那孫道玄究竟是否藏在葉法善房中，若是良心未泯，能否幫助葉法善逃出火海？

薛至柔正發怔，無意間看到那劍斫峰帶著一眾法曹風風火火地趕來。大理寺的人都出動了，這裡必有蹊蹺。要麼是有證據證明失火並非意外而是人為，要麼則恐怕是發現了孫道玄的蹤跡。

薛至柔如同抓到了救命稻草，立刻站起身來，踉踉蹌蹌鑽過人群，沙啞著嗓音喊道：「劍寺正請留步！」

「妳？」劍斫峰本態度頗不友善，定睛一看薛至柔與其他逃出生天的信眾們一樣，身上有被煙灰炙過的痕跡，語氣平了幾分，又帶著幾分疑惑審度，「昨夜妳也在凌空觀？」

「昨夜我宿在自己的女寮，正要去找葉天師，觀內突然間就走水了。」

「瑤池奉平日裡不是宿在靈龜閣嗎？昨日為何想起回凌空觀了？」

薛至柔急道：「若是懷疑我，你盡可去調查，但眼下還是救人要緊！這觀裡的每一棟建築我都熟悉得很，有幾個地方葉天師可能會藏身，我帶你們去……」

劍斫峰的神色十分複雜，張口方欲說什麼，立行坊的武侯長走上前來：「劍寺正，我等於廢墟中發現孫道玄縱火之證據！」

劍斫峰顧不得理會薛至柔，立即道：「快，呈來！」

武侯長遞上來一塊鵝卵石。

劍斫峰接過，薛至柔忙也湊上前，只見鵝卵石上飄逸地刻著四個字：「畫畢其二」，與在神都苑裡發現的那張字條筆記肖似。

「〈送子天王圖〉！」旁側一名大理寺法曹指著鵝卵石，像是突然悟了一般，對劍斫峰道：「稟劍寺正，下官曾看過孫道玄所畫的〈送子天王圖〉。其畫分三幅，第一幅是天王降瑞獸，第二幅是如來護法坐於烈火中。依下官之見，孫道玄這案子與那〈送子天王圖〉正是一一對應的，臨淄王被北冥魚襲擊，對應的是『天王降瑞獸』，葉天師葬身火海，對應的……」

「等等，葉天師他……」薛至柔聞聽此言，整個人一懵，忙出言打斷。

劍斫峰看向薛至柔，嘆息道：「妳果然還不知道。方才武侯來報，廢墟之中發現一具燒焦的遺體，從骨骼，牙齒與所佩戴的玉符等物來看，應當就是葉天師無疑。」

第六章　旦夕之危

一場大雨與陡降的氣溫不單終結了仲夏洛陽城的燥熱，甚至替整座城池染上了幾分悽愴蒼涼。

看熱鬧的人群散了，只剩下遇難者的家屬在廢墟間痛哭嚎啕，幽幽咽咽，最終盡數湮沒在了潺湲的雨聲中。

人之一生，紅塵一粟，何其渺小。但飛鴻踏雪，雁過留痕，總會有所牽念。薛至柔如遊魂一般，行走於廢墟之中，只見那曾經無比熟悉的建築已成齏粉，那位和藹的老人亦成了一抔焦骨。

她渾身濕透，烏黑的細髮貼在顏面上，狼狽十足，但她卻無暇自憐，兀自站在餘溫未消的短棶殘垣上，怔怔難以回神。

她出生前很久，祖父薛仁貴便去世了，母親身世不明，自然也沒有外祖父母可言，打小看到唐之婉有祖父唐休璟的關愛偏寵，她十分羨慕。而葉法善慈祥、博學、寬仁，時常為她指點迷津，薛至柔早已將他視作祖父一般的存在。

前日她還見過他啊，她方從大理寺裡放出來，他便拖著蒼老之身趕來，生怕她因為年少懵懂而應對失當。他的話語、笑容，甚至連他根根入鬢的壽眉尚是那般清晰，彷彿猶在眼前。

她還有太多的話想對他說，有太多的疑惑想讓他幫忙解答，甚至關於孫道玄的諸般疑問已在口邊，便是這一步之遙，永隔天人。薛至柔無法相信，像他那般的得道天師，縱便不羽化登仙，也起碼應當壽終正寢罷，為何會落得如此淒慘的境地？

在大火吞噬偌大道觀那一刻，他是否撐著足疾未癒的腿，奔走呼號，疏散他人；抑或是看淡生死，泰然處之？他平素裡用來煮茶的小甕倒映的究竟是漫天的火光，還是他混沌又澄明的雙眼？

不知不覺間，薛至柔隱忍的眼淚潰堤，比漫天大雨更急，她嚎啕捶胸，只恨自己為何昨日午後要睡那樣久，未能察覺襲來的危機。

若是能重來……若是能重來，她一定可以阻止這一切！但她又要如何重來？為何那惱人的輪迴此時又不來了？明明她透過在輪迴中努力，已救下了臨淄王父子與孫道玄，為何偏偏救不下葉法善？若是她沒有貪睡，那該有多好，抑或者這一切不過是午後的夢魘，該有多好……

不知哭了多久，薛至柔只覺得雙眼好似是腫了，半張臉木然，滲出麻麻的痛意，心底的悲愴則被盡力壓制了下來。她終於踉蹌走下殘跡，快步穿行於廢墟之中。

大理寺的法曹要依靠圖紙方能辨明各處方位，薛至柔則完全不需要，劍斫峰等人仍在冒雨摸索，她便啞著嗓子、腫著雙眼，給他們指出了昨夜最先起火的那幾棟建築。

劍斫峰本還有話問薛至柔，見她狀態極差，便先行作罷，帶著幾位同僚繼續在雨中尋找火源。

薛至柔並沒有如眾人勸說的那般回家歇息，而是摸索到了葉法善的衲房處。

自神都苑墮入水中陷入輪迴起，她便一直有個疑惑：自己經歷的輪迴，究竟有無規律可循？此前，她以為只要是對自己重要的人橫遭意外，便會觸發輪迴，讓自己得以回到事件發生前的某個節點。

如今她卻開始懷疑這個假設：李隆基雖為摯友，但也說不上比父親軍中那些犧牲的友人親近。那孫道玄更是素昧平生，甚至說，甫一相見還生出嫌惡，又為何不能死呢？

而葉法善於自己而言猶如祖父，重要性無疑僅次於祖母父母與兄長，眼下他不幸在大火中遇難，為何沒有觸發輪迴？

毫無疑問，她如今仍處在輪迴讖夢的影響之下，昨日午後她進入睡夢之際，聽到的那渺遠人聲與此前如出一轍。如此看來，進入輪迴，與犧牲者跟她之間的親疏遠近無關，想要搞清其中關竅，尚需考量。

但眼下在這凌空觀，她尚有更要緊的事要確認。薛至柔見無人注意自己，用素手扒開地基上的黑泥灰，在地基的磚縫間不斷摩挲，像是在尋找著什麼。

地上的黑灰如此之厚，薛至柔蔥管般白嫩的手指很快便黢黑如炭；地磚之間的縫隙如此刺手，她仍用柔軟的指腹仔細探查，很便鮮血淋漓。然而她全然不在乎，不停地重複這一過程。

待到摸遍了所有的地磚後，她胸中已有了幾分成算。這些地磚之中，有幾塊挨在一起的似乎比別的要灼燒得久些，到現在仍殘留著些許餘溫，其大小約莫四尺見方。薛至柔抬頭四望，仔細尋找有無較為突兀的存在，很快便在一堆黑泥灰下，找到了一塊有些凸出的磚頭。她雙手放在磚上，用盡全身的力氣往下一按，一旁的地基下果然傳出機關運作的隆隆聲，一個僅可供一人容身的地道入口出現在了薛至柔眼前。

果然，她的猜測沒錯。那些地磚中，之所以有的要比其他的更燙些，就在於地下有暗道，故而會有源源不斷的風流動。風助長火勢，使得這些地磚在大火中經受更高的溫度。

薛至柔抬眼，只見那劍斫峰不知何時到了附近，正帶法曹朝自己走來，似乎要來此勘驗現場。她趕忙按動機關，又將入口合了起來。

若薛至柔所料不錯，其下必定別有洞天，她所尋求的真相，恐怕就在這地基之下。而如今真凶不明，或許位高權重，也不知大理寺內有沒有內應，故而薛至柔決定暫不將自己的發現告訴劍斫峰，而是獨立去探究。

正當此時，忽有一男一女兩個聲音自廢墟外響起，對唱似的，咋咋呼呼惹人側目。

薛至柔身子一滯，不用回頭看就知道是唐之婉和薛崇簡，她趕忙站起身，遠遠喊道：「哎，你們別為難武侯，我這就出去。」說罷，薛至柔拎著酸麻的腿，緩緩向外走去。

眼見薛至柔雖臉色汙髒，身體卻不見有損傷，薛唐兩人瞬間放心了許多，繼而又陷入了一種悲傷的緘默。

薛至柔身心俱疲，尚要安慰他們，嘆息道：「我沒事，但天師不幸罹難了……」

「凌空觀好好的，為何會失火？」唐之婉義憤填膺，一口細白牙咬得吱吱作響，「我們來時見武侯在四處搜羅，好似嫌犯又是那孫道玄？」

大雨初歇，天邊青白色的流嵐有如招魂幡，令人望之心驚。少女顏面上凝著薄薄的殘淚，有種奇異的美感。薛崇簡只覺自己的心揪得七上八下，忙抬手欲為她擦拭，又情怯地垂下，轉而摸出了懷兜裡的絲絹帕：「玄玄別傷心……我雖不中用，但葉天師的事我一定上心……」

薛至柔回過神來，見薛崇簡望著自己，神情頗為擔憂，便扯了扯嘴角，只是眉頭仍緊蹙著，沒有分毫紓解：「你不必這麼說自己，此一次你幫我很多了。『謝』字無用，往後若有我能幫到你的地方，你只管開口就是。」

「眼下便有，妳不若現下就幫我。」薛崇簡輕輕笑著，眉眼間滿是心疼，「看妳眼下烏青，昨夜定然沒休息好。諸事未定，我知曉妳心裡煩亂，但身子更要緊。妳若是真願意幫我，便隨我們回靈龜閣好好睡上一覺罷。」

薛至柔確實累了，不單是身體倦怠，心裡更是疲憊不堪，但承薛崇簡人情的滋味更不好受。他待她越好，她便越是如坐針氈，但眼下除了他，似乎也沒有別的指望。薛至柔沉了沉，又道，「其實你不必待我這般好，我是實打實有求於你，我也知道諸般事可能會讓你為難，你若方便便幫，不便就實打實告訴我，這樣也可以讓我少些愧疚。」

薛崇簡笑道：「我知道，妳我之間不需要這樣彎彎繞繞，可是又有何事為難？直接告訴我罷。」

搭乘公主府的馬車，薛至柔與唐之婉回到了南市靈龜閣。

太過勞心傷神，薛至柔幾乎是沾上枕頭便睡著了，睡眠卻是極淺，意識遊蕩，始終盤桓在父親入獄、尊長身故的諸多不幸裡，夢裡亦是十足不安。

日落西山之際，她如時醒來，換下了惹眼的繡金道袍，穿上一身紵紡襦裙，梳了個最為尋常的雙環髻，走入靈龜閣。只見桃木案上放著一個布袋和一張字條，字條乃是唐之婉所留，大意是看她未醒便先出去買飯了。布袋裡的東西便是她托薛崇簡搜羅來的物件，薛至柔匆匆將布袋收入行囊，走出靈龜閣，登上趴在南市門口等生意的馬車，直奔立行坊。

經過大雨的洗滌，立行坊周遭焦木的氣味散去了許多，但空氣中仍彌散著某種難以言說的氣息，提醒著昨天夜裡有百餘口人殞命於此。白日裡過度悲傷她竟未聞見，此時薛至柔數度欲嘔，只得以袖籠掩住口鼻，匆匆離開了此處。

橫豎她的目的地並不在這裡，薛至柔沿著溝渠快步行走，及至距離道觀一射地的一座小橋處，環顧四下無人，便踏著光滑的石階緩步往橋下走，步入了橋下黢黑的橋洞。

白日在凌空觀廢墟下發現那暗道時，由於劍斫峰突然帶人過來，薛至柔沒有機會下去探查一番，便留意了一下那臺階的朝向，乃是對著正西，她便明瞭，這暗道多半會通向緊鄰立行坊西的一條地下暗渠。

該渠在宇文愷建洛陽城時便設計為洛河北岸諸坊排汙所用，為南北向，借著洛河北岸北高南低的地勢，將遠離洛河諸坊的汙水匯入洛河中，以保持城中各坊清潔。眼下若直接回到火場，怕引起大理寺值守的人懷疑，故而薛至柔便打算反其道而行之，從這地下暗渠的排水口逆流而上，看看能否有所發現。

天已經黑透了，夜幕沉沉，遠處隱隱傳來蟬鳴。薛至柔從行囊中掏出薛崇簡準備的那方布袋，但見薄薄的紗布袋內透出螢螢的亮光來，竟是一袋螢火蟲。這光線雖然微弱，但也足以照亮這一方小小的涵洞，令薛至柔看清前路，又不至於像火把那樣，由於太亮而招來巡邏的武侯。

涵洞不過一人高，其內流水潺潺，兩側有小路，可供工匠檢修出入，只是太過狹窄，以至於薛至柔必須要貓著腰將身體貼著橋洞壁，才可徐徐前進，而不至於墜入溝渠內。此間的氣味不甚美妙，薛至柔感覺有些頭昏腦脹，腳步越發綿軟而不真實。

隨著逐漸的深入，一點天光也看不見了，這無底涵洞彷彿通向陰曹地府，薛至柔卻一點也不害怕，將裝有螢火蟲的袋子提在身前，謹慎而又堅定地前行，點點火光映在她白皙的面龐上，顯得昳麗而詭譎。

在黑暗中扶著牆壁前行頗為不易，故而薛至柔這一路走得極為艱難，若換旁人可能早已放棄，她卻一直咬牙堅持，直至面前無路，只剩一道可疑的牆方止。

薛至柔的心瞬間提到嗓子眼，她慢慢靠近，抬手輕輕一推，發現那原來不是一道牆，而是一個旋轉石門，此時正呈現出半開的狀態，露出涵洞側壁上約莫兩尺寬的隱藏洞口。

她不自覺地深吸一口氣，悄步走了進去，將手中的螢火蟲袋舉向洞內。

薛至柔純淨明澈的雙眼睜大，琥珀色的瞳仁裡散出的卻是昂揚興奮的光芒：螢火蟲的光照亮的，乃是另一雙帶著警惕與不安的眼睛。眼睛的主人蜷縮著坐在洞內的臺階上，蓬頭垢面，滿臉盡是疲憊，不是別人，正是孫道玄。

「瑤池奉果然膽大，隻身前來，就不怕我這個朝廷欽犯身懷利器，受驚之下一刀結果了妳嗎？」孫道玄用低沉又沙啞的嗓音問道，語氣中仍帶著他標誌性的戲謔。

「哦？我還以為孫畫師不說簞食壺漿、夾道歡迎，怎也不當這麼陰陽怪氣吧？畢竟我可能是為數不多的相信你清白之人？」薛至柔語氣雲淡風輕，唯有天知道她此時內心的困惑與害怕，「頭頂上正是武侯巡邏的路線，只不過正所謂燈下黑，他們恐怕作夢也不會想到朝廷欽犯就藏在他們眼皮子底下。你可能覺得此地萬無一失，但你別忘了，這橋洞十足攏音，若是你敢造次，我便使出全力喊叫，到時候你這藏身之地可就保不住囉。」

「願意喊，妳便喊，」孫道玄面色不佳，勾著頭坐回角落處，對於薛至柔的話語無動於衷，「事到如今，我還有何事經不起……」

孫道玄這這副頹然模樣，倒是頗出乎薛至柔的意料。

周遭太暗，她看不到孫道玄的神情也無法判斷他的話是真心還是假意，但不論如何，此情此景之下，他兩人如同身處無形的博弈。若只是想幫助大理寺逮捕孫道玄，藉以釋放自己父親，她大可在知曉密道存在的一刻就報官，而不是自己冒著生命危險來此處尋人。既然她自己來了，就代表她選擇了身為法探的尊嚴，要將此事從頭到尾查清。

她想要救父親，但她更想以讓真相大白的方式來救。

「孫畫師，我有要事問你，望你如實回答，否則便再也沒有人會聽你辯白了。」

孫道玄望了薛至柔一眼，沒有應聲。

薛至柔不在意他的態度，逕自發問道：「我知道，昨晚你就躲在葉天師的衲房內。天師他……為何他沒有同你一樣逃出生天？」

孫道玄像是沒聽到她的問話，許久沒有應聲，薛至柔甚至都懷疑他是不是突然死了，正當她想要再問一遍時，他的唇邊吐出幾乎輕不可聞的四個字：「為了救我。」

「這是何意？為何葉天師要救你，自己便不得不……」薛至柔壓抑著情緒，卻壓不住聲音的顫抖。

「妳應當已經去過那衲房的廢墟了，」孫道玄語帶淒涼，兼有兩分戲謔，「敢問機關門是開著的，還是關著的？」

「關著的……」薛至柔一怔，似是明白了其中關竅。

「暗道只為逃生所用，故而暗道兩端的暗門開關都在內側，不在外側。要想關上神房處的暗門，必須要待在神房之中。葉天師不欲武侯清理火場時，發現這個暗道，否則我會立刻因失去匿身之地而落網。因此，他將我一把推入暗道，隨即按下機關，將我反鎖在暗道裡，自己則留在了神房中……」

未料到當時葉法善面對大火襲來竟是如此決絕，薛至柔陷入了長久的沉默。

末了，她終於開口問道：「你究竟是何人？為何葉天師縱便犧牲自己，也要保你不被武侯抓獲？大理寺已經查明，你的養父母都是葉天師給你找的，背後究竟有何隱情？」

孫道玄冷笑一聲，開口欲答，卻像是聽到了什麼動靜，瞬間警覺，霍地站起身來，一把將薛至柔拉入暗道內，準備按動牆上開關去關薛至柔身後的暗門。可是他還未來得及按下去，一個熟悉的聲音便從外面的橋洞傳來：「當真是多虧了瑤池奉，否則我等真不知這凌空觀道長的神房內竟有密道。」

橋洞外面火光漸進，傳來密密的腳步聲。兩人瞬間都知道發生了什麼，亦知道自己已經無路可逃，只能待在原地緊緊握住彼此的手。

剎那間，重重火把映入眼簾，許久不見光明，他兩人一時難以適應，只覺眼前的光亮過於刺眼，竟成了花白色，大腦亦有一瞬間斷了思考。

待意識回籠，他們看清了面前的人，正是劍斫峰帶著大理寺的一班人馬。

劍斫峰到底是做了多年刑訊，說出的話彷彿在暗示是薛至柔刻意將他們引來的，惹得薛至柔怒意：「你們竟派人在靈龜閣外監視我？」

「瑤池奉好歹也出身將門，不至於對此等小小的謀略震驚罷？」

薛至柔方欲反駁，突然聽到身側的孫道玄發出劇烈的喘息聲，偏頭一看，只見他勾著頭聳著身子，一語不發，樣子十足不對勁。

她禁不住產生了不好的預感，低聲呼道：「喂，孫道玄，你……」

如玉山崩裂，身側人猝然跪地。薛至柔急忙去拉他，卻被他的重量帶得摔倒。所謂十指連心，她撐地的手上立即傳來一陣鑽心的痛感，薛至柔抬手一看，在火把的照映下，自己竟是滿手鮮血。

薛至柔驚恐詫異地看向孫道玄，光線昏暗，他脖頸處汩汩流出的血彷彿是黑色的，他的頭面埋在地上，看不清他的神情，只能看到他露出的一截後頸慘白如紙。

「嫌犯自盡了！快施救，別讓他死了！」劍斫峰的隨從中不知何人高喊了一聲，眾人皆圍了上來。薛至柔亦被武侯拉出暗道，請了出去。

薛至柔知曉自己的處境十分不妙，但她甚至來不及考慮這些，只想知道方才所有人都在一起，孫道玄究竟是何時中招的？當真是他選擇了畏罪自裁嗎？她還未來得及問清他與葉法善的關係，劍斫峰一來，他便一命嗚呼，定是方才的一群人中混入了殺手。

薛至柔說不出自己究竟是害怕還是茫然，耳畔忽然再度響起那亦真亦幻的渺遠聲音：

「乾坤反轉……冤命五道……解此連環……方得終兆……」

眼前的光景再度變得虛幻，薛至柔意識模糊，感覺自己像是被捲入旋風的蝴蝶一般，倏爾墮入了黑暗之中。

不知過了多久，薛至柔悠然轉醒，慢慢睜開眼，發現眼前的一切竟是那樣熟悉。

凌空觀後院裡，大樹蔚然成蔭。葉法善的衲房內，拉門半開著，廊下飄起嫋嫋茶煙，一長鬢白髮的老者正在小鼎中煮著碗盞，長長的壽眉隨著呼吸輕輕顫動。

薛至柔的小嘴因震驚而張得溜圓。她從不知道自己的眼淚來得竟是那般急，像斷了線的雨珠子，撲稜稜落了滿襟。

老者轉過頭，正是葉法善。看到薛至柔，他捋著白鬍子笑得十分慈祥：「玄兒，怎的忽然哭了？可是想念爹娘了？」

看到這張笑臉，薛至柔腦子本就懵然，突然聽到這稱呼，薛至柔懷疑是自己聽錯了。她乳名是叫玄玄，但葉法善從不這般稱呼她，而是喚她「師妹」來著，更遑論還給她改了暱稱，她怔怔回問道：「葉天師方才叫我什麼？」

「玄兒啊，怎的了？想當初，『道玄』之名便是依你的生辰八字起的。『玄之又玄，眾妙之門』，『道氣長存，上德之性』，只可惜，這世道終有汙濁之所，未必存得下心思澄澈之人……」葉法善似是極其感慨，嘆了兩嘆，指著案上的茶盞道，「不論如何，還是先飲茶罷，再不喝可是要涼嘍。」

薛至柔怔怔的，下意識隨著葉法善所指，瞥了眼面前的茶杯，只見其中倒影的自己竟是孫道玄的模樣。

薛至柔驚得跳起身，瞬間發現視角高度亦與尋常不同，她低頭看看，發覺自己並未穿著一直以來常穿的金線道袍，也未穿去橋洞下人時所穿的襦裙，而是穿著一身素白袍，袖籠處點點翻墨，腰間還別著那張兩眼空空的人皮面具。

薛至柔似是難以置信，下意識按按這具身子，腿股、腰腹，確實比她所熟悉的自己身體的觸感要硬實許多，胸前更是平坦得驚人，毫無障礙便能看到雙腳。

「你這是作甚……」葉法善頗為擔心，「玄兒，你可是哪裡不舒服嗎？」

「啊……沒有。」薛至柔答道，她的聲音亦變得很低沉，像沉浸寒夜的月影，從前她甚至不曾發現，這孫道玄的聲音還挺好聽，「我……沒事……」

「咱們還是小聲些，免得被人聽去。」葉法善笑了笑，「快坐下喝茶罷。」

薛至柔聽話地坐了下來，端起茶盞，又想起自己如今用著孫道玄的身子，若是水喝多了要如廁可怎麼得了，趕忙像是丟燙手山芋一般將茶盞放下，偷眼看看葉法善，方才因震驚而被逼退的淚意又重新泛了上來。

若她沒有猜錯，因為孫道玄的死，她再一次陷入了讖夢輪迴裡，葉法善得以活過來。不管那廝究竟是什麼王八成了精，此時薛至柔真真切切地感謝他，儘管……她不知自己的意識為何會附著在他身上……

若按上一個輪迴的展開，昨日孫道玄才被通緝，今天上午她將來到凌空觀，找葉法善追問孫道玄的事。薛至柔抬眼看看東面窗戶，根據陽光滲漏的角度來看，還未及她到道觀的時間。

可如今她附身在孫道玄身上，出現在耦房裡，倒是坐實了葉法善不顧大理寺通緝庇護孫道玄之事。薛至柔偷眼看看這位慈眉善目的尊長，心道他好似全然沒發現孫道玄已然從意識上被自己掉了包，這正好給了她機會，來探聽葉法善與孫道玄之間究竟是何關係。

但她對孫道玄的瞭解幾乎為零，不免心懷忐忑，她忖了忖，輕咳一聲，盡量學著孫道玄平日裡那要死不活的語氣道：「多謝葉天師多年來對玄兒的照拂……養父母那裡，也讓葉天師費心了。」

這幾乎是薛至柔唯一知道有關孫道玄的事，還是從大理寺處探聽的。葉法善聞聲，抖了抖壽眉，嘆息道：「當年竇德妃遇害，你父母亦捲入其中，不幸殞命。貧道深受安國相王恩惠，與你父母亦有數面之緣，眼看你沒了爹娘，怎可能置之不理。如此作為，不過是為了了卻你父母的遺願，也算是給安國相王一個交代。」

安國相王？那不是臨淄王之父李旦的封號嗎？未料到孫道玄的身世居然與李旦有關，薛至柔大感意外，卻又怕被葉法善看出破綻，趕忙收了微張的口，順著話頭道：「葉天師之恩，玄兒沒齒難忘。如今玄兒又被捲入了懸案之中，幕後黑手屢屢留下證據，讓大理寺的人以為是我作案。不知……是否是當年的奸人捲土重來呢？」

葉法善長嘆一聲，道：「要怪，便怪貧道無能罷。當年究竟是何人陷害竇德妃和你的父母，貧道至今仍不知曉；如今究竟又是何人設局陷害於你，貧道亦無從得知，只能借著這凌空觀道長之便，將你暫護此處。眼下你已被大理寺通緝，兩京自不必說，養父母那裡你也去不得。貧道打算給你造一份道籍，不日便將你送往汴州，再乘船走水路去新羅。新羅境內亦有道長與貧道相識，你到那邊去暫避風頭罷。」

看來如今的案子，葉法善亦沒有頭緒，庇護孫道玄只是出於仁心。

薛至柔神思紛亂，尚來不及思量細節，又聽葉法善說道：「時候不早了，貧道今日得進宮一趟。你就待在這裲房內，貧道從外將房門鎖上。你放心，這裡的鑰匙只有貧道手上有，故而除非有人踹門強闖，否則無人能開此門。山門口值守的道士那裡我亦囑咐過了，有大理寺的人來查，一概讓他們等貧道回來後再說。你安心待在這裡，等貧道回來，給你道籍後，今晚便安排車馬將你送出洛陽。」

「多謝天師，天師慢走。」未料，今夜葉法善本打算送走孫道玄，卻橫遭火災丟了性命，薛至柔用孫道玄的身體重重磕了個頭，淚水再次破眶而出，沾濕了裲房地面上的竹簟。

待房門闔合，落鎖聲傳來，腳步聲漸遠，她方直起身，心想這老頭果然很仁義，甚至臨終之際亦不忘為這具身體爭取一線生機。薛至柔說不出心裡是何等滋味，既無奈，又心疼，還帶著幾分不解，五味雜陳。她伸出左手，重重地擰了腿股一把，但這痛感還是她的意識來承受，薛至柔哭笑不得，索性作罷，往後一仰，躺在了竹簟上，思量如何阻止今晚的火災發生。哪知一陣意料之外的叩門聲傳來，驚得她一骨碌坐起，十足錯愕。

這裡乃是葉法善的耩房，觀內道士知曉其已外出進宮，自然不會來此找葉法善。在這個節骨眼上，有誰會跑來敲這裡門呢？

難道是山門口的道士沒攔住劍斫峰，將他們放進來了？又或者，是那個幕後黑手將行動提前了？薛至柔聽著不斷敲擊的叩門聲，看著明窗紙上投下的人影，陷入了無盡的恐慌之中。

第七章　陰用陽朝

薛至柔瞬間蹲下，藏在茶案後，生怕那糊窗的明紙透出她的身形來，同時屏息凝神，立起雙耳，聽著門外的響動。

見半晌無人應聲，那人隱隱嘟囔幾句，不甚明晰，旋即腳步漸離，似是走遠了。

薛至柔還未舒口氣，忽然聽見那人清了清嗓子，似是在不遠處對著院中求姻緣的靈木祈禱：「靈龜來又回，巾幗變鬚眉，若存有心人，『鵲橋』來相會。」

薛至柔一怔，聽出來那是唐之婉的聲音，不禁以手扶額，哭笑不得。半日不見，唐之婉好像突然變機靈了些，編了首歪詩，假裝尋葉法善不得，便到靈木旁求取姻緣，實則是說給關在衲房內的薛至柔聽。那一句「鵲橋來相會」，令她若有所悟，霎時明白了唐之婉的暗示，待腳步聲漸漸遠去，她便找到了衲房內的機關按下，爬進了密道入口。

洞口不算小，可還沒前進幾步，便豁然變窄。加之薛至柔如今是孫道玄的身形，十足不習慣，幾度撞到肩膀和腦袋，惹得她忍不住嗔道：「長這麼個大傻個子，何用之有？」

但用孫道玄的聲音，說出這略帶嗔怪的語氣，當真是奇怪裡帶著幾分噁心，薛至柔只覺汗毛都豎起來了，脊背繃直，瞬間又撞了腦袋。她十足無奈，謹慎地俯下身，雙手摸著石壁和臺階，不斷摸黑下行。

走了約百餘步，暗道的坡度逐漸趨於平緩，一堵牆擋住了前路，薛至柔探出手仔細摸索，終於摸到了一塊凸起的石磚，用孫道玄的手倒是輕而易舉便按了下去。隨著一陣機關響動，轉門隆隆旋開，意料中的流水聲與不期而至的惡臭同步傳來，薛至柔抬袖掩住鼻口，倚著石階坐了下來。

這裡便是上一次輪迴中她尋到孫道玄的所在，她當時沉浸在葉法善去世的巨大悲痛之中，竟未發覺此地這麼臭，就算屏住呼吸，連眼睛都辣得發疼。

約莫一炷香的功夫之後，外面終於傳來了腳步與喘息聲，只聽唐之婉的聲音順著涵洞傳來，邊咳嗆邊抱怨，還帶著幾絲顫抖道：「嚇，要死了！這個地方，怎的如此臭！」

薛至柔喜出望外，說起來那唐之婉之所以能開胭脂鋪，就是因為鼻子比常人靈許多，能夠分辨各種花香草韻，要她捏著鼻子來這排汙渠裡，可以說是堪比受刑。想到這裡，薛至柔忍不住噗嗤笑出了聲，但也立即遭了報應，大大吸了兩口臭氣。

未久，唐之婉終於擎著個小油燈來到近前。劫後餘生終於有了能夠依靠的人，薛至柔分外欣喜，下意識地要像往常一樣去與唐之婉勾肩搭背，卻見對方下意識向後一躲。薛至柔一怔，這才想起自己如今用著孫道玄的皮囊，雙手懸在半空，顯得頗為尷尬。

薛至柔張張嘴，想為自己的魯莽行為致歉，尚未開口，只見唐之婉身後又冒出一人，不是別人，正是頂著「薛至柔」皮囊的孫道玄。

對此，薛至柔倒是毫不意外，畢竟唐之婉能留下那「鵲橋來相會」的暗語，定然是知道密道的所在，而這只可能是孫道玄告訴她的。或許是以為兩人的互換乃是因為她擺了什麼卦陣，抑或是念了什麼靈文符咒，這「薛至柔」望向她的表情既厭惡又鄙夷。

說起來，這可是她頭一次以他人視角看到自己的皮囊，那張小臉無疑是俏麗好看的，神態卻十分找抽，薛至柔隱忍再三，勸阻四五，才生生壓下了去給自己一耳巴子的衝動。

「好了，你們兩個，別再眉來眼去了。」唐之婉出聲打斷了兩人之間打了無數個回合的眼神戰，叉腰對眼前這高個子道：「所以『你』才是薛至柔，對吧？」

薛至柔點頭如搗蒜。

唐之婉沒好氣道：「瑤池奉，解釋解釋吧，妳為何變成孫道玄的模樣，而他又為何成了妳的模樣？今天一大早，這個妳便跑來大力叩門，非說自己是孫道玄。我還以為是妳發了癔症，可這個妳言之鑿鑿，非拉著我來凌空觀……可是妳又搞了什麼邪門歪道，弄得妳倆魂魄都互換了！」

「噓！某還是通緝之身，這麼大聲音，是想招來武侯嗎？」孫道玄說罷，抱臂將薛至柔那張臉扭向一旁，似是頗為不滿這兩人的行事風格。

橋洞昏暗，她的膚光更顯得白得驚人，柔和光暈下，五官亦是立體精緻，身處孫道玄體內的薛至柔感覺自己竟不自覺間紅了臉，不由得有幾分奇怪：怎麼自己看自己，還能臉紅呢？

薛至柔正納罕，突然想起昨夜天熱，她就寢時僅穿著褻衣，聽唐之婉的說法，孫道玄是一大早就跑去唐之婉處叫門的。薛至柔這才明白自己臉紅的原因，忙道：「等等，唐二娘子，妳……妳怎麼給她穿的衣服？還有你，你什麼都沒看也沒摸罷？」

薛至柔有此擔心本無可厚非，可這番話用孫道玄之口說出來，卻很是奇怪，惹得唐之婉前仰後合，笑了好一陣才停下來，懊惱道：「旁人問妳正事，妳卻只記得這些？可憐我一笑就要不停吸氣，真真不是被熏死就是被笑死！」

「我可沒逗妳啊，先把這件事說清楚！」薛至柔急道。

「放心，自然是要把他眼睛蒙上的。衣服呢，也是我幫妳換的。不過，他來叫門前如何發現自己換了身子，有沒有看、有沒有摸，我就不知道了。」

這番話絲毫沒有消除薛至柔的顧慮，又看向孫道玄，但見方才還鄙夷跋扈的他此刻倒是來了個徐庶進曹營——一言不發，好似根本沒聽見似的，一個眼神都不給薛至柔。

唐之婉上前擋住了她的視線，叉腰道：「現在該妳說了吧，究竟是怎麼回事？」

事實是，她也不知道是怎麼回事，打從北冥魚入京洛開始，她就不斷陷入莫名其妙的輪迴。或許是作為此次輪迴的惡果，她與這孫道玄交換了意識，當然，好的一點便是葉法善活了過來。

薛至柔張張口，想想唐之婉那一驚一乍的性子，最終決定隱瞞實情：「是……昨晚我橫豎睡不著，去翻李淳風道長的遺作，看到一本講奇門遁甲的書裡有個神道法陣，說是能讓魂魄脫離肉身桎梏，超脫物我，從而得蒙智慧之根，我想著或許對破案有益處，便試了試，哪知竟跟孫道玄魂魄互換了……」

「哎呀，我說妳研究這些風水玄學研究得走火入魔了，妳偏不信。」說著，唐之婉把孫道玄推到薛至柔跟前來，將握在他手中的占風杖還給薛至柔，「還愣著幹什麼，趕緊變回來呀！」

「這……」薛至柔心道並不是真有這樣的法術，免不了訕訕地繼續編道，「書裡只寫了如何交換，沒寫怎麼變回來。」

唐之婉被薛至柔這番話給氣笑了，又被臭氣熏得咳嗽了幾聲，才道：「妳說說妳，這都搞的什麼事。交換便交換了，妳偏偏選了個朝廷欽犯，難道妳想替他去赴法場啊……」說道這裡，唐之婉莫名地停住了，似是想到了什麼，沖薛至柔眨眨眼，示意她湊上前，悄悄道：「話說如今這朝廷欽犯的身子在妳手上，不如妳順勢頂著他的樣子去大理寺自首？橫豎此事從頭到尾與薛將軍無關，一切都是誤會，妳替他把案子攬下來，妳阿爺不就能放出來了？」

唐之婉自以為聲音極悄，其實這密道狹窄，又能攏音，孫道玄的魂兒怎麼會聽不到。果然，身後傳來幽幽冷絕的女聲：「唐掌櫃此言差矣。某與瑤池奉魂魄互換，誰也不知道，若是她待在某的皮囊裡讓大理寺給鍘了，魂飛魄散的究竟是某，還是瑤池奉。何況瑤池奉的身子也在某手裡……」說罷，本就站在溝渠邊上的孫道玄，開始若有似無地將一隻腳懸起來，劃動起那溝渠中汙臭的水面，彷彿在警示，不單她能夠左右他的生死，他亦決定著薛至柔的一切。

「哎，你這傢伙！」薛至柔低喊道，「把我的腿腳收回來！若是真敢掉進臭溝子裡，我也要你好看！」

「好了、好了，你們兩個消停消停，何必繼續待在這裡吸臭氣，有什麼仇怨先上到葉天師的袇房裡再說。」

薛至柔亦覺得她所言有理，領著他們順著密道，回到了葉法善的袇房。

鼻翼間的惡臭氣漸漸散去，三人都像是重新活過來了一般，貪婪呼吸著空氣。

回過神之後，薛至柔對唐之婉道：「有件事我需得同你們商量。在你們來之前，我用這茶杯中的茶葉占了一卦，結果顯示卦象大異，今夜暮鼓時分，有人要縱火燒觀，若不快想辦法，恐怕葉天師亦難逃一劫。」

薛至柔邊說邊暗暗觀察著孫道玄的反應，她有個小小的習慣，便是震驚時薄薄的唇會微微張開，想來縱便內裡的魂兒變了，這條件反射一般的小習慣應當還是在的。譬如她發現自己用著孫道玄的身體，有時也會做出些下意識的反應。

但方才她說出這一席話的時候，那張她萬分熟悉的面孔並未有任何驚訝的表現，只是將嘴橫抿著，直直得像是小時候阿娘打她的戒尺。

先前她便曾有個大膽的猜想，難道這廂這孫道玄與她一樣，經歷過此前凌空觀大火的識夢輪迴嗎？她很想即刻與他對質一番，但唐之婉亦在場，為著不將輪迴之事告與不相干的人，此時只能閉口。

唐之婉見孫道玄和薛至柔一直盯著彼此也不說話，滿肚子的疑問簡直要炸了，出聲打破了這詭異的寧靜：「意思是說……有人想要葉天師和這個朝廷欽犯的命？他不殺人便罷，竟還有人要殺他？」

薛至柔想起了忘了告訴唐之婉，那孫道玄應當不是一連串事件的凶手，難怪她一直有如驚弓之鳥，一驚一乍的。薛至柔忍笑道：「他應當是被人設計了，大抵也不是個有殺人越貨本事的人，虛招子裝強勢罷了。」

薛至柔這話不是空穴來風，她發覺用著孫道玄的身子，連看那密道溝渠裡的耗子都帶著幾分悲憫，這樣的人，雖然外表看起來冷峻凶煞，內裡卻未必有多強悍。加之此前在神都苑，孫道玄曾被人勒吊而死，以及這次的大火，似是昭示著幕後真凶欲將他滅口。

孫道玄瞥了薛至柔一眼，顯然對她的說辭頗感不滿，但為救葉法善，這些都不重要：「眼下沒有什麼比葉天師的安危更為緊要。凶徒能在神都苑裡動手腳，還在大理寺裡有內應，自然是神通廣大，若無萬全的準備，恐怕容易打草驚蛇，須得商量個計策出來。」

「怎的，你現下竟就信了我們，要跟我們聯手嗎？」薛至柔的笑容裡帶著兩分邪性與挑釁，用著這副皮囊竟無有分毫違和，「就不怕我們中途把你給賣了？」

「葉天師於妳我皆有恩情，故而我不會懷疑妳的真心。」孫道玄指了指薛至柔的胸口處，只見衣襟濡濕處留下了深深淺淺的痕跡，那是她看到復活的葉法善之後，流下的激動眼淚，「我雖看不慣瑤池奉的江湖騙術，但此時此刻，我們必須同仇敵愾。距離暮鼓時分只剩下幾個時辰了。葉天師平素裡如何行事，只有妳最清楚。瑤池奉若有計策，就速速說來罷。」

唐之婉的嘴永遠比腦子快，率先出主意道：「方才我們來時，聽說葉天師進宮去了，我們為何不等在宮門外，直接堵住他，接他到安全的地方去，再通知凌空觀各處嚴陣以待，抓住那欲縱火的凶手？」

初次經歷這等事的人，肯定會這樣考量問題，此前薛至柔在神都苑的輪迴裡也曾如此貿然行事，結果非但沒有脫離循環，還造成了更惡劣的後果。更何況，父親戴罪獄中，葉天師入宮本就是為了自己籌謀一個方便查案的身分，若是這般堂而皇之去堵宮門，被有心人看見又要生出事端。

薛至柔沉心思考，無意間看到孫道玄正閉目養神，用手寫寫畫畫，彷彿在練習寫字似的，突然計上心頭：「有了！」

兩個時辰後，紫微宮裡的葉法善已求見過了聖人李顯，躬身出了乾元門，方敢舒一口

氣，抬手擦拭額角上的汗珠。

伴君如伴虎，他仕宦數十年，歷任五朝，從一個跟著天師入宮做法的小道士，到如今極受敬仰的國師，從不敢有一絲一毫的驕矜懈怠，縱便是聖人念他年事已高，准他不跪，他亦屈著枯朽之身端端行禮，從不敢有半分馬虎。

今日他名為驅邪做法，實則為了薛家與薛至柔之事，更是萬分謹慎、如履薄冰，最終以驅邪為名，為薛至柔謀得了一塊方便出入案發現場神都苑的御牌。想來那機靈的丫頭自有法子得到她想要的資訊，但達成目的的葉法善並未著急回凌空觀，而是候在飲馬處，似是在等什麼人。

終於，一位年邁的女官迤邐走來，手上端著一個小錦盒，上前對葉法善禮道：「積年久了，婢著實尋了許久，才找到這老物件，請天師過目。」

葉法善連聲道「有勞」，伸出虬枝般的雙手接過，徐徐打開那錦盒，只見其中是一塊純金御牌，上書「奉御神探」四個字。葉法善摩挲著那御牌，白白的鬍鬚微微顫抖，似是在觸摸那無法回溯的歲月。

女官見他如此，也起了感嘆：「當年此牌為狄公所有，葉天師助狄公破奇案，狄公誠意以此牌相贈，葉天師謙不敢受，便一直寄放在奴婢處，如今……葉天師終於尋到堪配此牌之人了嗎？」

「堪配與否尚無定論，但貧道希望她能成為狄公那般正直之人……」葉法善笑得極為慈祥，反復向女官道謝後，乘牛車向凌空觀趕去。

這一路本暢行無阻，誰料行至北市西南街口時，車夫突然拉住了牛韁，將車停了下來。葉法善從車廂中探出頭，發覺看熱鬧的人群將道路圍堵的水泄不通，不覺十分迷惑。

一般而言，只有處決欽犯砍頭的時候，才會圍上這麼些人。葉法善梗脖翹首，想看看前面究竟發生了何事，奈何人群太過密集，根本無法看清，不由起了幾分焦躁。

時辰已然不早，他還需回凌空觀為孫道玄打點一切事宜，萬萬不可有差池。葉法善不知道的是，前方的百步長街之上，圍觀人群中正是以薛至柔形象示人的孫道玄，他正舞動掃帚如風，在長街之上蘸水寫字。

單以書法，稱不得奇，妙得是纖弱之身，寫出的字卻比人大，何況寫罷一字後，孫道玄便如投壺射箭一般，將掃帚投入缸中，隨後一個鷂子翻身，趁蘸水飽滿，帚把未沒入水之際撈出，須臾便揮就成一個狂放飄逸的草書「神」字。

薛至柔的外表本就俏麗，一身金線道袍更是吸睛，加之當街表演這絕技，飄逸的大草竟有幾分張旭、懷素的風采，能惹得如是多人駐足圍觀，拍手叫絕，倒是毫不奇怪。

顯然，這一切都是薛至柔的算計。葉法善平日從哪條路回凌空觀，她自然知曉，那孫道玄用著她的皮囊，行動自由不受限制，薛至柔便想到派他來葉法善回凌空觀的必經之路的北市街口。這裡平時便是熙熙攘攘，以寫字的才藝來吸引圍觀百姓，絕對可以將整條上東門大街堵得水泄不通。葉法善回不去凌空觀，自然不會有性命之憂。

但僅僅救下葉法善還遠遠不夠。

與此同時，唐之婉乘馬車來到了太平公主府，欲尋薛崇簡。想要達到最終的目的，她尚需要一個信得過、有幾分力氣且好糊弄的人，薛崇簡明顯完美符合要求。薛至柔頂著孫道玄的皮囊，自然出不了門去，這個任務就只能落在唐之婉頭上。

但他們忽略了一點，便是那薛崇簡可是個愛玩的性子，十日有八日不在府上，今日趁他母親拜訪相王李旦不在家，他又溜出去玩。故而唐之婉撲了個空，問遍府上的小廝，也無人知曉他在何處，眼見日頭逐漸偏西，她簡直急得要哭。

那臨淄王李隆基也住在積善坊，乘馬車出門，看到唐之婉正對著公主府門前的石獅子抹淚，忍不住打趣道：「喲，唐二娘子這是怎的了？可是崇簡又去至柔那裡搗亂了？」

唐之婉猶如抓住了救命稻草，也顧不得禮數，赤眉白眼地衝上前，問道：「殿下可知道那薛崇簡哪去了？我有要緊事找他！」

李隆基忖了忖，回道：「這兩日，城裡來了一撥東瀛使團，據說其中有幾名棋手能耐了得。那小子昨日曾約本王去看熱鬧，可本王……」

「多謝殿下！」不待李隆基說完，唐之婉又風風火火上了馬車，吩咐車夫道，「快！去清化坊的東瀛驛館！」

清化坊與皇城相鄰，不單有都亭驛十餘，更有酒肆豪館，瓊臺樓宇，可謂閭閻撲地，繁華極樂。

車水馬龍，門庭若市，唐之婉的車馬穿梭於道路之間，與那葉法善一樣，數度踟躕不前。但她可不是什麼得道天師，沒有那等閒定的心氣，急急吩咐馬夫駐步，未等車停穩，便跳了下來，一路向東瀛驛館狂奔，鞋襪快掉了也顧不上，迫不及待跟著通報的寺人進了門，待目光鎖定正吃酒談天的薛崇簡後，上前劈頭蓋臉喊道：「原來你在這兒啊，當真讓我好找！」

薛崇簡本以為是他母親派人找來，嚇得差點跳起來，待看清來人是唐之婉後，復坐了下來，邊打酒嗝邊道：「原來是唐二啊，妳也來看弈棋？」

「薛至柔出事了，」唐之婉準備的詞一句也顧不上說，言簡意賅道，「需要你幫忙！快隨我來！」

薛崇簡本喝得紅頭脹臉，聽聞薛至柔出了事，臉色瞬間煞白，再顧不得取樂，匆匆隨唐之婉出了門，不停問道：「玄玄怎的了？玄玄人在何處？」

待上了馬車，唐之婉方將編好的說辭告知薛崇簡：「薛至柔在凌空觀裡挨了欺負，被搶走了道帽上的帽准。你可知道，那帽准可是韋皇后所賜，如今薛家蒙難，本就處境尷尬，若是再有人借此發揮，說薛至柔大不敬可就完了！」

此時薛崇簡已全然醒了酒，暗罵自己貪看什麼弈棋，竟令薛至柔受了這樣大的委屈，他禁不住怒道：「什麼道士這麼無理，看我不揍……」

「揍什麼揍，」唐之婉眼見太陽已低平於坊牆，就要到薛至柔所說起火的暮鼓時分，心下更急，「那道士多半是將帽准藏在自己的衲房裡，如今他外出不在，你只消幫忙將門撞開，將東西取回來就是了，切勿節外生枝！」

薛崇簡好似覺得哪裡不對，卻又說不上何處不對，愣愣問道：「玄玄呢？她為何不來尋我？」

「她氣得好幾餐都沒有吃飯，現下在粥鋪吃粥，等拿回帽准我們再去尋她罷。」聽說一會兒去找薛至柔，薛崇簡霎時高興起來，也隨那唐之婉一道催馬夫速度打馬。

兩人緊趕慢趕，到山門時已日薄西山，距離暮鼓只剩一炷香的功夫。

唐之婉拽著薛崇簡的後領下了馬車，呼哧帶喘地往觀裡跑，邊跑還邊威脅道：「那道士快要回來了！你還想不想幫你那玄玄了！」

薛崇簡聽了這話有如打了雞血，跑得比唐之婉還快，惹得唐之婉在後上氣不接下氣地罵道：「你……你知道地方嗎你就亂跑！」

薛崇簡這方駐步，看著唐之婉急道：「快點、快點，可別惹人耳目……」

兩人終於進了那回字後堂，還未靠近衲房就聽見暮鼓的打更聲，緊接而來的便是此起彼伏的「走水啦！」「快逃！」之類的叫喊聲。

唐之婉回頭一看，只見東北角處冒起了一陣濃煙，她心下一緊，心道自己還未來得及疏散信眾，也未來得及去探查究竟是何人放火，最要緊的是，他們白日離開時的密道尚未關閉，如此葉法善包藏孫道玄的事亦會曝光，先前的諸多籌謀便白費了。

唐之婉的腦袋一片空白，手足無措之際，薛崇簡忽然正了神色，對她喊道：「唐二！閃開！」說罷，不等唐之婉回應，薛崇簡卯足了勁，朝明窗紙門撞去。

只聽一聲摧枯拉朽的木門倒塌聲，火光躍動中的昏暗衲房出現在兩人面前，裡面無人，唯有一張沏茶的案几和兩個茶杯。

唐之婉並未離開，緊跟著薛崇簡進了衲房，趁亂直奔那密道的機關而去，雙手按下那機關，隨即拿起故意壓藏在案几下的帽准，大叫一聲：「帽准找到了！」

這一聲成功吸引走薛崇簡的注意力，加之火起本就喧囂，他絲毫沒有注意那暗門閉合的隆隆聲。看到帽准，他鬆了一口氣：「既如此，我們趕快出去罷！」

唐之婉回頭瞟了一眼那案几下方，見那密道口果然已消失無蹤，她方放下心來，隨著薛崇簡速速往山門外跑去。

第八章　積非成是

立行坊緊鄰北市，正值仲夏傍晚，不少人出門閒逛納涼，十足熱鬧。不知誰人率先發現凌空觀上方籠起了一縷薄霧，被夏日熏風一吹，逐漸變為滾滾濃煙，隨之而來的則是嗆人肺脅的氣息，以及若隱若現的逃命慘叫聲。

很快，周邊坊間的武侯傾巢而出，前來救火並封鎖道路，北市東大街瞬間被擠得水泄不通。人、車、馬全部亂作一團，其中便有鴻臚寺卿葉法善。眼見凌空觀失火，他異常心急，可他所乘的牛車卻是寸步難行，無論隨行的道徒如何鳴鑼開道，也無濟於事。

葉法善腿腳不便，見周遭人群擁擠，自是不敢輕易下車，就這樣磋磨著時間，竟已過了一個多時辰。

本掐算著能在暮鼓左右回到凌空觀，不耽誤晚上與孫道玄之約，不想凌空觀竟突然走水失火。想到凌空觀的眾人以及仍被自己關在神房內的孫道玄，葉法善再也無法乾等，跳下牛車，年邁清臞的身子想要穿過擁擠的人群，卻被推搡裹挾，數度險些摔倒。正一籌莫展之際，一頭戴大簷斗笠，身著黑色胡裝，腰間別著寶劍之人靠近過來，向他叉手一禮，正是身著胡服男裝的臨淄王府舞姬公孫雪。

話說這公孫雪雖只有十八、九歲，與孫道玄卻有近十年的交情，同葉法善亦有過幾面之緣。見葉法善一臉疑竇，她輕笑一聲，指了指街口北側停著一駕馬車，低聲道：「天師欲見之人正在車上相候，且隨我來。」

葉法善神色一凜，蹣跚跟上了公孫雪，趔趄登車，掀開簾攏，只見裡面坐著的不是別人，正是孫道玄。

葉法善又喜又驚，趕忙放下車簾，生恐過路人看到他。公孫雪一揮馬鞭，馬車便背向人群，飛速駛離了熙熙攘攘的街口。

葉法善拉著孫道玄上上下下仔細打量一番，見他安然無恙，沉沉舒了口氣，又疑惑問道：「玄兒，你不是被貧道鎖在衲房裡，怎會在此？」

此時駕馭孫道玄的仍是薛至柔的意識，她輕咳一聲，盡量學著孫道玄的語氣回道：「火起後不久，公孫姐姐便趕來道觀尋某。某當時方打破門窗逃出衲房，眼看天師遲遲未歸，猜測應是由於載貨甚多堵在了路上，便趕來接應。」

「公孫姐姐？」葉法善重複著「孫道玄」口中的稱呼，只覺得有些奇怪，「到底是經了事，玄兒竟也成了禮儀人……」

薛至柔一哽，猜測大概是自己錯了稱謂，忙轉移話題：「呃……天師入宮，所求之事可都打點好了？」

時光回溯至是日午後，待唐之婉和孫道玄出去後，薛至柔便關上了密道通往外側方向的機關門，耨房一端的則保持打開。此舉既是為了關鍵時刻自己能夠隨時逃離，也是為了不令溝渠中的臭氣反上來。

其後她便一直端然坐在耨房裡，盡量與這具不慎相熟的身體和諧相處。待聽到暮鼓聲敲響時，她方躲入密道之中，並用茶案將密道口掩住，順便將帽准壓在案几的腳下面。

上一個輪迴凌空觀燒毀時，薛至柔身處山門外，曾瞥見一個身穿華貴胡服的俏麗女子逢人便問可曾見過孫道玄的行蹤。彼時薛至柔正處在凌空觀毀滅的巨大悲痛中，並不曾與她搭話，卻也看出她身上的蹀躞帶應是出自臨淄王府，潛意識裡奇怪為何臨淄王府的人要冒著被牽連拖累的風險來尋孫道玄。

輪迴後，她從葉法善處瞭解到孫道玄一家或與臨淄王之父李旦有關，便理解了幾分。故而當她經密道逃出後，用破帽遮住臉繞回到立行坊西的道旁時，被一頭戴斗笠的黑衣人徑直拽至小巷內，也不過掙扎了一瞬，便看清是那日臨淄王府的女子，便從善如流地跟著她逃命，也確實順利逃出了火場，接到了葉法善。

只不過，看葉法善對於「公孫姐姐」這稱謂的疑惑，難道這孫道玄與這位俏佳人間的瓜葛別有隱情？

薛至柔尚未想明白，便被葉法善從回憶中喚回：「貧道入宮之事並無什麼打緊，眼下重要的是你的事。來，這度牒與道袍都已備好，你快快換上。貧道所托之人就在新羅驛館，你先隨他們往汴州，再乘船走水路去新羅。」

就在方才，薛至柔尚對今日種種算得上滿意，她不單保住了葉法善的性命，還頂著孫道玄的皮囊，幫助他逃了出來，現場也沒有留下任何蛛絲馬跡。這一切都讓她感到慶幸，甚至第一次感激起輪迴來。

然而這一切，都因為葉法善這一句「換上道袍」而戛然終止。脫衣換道袍豈不是要摸這廝的身子了？所謂己所不欲、勿施於人，她不願那貨摸自己的身體，自然亦不想碰他的身子，哪怕只是看到，恐怕也要長針眼。更何況，這葉法善不知道她不是孫道玄，要將她托給新羅人帶到新羅去，她的身體可怎麼辦？她那尚在牢裡嫌疑未脫的爹可怎麼辦？

葉法善見這「孫道玄」遲遲不動手，焦急不已：「玄兒，你可是還有何顧慮？已到如此關鍵之時，切不可猶豫誤事啊！」

薛至柔如何不知事情緊迫，骨節修長的手卻一直懸在半空，遲遲下不了決心。

葉法善十足心急，拍腿道：「傻孩子，這還猶豫什麼？你可是不甘心？覺得自己分明什麼也沒做，卻被冤枉，不肯就這般離開？貧道知曉，你性子剛直倔強，可你也要想想你爺娘！他們死得不明不白，你如今若也這般丟了性命，豈不是讓奸人痛快！」

薛至柔聽得一愣一愣，心道自己不過是不想看孫道玄的身子，怎的惹出這老頭一堆有的沒的。但有一點是真的，再不換不逃，可能就要保命不住，薛至柔嘆了口氣，雙手終於握住了襟領，還未來得及解扣，便覺得頭腦一沉，瞬間無知無覺了。

黃鶯啼鳴，細水潺潺，薛至柔似是沉進了一汪深湖，混沌無著，載浮載沉。她潛意識裡暗暗慶幸，以為此一番再度醒來必然會回到自己的身體，哪知兩眼一睜，竟還是用著孫道玄的身子。她欲哭無淚，卻也毫無辦法，萬般不情願地隨他們往汴州趕去。

這廂孫道玄聽說薛至柔用著他的身子即將被帶去新羅，崩潰得恨不能把靈龜閣砸了，畢竟他能忍受一天不吃不喝不如廁，長此以往可不是要他的命嗎？

不過他並非最崩潰的那一個，唐之婉得知他兩人並未交換回來，那薛至柔的魂兒還裝在孫道玄的身子裡，甚至離開了洛陽，驚嚇得險些要將額前的劉海揪禿了，待恢復了幾分神智，她當晚便在丹華軒門口掛了歇業牌子，逃回了唐府去。

孫道玄極不情願地在靈龜閣住了一夜，第二日一早，天還未亮，就被拍門聲叫醒。他本已過慣了提心吊膽的逃命生活，第一反應便是翻窗逃跑，當那瘦弱的身子無法支撐他爬上支摘窗時，他方憶起自己尚用著那薛至柔的身體，竟破天荒生出幾絲歡喜之感，大搖大擺下樓開門來。

這歡喜並未能持續過一盞茶的功夫。孫道玄打開大門，只見門外是凌空觀的小道徒，天降大雨，他卻未拿傘，渾身濕透，看起來極是狼狽，哭喪著臉道：「瑤池奉，天師要被帶去大理寺了！說是有要緊事囑託瑤池奉，特意讓我尋你來！」

孫道玄面色一凜，腦中浮現出許多不好的猜想：「大理寺的人為何要捉天師，是不是……」

「說是因為凌空觀燒毀，天師被訴怠忽職守，總之，瑤池奉快些去罷，再晚些天師便要被帶走了！」

孫道玄已顧不得薛至柔是否會騎馬，搶過小道徒手中的轡繩，翻身而上，疾馳往立行坊趕去。

如上一個輪迴一般，凌空觀的大火燒了整整一夜，只剩下焦黑成炭的椽木與裸露的地基。孫道玄趕到時，數十具屍身正擱在雨中的空地上，等人辨認，而葉法善坐在不遠處的武侯鋪裡，看起來疲憊至極，旁邊一陌生男子，身著淺緋色官服，從他所配的魚袋、銅牌來看，應是大理寺的官員。若孫道玄仍用的是自己的身子，必不敢貿然前去，但如今用著薛至柔的身體，自是無所畏懼，他快步迎上前，喚道：「葉天師！」

葉法善聽得呼聲，抬起混沌雙目，乾涸瞳仁中漾出慈祥光芒：「呵，師妹來了……」

「瑤池奉的耳報神還是這麼靈通，」那大理寺的官員說道，「劍某當真想向瑤池奉請教一二，究竟是如何做到。」

孫道玄明瞭，此人應當是大理寺正之類的官員，或許曾與薛至柔有過節，便抬頭看了他一眼，語氣疏冷道：「那是你們無能……」

不消說，這大理寺官員正是劍斫峰，聽了這話，他微微一怔，平素裡薛至柔雖然說話也算不上客套，但如此直白著實是頭一遭。所謂「光腳不怕穿鞋」，劍斫峰也不好搶白回去，一時無語。

葉法善適時開口道：「劍寺正，崇玄署仍有些祭祀、做法的事，貧道恐怕進了你們大理寺便無人操持，需與瑤池奉交待幾句，可否行個方便？」

劍斫峰雖不通道，對葉法善卻也敬重，做了個「請」的手勢，帶人守在了大門外。

孫道玄看著眼前的耄耋老人，感到愧疚不已，強忍道：「天師有何事交待，我一定努力去……」

「嗐，」葉法善微微一笑，雙眼彎彎，神神祕祕低聲道，「崇玄署的事，妳占風杖一揮，哪有什麼處理不了的。師兄我是有件東西與妳。」說著，葉法善從懷兜中摸出了一塊金牌，顫著手遞了上去。

孫道玄趕忙接過，只見其上寫著「**奉御神探**」四個大字。

「妳所求查案之事，師兄不好明裡推薦，便薦妳去神都苑做法鎮壓凶邪。如今師兄我進去了，風水祭祀諸多活動多半會尋妳，妳出入方便，查案亦能更加便宜，師兄相信妳的才能……」

「這凌空觀的火，多半也與此案有關，」孫道玄心裡越發不是滋味，緩緩說道，「天師已被連累至此，我實在……」

「貧道如何會不曉得，」說到此處，葉法善頗有些欲言又止，聲音壓得更低，「妳或是已經知曉，即便尚未知曉，只消稍稍查證便會知曉，貧道與那孩子有頗深淵源，他當真不是殺人凶手……」

孫道玄一怔，不想到了這個節骨眼上，葉法善還在一心為他剖白。說是「男兒有淚不輕彈」，他如今用著女兒身，可是再也忍不住，哽咽道，「天師莫要再勞心這些了，且要照顧好身子。」

「好……好……」葉法善應道，「凌空觀沒了，貧道難辭其咎，入獄恕罪，亦是我心之所往，妳不必牽掛。這『奉御神探』，乃是當年狄公所留下的，貧道知曉，妳一直有此志向，特意要了這塊金牌與妳。待妳查明懸案之日，聖人知曉是有人蓄意放火，自然也會還我以自由。至柔丫頭，妳遇事愛急躁，如今敵暗我明，敵強我弱，切記不可著人的道，萬事多加小心……」

「葉天師，」門口的劍斫峰終於出了聲，「交待的差不多了罷？雨小了些，此時動身於葉天師便宜，請罷。」

孫道玄毫無辦法，眼睜睜看著葉法善步履蹣跚地隨那劍斫峰離開，他不知自己該往何處，只是站在瓢潑大雨中，捏著那一塊觸指生寒的金牌，眼底映著那化作齏粉的道觀，眸光如火。

不知在雨裡站了多久，孫道玄終於拖著沉重的步履回到了南市。

大雨初歇，雲破日出，街上的小水窪在太陽光芒的折射下透出五彩斑斕的光暈，然而在孫道玄眼中，世界彷彿變作黑白，沒有一絲色彩。

他今年不過十八歲，卻已在外漂泊了近十年。尚是孩提時，他便痛失雙親，被葉法善託付給禹州的善良農戶，養父母貧苦，但品性醇厚，將他拉扯長大，十分盡心，可他不敢過度親近，只因身負血海深仇，有如一位獨行蒼穹的死士，只為報父母之仇而活，不想連累他人。他不怕孤獨，甚至享受孤獨，袖起筆落，畫中方是他的萬千世界。

然而無論他多麼審慎，他還是連累了葉法善和凌空觀的百餘口人，看到坍圮的道觀、橫陳的死屍，以及佝僂著身軀被帶往牢獄的老者，孫道玄只覺得自己被一種莫大的無助感裹挾，整個人萬分頹喪，提不起一分氣力。

他沉默地轉過街角，欲回到那不甚熟悉的靈龜閣再做打算，哪知那鋪面竟開著門，惹得他疑惑之餘起了幾分警惕，步履輕悄，立在幌旗下悄然觀察。

堂內站著的竟然是唐之婉，對面坐著一對老夫妻，好似在絮絮說著什麼，時不時抬手抹淚。

孫道玄暗道不知這傻大姐又攬下了什麼活計，橫豎與他無關，兀自走了進去，打算上二樓歇息。

誰知甫一進屋，便被唐之婉喊住，只聽她語帶遲疑，卻也強勢：「哎……瑤、瑤池奉，有冤案上門，等妳半晌了。」

孫道玄乜斜了唐之婉一眼，腳步不停：「干某底事。」

唐之婉忙從桃木桌後跳起來，一路追到二層拐角處，連驚帶怕地揪住這位所謂「薛至柔」的袖籠：「哎！你！作為法探，你不查案誰查案？」

孫道玄一揚眉：「某不會，閣下查罷。」說罷，抽了袖籠，轉身便走。

唐之婉心一橫，上前攔住他的去路，壓低嗓音，語氣帶了幾分脅迫：「你頂著瑤池奉的名頭，就得做瑤池奉該做的事！我可告訴你，我聽薛至柔說過，大理寺有個姓劍人更賤的寺正，賊得要死，什麼怪力亂神都不怕，就算你這樣，只要我說你是孫道玄，他一定會把你抓起來拷問！」

「那妳便去，」孫道玄依然一副油鹽不進的樣子，明明用著薛至柔的臉，配上那般表情卻讓最熟悉的人也覺得陌生，「某要休息了，勞煩讓開。」

唐之婉氣急敗壞，忍不住喊道：「他們家女兒丟了，過了半個月沉屍洛河裡，臉都爛得看不清了。可憐這兩位老人就這麼一個孩子，這樣不明不白死了，他們如何能不傷心？你就算再冷酷，總有父母親人罷？再者說，我知曉你不會查案，畢竟你就是個贗品，但你胡說八道總會罷？人已經沒了，再做什麼都是徒勞，你假裝做法，說幾句話安慰安慰他們總是可以的吧？」

「原來，瑤池奉平素裡就是這樣騙人的，」孫道玄冷哼一聲，卻破天荒向樓下走去，

「當真是令人刮目相看。」

唐之婉心裡生氣，強行安撫自己，好歹這廝還是下了樓，伸脖子咽了怒意，跟著那孫道玄下了樓，先聲奪人道：「瑤池奉來了！」

那兩位老夫妻忙站起身，看似不過五十許人，頭髮卻花白得厲害，幾乎不見幾根黑髮，神情亦是疲憊，想來是因為喪女而蒙受了巨大打擊，看到薛至柔，兩人乾涸的雙眼終於流露出幾絲微光：「見過瑤池奉……」

孫道玄也不謙讓回禮，徑直坐在桌案前，開門見山道：「從頭到尾說一遍罷，不要漏掉任何細節。」

眼前這小小的丫頭不過十四、五歲，比自家女兒還小些，氣勢卻是浩大，那老兩口相視一眼，方由那老漢開口道：「我名沈荃，祖上曾為開國縣男，及至我這裡，雖無人在朝為官，卻也有幾畝薄田，些許家產。我們夫妻二人無子，愛女如珍，小女今年不過二八之齡，她性子好強，自詡不輸男兒，先前一直在擇善坊的教坊讀書。上月十五，家丁如常駕車去接她，交個束脩的功夫，人竟找不到了。我們夫妻兩人當下便去報了官，並派出府中所有家丁去尋，一直杳無音信，直到三日前，在洛河中撈出一具女屍，大理寺的官爺說是我們的女兒……」

那老漢說著，掩面而泣，他身側的女子亦開始抹淚不止。

孫道玄依舊是那副冷臉，問道：「大理寺既找到了屍體，可抓到了凶嫌嗎？」

沈荃搖頭道：「不曾，大理寺與刑部人竟都說，小女是服毒自盡……小女好端端的，為何要自盡？」

孫道玄的疑惑更甚，默默片刻，拔出竹筒中的簽籌一擲：「這案子，我接了。屍身停在何處？」

那沈荃夫婦聽聞瑤池奉接了這案子，無限的傷感中迸發出些許激動以及絲縷希冀來：「尚在大理寺。」

孫道玄微微頷首：「事不宜遲，且等我一下，我們這就去大理寺。」

那唐之婉聽得目瞪口呆，一路追上三樓書房，低聲嗔道：「你還要跟去大理寺？你又不會查案，去哪裡作甚？」

孫道玄揉揉耳朵，一副被唐之婉吵到的模樣，兀自拿出那塊「奉御神探」的金牌掛在腰間，在書房裡轉了一大圈，方問道：「占風杖在何處？」

「在閣樓儲物間，」唐之婉嘴比腦子快，說完後悔，搗嘴卻也無用，便梗著脖子嗔道，「你要占風杖作甚？」

孫道玄不理會她，麻利地取了占風杖，下樓對沈荃夫婦道：「有勞帶路。」

唐之婉此時已渾然發懵了，她發誓她讓那孫道玄接待這對老夫妻的意思絕不是這樣，她只是想著以薛至柔的性子，放著懸案不查會惹人懷疑，她不過是想讓那孫道玄以薛至柔的名義胡謅兩句，能寬慰他們最好，若實在不能，至少莫讓人覺得薛至柔「不大對勁」，哪知道那孫道玄竟然還真要去查案，這不是發癲狂嗎？

也不知那裝著薛至柔的魂兒走到何處去了，他兩人難道就這樣無休止地交換下去嗎？那她唐之婉可怎麼辦？打小一起的手帕交就這麼沒了，她們可是約好了，一個要做大唐第一的法探，一個要開洛陽最好的胭脂鋪，若是那薛至柔因為跟孫道玄換命而丟了魂，豈不是創業未半而中道崩殂了嗎？

唐之婉立在旋梯拐角上，感覺自己就要掉淚了，就在這時，已半條腿出了靈龜閣的孫道玄探身回來，沉聲道：「妳不去？」

「我？」唐之婉怔怔的，「我去作甚？」

「某從未去過大理寺，」孫道玄聳聳肩，眼神無辜，但仔細觀察可發現眸光裡藏著幾絲頑劣，「可能會說錯話。」

這廝竟然敢威脅自己，唐之婉聽得明白，但她縱便咬碎牙也無濟於事，萬般不情願地跟著這廝往大理寺去了。畢竟，她可不能容許薛至柔的身體出現任何損失，只要心誠，想來……她那摯友還是能回來的吧？

大理寺身為掌管唐帝國刑獄案的最高之所，自非閒雜人等可以擅入。孫道玄縱便來洛陽已有兩、三年，卻從未來過此地，未想到自己被冤成了逃犯，倒是大搖大擺走了進來。

話說這薛至柔作為法探的名頭，在大理寺倒是比她父親和祖父還大，只因她那夾帶著玄學胡說八道似的查案手段，偏生還真能破他們查不清的案子，令這些明法科出身的主簿法曹既好氣，又覺可笑，卻也無濟於事。

來時路上孫道玄與唐之婉一輛馬車，便也問了平素薛至柔查案的風格。唐之婉雖然彆扭，但也無奈地一一告知，畢竟保住薛至柔的狗命才是她現在的第一要務。

孫道玄聽罷，只覺得比他想像中還要簡單，下車後便跟著沈荃夫婦大搖大擺走進了二進門。

有司直迎上前，看到沈荃便知來意，帶他們轉過七七八八的長廊，來到一處陰暗逼仄的迴廊，迴廊兩端皆是大大小小的隔間，每間不過半丈開方，打眼一看，便知這不是住人的地方。

唐之婉瞬間毛骨悚然，警惕防備到極致，想逃離，又怕孫道玄說錯話，只能搗著眼只看足下這寸步之地，勉強跟著眾人前行。

終於，那司直停在一個隔間跟前，毫無徵兆地一拉隔門上的鐵栓，抽出一具屍體來。唐之婉眼睛摀得嚴，並未看見，但聽到那聲響便嚇得跳了起來。

孫道玄緩緩蹲下身，視線與那屍體平行，只見那是一具泡大的女屍，身子極粗，已看不出本來的面貌，尤其顏面爛得厲害，五官全然潰壞模糊，有的地方甚至隱隱透出白骨。

唐之婉雖摀著眼，但聽覺、觸覺、尤其是嗅覺卻空前靈敏，只覺得這迴廊的風聲簌簌如泣，空氣冷絕如冰，更有奇異的臭味若隱若現傳來，同時還有欲掩蓋這臭氣的香味刺激著鼻翼，她很想打噴嚏，但更多則是想哭。僅存的理智控制著她的感官，讓她不要在此失態，竭力挨過這煎熬的每一瞬。

那孫道玄看罷屍體，忽然一震手中的占風杖，語調奇怪地念道：「文王鼓、趕仙鞭、柳木椽、招魂幡；鳥奔林、虎歸山、八根弦、金剛圈……太上老君急急如律令！魂兮歸來！」

唐之婉聽得瞠目結舌，心道薛至柔平素裡雖然也神道，但嘴裡不過「天地君親師」，這等跳大神似的言論當真是第一次聽，稀罕之餘也令她起了幾分尷尬。

不單唐之婉，在場其他人亦是丈二和尚摸不著頭腦，那司直不認識薛至柔，但看看眼前這少女的衣著，氣度和腰間那塊頗為扎眼的「奉御神探」金牌，便能猜個大概，忍不住出言道：「瑤池奉，此案是我們大理寺已結案的，沈家小娘子不明原因服毒自盡，是板上釘釘之事，仵作已細細驗了，她周身皆無掙扎、打鬥的痕跡，腹腔、胸腔皆有毒斑，敢問有什麼問題？」

但這位「瑤池奉」並未搭腔，甚至神情比平時更疏離、冷漠了幾分，兀自對著那個女屍道：「什麼……妳說……妳不是『妳』？那妳又是何人？」

這話內容頗為勁爆，不單令那沈荃夫婦面面相覷，連唐之婉都險些將手從眼前移開，又被指縫中一閃而過的汙髒繡鞋嚇得一抖，重新嚴嚴實實摀了起來。

那沈荃鬍鬚顫了顫，瞪大眼追問道：「瑤池奉是何意？難道……這……眼前這人不是我小女？」

孫道玄像是沒聽見他的話，繼續與那屍體交談道：「那妳便告訴我，妳究竟是誰……莫怕，是非曲直我心裡明白，不必管旁人如何指鹿為馬，我必然與妳公道。」

「胡言亂語！」司直在旁做點評，「沈公，先前劍寺正便與我等說起，這神棍騙人，往往出驚人之語，利用苦主不肯面對親人離世的心理，胡言亂語，騙取錢財，甚至……」

「沈公，」孫道玄拍拍手，終於站起身，直直望向沈荃夫婦，孤標傲世甚至連餘光都不肯分給那司直，「令嬡年少尚在念書，可曾定親？」

夫婦兩人面面相覷，似是不懂瑤池奉為何這般問，良久，方道：「我家雖曾有官爵，但在兒女親事上卻不強求門當戶對，只求給這獨女託付一個可靠之人，故而尚未定親。」

「這便有些奇了，」孫道玄歪嘴一笑，想起如今用的是薛至柔的身子，生生將嘴正過來兩分，「按說令嬡已年過二八，貴府家境亦算殷實，總會有人上門提親罷？」

「有是有，」沈荃回道，「但……小女不大願意，做父母的亦不好勉強……」

孫道玄若有所思地點點頭，抬手一推那鐵栓，潰爛的屍身便重新送回了狹窄的隔間：「沈公，令嬡之死別有疑竇，若是可能，我想去擇善坊的教坊看看。」

「好，好……」沈荃立即答應下來，「車馬還等在大理寺外，瑤池奉請。」

「走罷，」孫道玄挪步，對尚搗著眼發愣的唐之婉道，「給妳換個地方繼續丟人現眼。」

「你別胡說，我根本沒在害怕！」唐之婉嘴上否認著，腳步卻比任何人都快，「這有什麼可怕的，我先前幫瑤……幫你打下手的時候多了。」

孫道玄不再理會唐之婉，轉頭對沈荃道：「為防大理寺抵賴，你當至少請個主簿以上之官吏隨行。」

說話間，眾人到了庭院迴廊處，沈荃低聲向司直說出孫道玄的要求，遭其堅詞拒絕：「此案已經結了，你願意信神棍便罷，我等每日有多少大案要案，可沒工夫……」

「你在害怕什麼？」孫道玄似笑非笑地睨著那人，頗為玩味，「怕人知道國庫的俸祿養著的不過是一群草包？」

「妳！妳可別忘了，妳爹也曾是吃皇糧之人，左不能因為吃了幾天牢飯，便忘本了吧？」

真是虎落平陽被犬欺，唐之婉幾乎氣得心梗，想到孫道玄恐怕不會為薛訥說話，剛準備反駁，便聽他十分冷酷且流利地接到：「我阿爺待在牢裡越久，便越是證明你們大理寺無能，抓不住真凶，令無辜之人受牽連。」

「什麼事這麼熱鬧？」

遠處一男聲打破了眾人的齟齬，孫道玄一回身，只見來人正是那日將葉法善帶走的大理寺正，好似叫什麼劍斫峰。

唐之婉見孫道玄臉上的不屑又多了兩分，好奇問道：「你認得他？」

「劍斫峰，大理寺正，妳當也聽說過罷，他在洛陽城也算是個名人。」孫道玄回道，同時心裡暗想，只是比起他的聲名還是差了不少，無論是與身為畫師的他比還是跟身為逃犯的他相比。

唐之婉倒是很配合地一副恍然大悟的模樣，同時極為擔憂地小聲說道：「我們還是快跑吧，聽說他很厲害，若是看出你……」

唐之婉話未說完，便見孫道玄上前幾步，冷冷的聲音對劍斫峰道：「劍寺正，沈家小娘子死的蹊蹺，大理寺糊塗斷案便罷了，還不許人翻案，與草菅人命的凶徒有何區別？」

劍斫峰一向負責處理兩京內涉五品以上官員之大案、要案，這等人口失蹤案確實不曾過問也不必過問。不知為何，他莫名覺得眼前的薛至柔有些奇怪，這無疑令他也對這所謂的失蹤案起了興趣，吩咐手下將卷宗拿了上來，看罷後，他抬起鷹隼一般的雙眼，看向眼前纖瘦俏麗的女子：「敢問瑤池奉有何要求？」

「我要去擇善坊查案，」孫道玄坦然回望著他，「大理寺應派一位六品以上的官員隨行。」

唐之婉直聽得目瞪口呆，心道這孫道玄布衣出身，使喚起人來比她這個兵部尚書的嫡孫女厲害多了，他如今這表現，似是符合薛至柔這個人的出身，但又不太貼合她的性子。

唐之婉十分緊張地看向劍斫峰，生怕這位令嫌犯聞風喪膽的劍寺正看出什麼端倪。

劍斫峰的神情倒是很平緩，看不出一絲異常：「如瑤池奉所求，本官同妳前去。」

第九章 恢詭譎怪

擇善坊位於洛水以南，距南市不遠，在洛陽城一百〇九座裡坊中不算顯眼。孫道玄一行到此處時，正值日入時分，不少嫌熱不願開灶火的百姓正聚在坊門前挑擔的小販處，買槐葉冷淘或金線油塔，果腹後便搖著團扇，尋一處隱蔽之地談天納涼，全然不知一樁離奇的人命案半月前曾在此處發生。

孫道玄隨著那沈荃夫婦來到一間三進院的學堂前，門口匾額上書「勸學」兩個大字，走進一道門，才見教坊匾名，乃是厚重隸書撰寫的「知行學院」。門口有一小童，見到來人也不招呼，飛身便往院裡跑，並重重合上了二道門。

那沈荃似是毫不意外，對孫道玄與劍斫峰道：「劍寺正、瑤池奉，且稍待……」

孫道玄點點頭，開始四下裡踱步查看。這書院院牆高築，約一丈有餘，一進院內便是一排拴馬樁，一段遮陰的迴廊，除此外別無它物，應當藏不下人。

過了約莫一盞茶的功夫，一先生模樣之人走了出來，對眾人叉手一禮：「敢問……沈公還是為著令嬡之事來的罷？」

「正是，向各位介紹一下，這位是教坊管事朱夫子，這位是大理寺劍寺正，這位是瑤池奉，這位是唐二娘子。」沈荃啞著嗓音介紹眾人，「我等來此，多有叨擾……」

「沈公言重了，令嬡既是從我們學堂走失，我們自然是有責任的，要如何調查，皆當配合，請。」

一眾人隨著朱夫子進了二進門，只見東、西、南三個方向各有一間堂屋，應為教室，餘下幾個小隔間，面積不大，為帳房與管事辦公的處所，陳設不過桌椅紙筆，也不像是能藏人的樣子。

朱夫子向眾人介紹道：「我們這裡共有學生三十餘位，沈家小娘子便是其中之一。」

「敢問朱夫子，你們學堂可是男女同學？」劍斫峰發問道。

「那如何使得，」朱夫子連連擺手，「雖說我大唐開明，女子得以讀書識字，同學可萬萬使不得。故而靠西這一間為女學堂，東面與南面皆為男子學堂，授課內容亦不同。女學多學《女訓》、《論語》，男學則有禮樂射御書數……」說著，朱夫子帶著眾人走入西學堂，那孫道玄卻沒有跟上去，而是幾步走到了庭院正中，不知打量著什麼。

這幾間屋舍如是平常，除了幾張案几外別無它物，卻有人莫名其妙沒了蹤跡，再現身便已是一具泡大的死屍。唐之婉只覺這地界比那大理寺停死人的處所還恐怖，鸞心跌宕，簡直要嚇出病了。偏生那既熟悉又陌生的身影還不知道哪去了，唐之婉側過身，不情願地喚道：「薛至柔，你在那兒做什麼？」

孫道玄這方走了進來，沉聲問那朱夫子道：「聽沈公說，沈家小娘子失蹤那一日，正是交束脩之期？」

「是……」那朱夫子回道，「我們教坊一年交四次束脩，分別是二月、五月、八月和冬月初一，此為慣例，自這教坊收學生開始便如此了。沈家每次都是由家丁代繳，一般是在沈家小娘子放課後。」

「其他人也皆是在此時嗎？」孫道玄問道。

「非也，不少學生皆是自己帶來的，上課前便繳好了。」

「敢問在何處收取束脩？」

「便是在帳房處，由帳房先生收取。」

「記帳簿可否借來一觀？」孫道玄說著，見那朱夫子面露難色，挑眉一笑，「看看誰人在沈家小娘子前後交費用而已，沒有什麼可避諱的罷？」

朱夫子無法，只得往一處隔間喚了一聲，未幾走出一個身著長衫的年輕男子，將帳簿遞給了孫道玄。

孫道玄接過翻了幾頁，便看到了沈家小娘子繳束脩的相關紀錄，前後三、五人，還未看明白，便聽那一直沉默地劍斫峰說道：「瑤池奉是左利手？」

唐之婉嚇得差點跳起來，這薛至柔不是左撇子，隨便去南市打聽打聽便知，這要死的孫道玄不小心，竟就這樣暴露了習慣。

與唐之婉的提心吊膽截然相反，孫道玄極是淡定，依舊翻著書：「左、右手是我用於區別案件難易程度的小習慣，劍寺正這也要打聽？」

「那敢問瑤池奉，如今覺得這案子是難是易？」劍斫峰饒有興味地問道。

孫道玄未正面回答，只是指著那帳簿上的幾個名字：「劍寺正難道不應當花些心力在調查這幾個人上嗎？畢竟這院子躲不了人，沈家小娘子卻無故失蹤了，或許會被這幾個人綁在馬車上？」

劍斫峰的唇微微翕張一瞬，似是對自己被差遣感到不滿，但在案發現場，確實沒有任何事比查案更要緊，他指著那幾人的名字對手下人低聲道：「將他們帶到大理寺問話。」

孫道玄打了個哈欠，只覺這兩日勞心費神，竟比當逃犯時候還累。

他揉揉雙眼，轉向沈荃道：「沈公啊，今日不早了，一切皆等劍寺正查完再說。」說罷，他也不與其他人招呼，起身便走。

唐之婉怔了一瞬方追了上去，本以為他是在用什麼計謀，沒成想當真上了馬車，靠在車廂壁上打哈欠。

唐之婉看他這般，面露鄙夷之色，低聲道：「你以為瑤池奉這般好當？她可是有真本事的。你現下可怎麼辦？對著那屍體說什麼『妳不是妳』，惹得人家爹當了真，還盼著你把女兒找回來。」

孫道玄也不理會她，待駕車的小廝驅動著馬車離開擇善坊，方低聲說道：「妳莫回唐府了。」

「你想做什麼？」唐之婉驚叫一聲，險些從車窗彈出去。

孫道玄白了她一眼，深沉的眸色裡帶了些許鄙夷：「莫說某這副身子對閣下做不了什麼，縱便能，某也不想。那劍斫峰是有些能耐與直覺在身上的，閣下忽然莫名其妙住回家，恐怕會惹他懷疑。」

「你若不去逞能，根本就不會招惹上他，」唐之婉揮舞著小拳抗議道，「你若害了薛至柔，我……」

「閣下可以更大點聲，」孫道玄仍是那副油鹽不進的模樣，並無半分悔意，「抑或直接城門上去喊。」

唐之婉感覺自己快要哭了，她不知自己造了什麼孽，被捲入這樣的糟爛事裡來，但她就是這般拿不起、放不下，縱然搞不清事情的緣由，也不能用薛至柔的安危來賭，只能打消了回家的念頭，滿心怨念地回到了她們兩人盤下的小院子，難以成眠，一直輾轉反側到夜半三更。

就在她罵罵咧咧、心緒不寧之際，忽然聽到有人在悄然叩擊後院大門，唐之婉第一反應是否是薛至柔本人回來了，激動地從榻上跳了起來，可隨之而來的則是白日裡的恐怖回憶，嚇得她又鑽回了錦被裡，蒙上腦袋，整個人瑟瑟發抖。

未幾，她聽到輕巧的腳步聲以及薛至柔的聲音，還有一個男聲，兩人應是在對話，聽聲音，竟然……像是劍斫峰？

唐之婉是很膽小的，但她愛八卦的好奇心卻能戰勝膽怯，換好衣衫輕手輕腳出了房，果然見來人正是劍斫峰。她登時警鈴大震，上前擋在用著薛至柔身子的孫道玄之前：「大半夜的，你做什麼？」

「是我請劍寺正來的，」唐之婉身後那不知死活的傢伙說道，「眼下。我們要出去抓嫌犯。」

唐之婉不是聽不懂孫道玄說的話，她只是震驚於一個朝廷欽犯用著旁人的身子，竟還敢跟一個大理寺正一起去抓嫌犯。更不理解為何劍斫峰會被孫道玄驅使，但看他的模樣，應當是公事公辦。雖不知孫道玄是如何忽悠了劍斫峰，總歸……應當不會要命，只是既然要去捉嫌犯，就憑藉劍斫峰與一位隨從，和這弱不禁風的「瑤池奉」，當真可靠嗎？她忍不住又問：「就你們三個？去捉殺人犯？」

「劍寺正還有一位同僚，已先行過去了，局已經布下，」孫道玄打了個哈欠，用著薛至柔的身子，他看起來十分嬌憨，「凶徒很狡猾，唯有今夜有機會。」

唐之婉欲言又止，最終只道：「那你們去吧。」說罷，轉身欲回房。

「妳不去？」夜色沉淪，劍斫峰的眸色很深，好似能洞穿一切，「聽聞唐掌櫃與瑤池奉是摯友，竟放心她大半夜與幾個男子同行嗎？」

唐之婉再一次感覺自己要哭了，她在某個陷阱裡泥足深陷，不單要被孫道玄脅迫，現下竟然連劍斫峰也開始了，但她想了想，若當真是薛至柔本人，她自然會擔心，不會讓她獨自跟這些男子前往。

唐之婉嘴角抽搐，哽道：「我是打算回房換件衣服……」

所謂「一更人、二更火、三更鬼、四更賊」。唐之婉長這麼大，從未在宵禁之後出過門，加之這幾個人都默契地不說話，令她的恐懼無限倍放大，幾乎到了聽到蟬鳴都會哆嗦的地步。

一行人出了南市，除了偶爾遇上巡夜的武侯外，便是四處流竄的野貓。孫道玄與劍斫峰本是不害怕的，卻動輒被唐之婉發出的一驚一乍嚇到，好不容易到了訓惠坊，見到了一位身著夜行衣之人，應當就是孫道玄所說的另一位劍斫峰的同僚。深沉的夜色蓋不住他面上的尷尬與愧疚，他叉手一禮，對劍斫峰道：「劍寺正，那廝確實從家出來了，但他非常狡猾，借著對此處熟悉，七拐八繞，下官無能，將人跟丟了……」

劍斫峰眼中閃過一絲不悅，但也不過轉瞬而逝，他轉向孫道玄：「瑤池奉，妳可有何計策？」

「唐二娘子，唐二娘子？」孫道玄喚了唐之婉兩聲，見她呆呆的，不知是嚇傻了還是睏了，只好用伸出腿，足尖碰了碰她的繡鞋，「妳的狗鼻子不是最靈嗎？今天白日那帳房先生身上可有何特殊氣息？」

「松木灰，」唐之婉回道，「很明顯的松木灰氣息。」

劍斫峰不想唐之婉的嗅覺如此之靈敏，若有所思：「松木灰加入墨汁，可以令寫的字保存長久，帳房先生用屬正常。在此坊中，妳可能隱約聞到那松木灰的氣息？」

唐之婉沒有立即回答，而是如小犬般四下輕輕嗅嗅，待鎖定一個方向後，她衝著眾人招招手，示意他們跟上。

在那凌空觀的密道時，孫道玄便覺察唐之婉嗅覺極靈，在他看來不過是有些微弱的臭氣卻能將她熏個跟頭，此時既然斷了線索，由她幫忙再合適不過。

唐之婉帶著眾人在這坊中數十間屋舍中逡巡了近半個時辰，終於停在一處民宅前。她微微轉過頭，小聲對劍斫峰道：「那人就住在這裡。」

劍斫峰有些難以置信地望著眼前小小的女子，狐疑的目光逐漸轉為篤定，向下屬點點頭。那兩人立即拱手領命，一個堵了後門，一個飛上籬牆，靜待其變。

待眾人皆準備好，劍斫峰開始叩門。唐之婉此時又反應過怕來，抖抖問孫道玄：「那帳房先生長得斯斯文文的，當真是他殺了沈家小娘子嗎？」

孫道玄微微張了張嘴，最終還是懶得回應，沒有理會她。

劍斫峰叩門良久，只聽門內有隱隱的腳步聲，卻遲遲無人應門，正欲加大力度之際，後門處傳來同僚的高呼聲：「哪裡逃！」

孫道玄、劍斫峰與唐之婉忙繞向後門處，只見那位白日裡才見過的帳房先生褪了長衫，穿著一身胡服，帶著一頂斗笠，好似是刻意作了偽裝，此時他被反擰雙手按在地上，一副驚訝又不大驚訝的樣子，很快冷靜下來，做出一副無辜之態：「敢問草民做錯了何事？竟要大理寺正漏夜來我家中？我以為遭了竊賊，正要去武侯鋪報官……」

「是嗎？」孫道玄在劍斫峰身後冷冷說道，用著薛至柔的嗓音，雖不夠威嚴，卻多了幾分戲謔，「說到竊賊，你房中不就有你偷來的人嗎？」

那帳房先生一哆嗦，尚未想出藉口反駁，就聽那房中傳來一聲物品落地的聲音，似是不打自招。

唐之婉似是明白了什麼，目瞪口呆，磕磕巴巴問孫道玄：「怎……怎麼回事？那沈家小娘子難道沒有死？那……昨日在大理寺看到的屍體……是誰啊？」

孫道玄打了個哈欠，抬手揉了揉薛至柔那清澈澄明的美麗雙眸，對劍斫峰道：「劍寺正，這廝你們先帶回去罷，我看他一時半刻也不願說實話，先回去睡覺了，明晨隅中左右再往大理寺做口供。」說罷，不待劍斫峰回應，他便起身離開了。

唐之婉驚掉的下巴尚未合上，卻也知道跟上孫道玄，邊顛步邊追問道：「你還沒回答我！」

孫道玄轉頭瞥了她一眼，凝眉道：「閣下若當真想知道，明天上午去大理寺聽口供，某可不想費唇舌將同樣的事講兩遍。」

唐之婉性子隨和，被孫道玄懟了也沒有生惱，只是理不清頭緒，想不明白為何那孫道玄也會查案了，難不成誰用「瑤池奉」這個身子，誰就會查案？還是說是因為那塊狄仁傑傳下來的金牌？那若是她唐之婉也將它掛在身上，是不是也能當法探了？

唐之婉對於那金牌的渴求也不過持續了一瞬，轉念想想做法探總得去撥弄死人，還是算了罷。但她的好奇心並不會隨著做法探暢想的完結而消弭，回丹華軒後輾轉反側、難以入眠，終於熬到了天亮，便去拍門喊孫道玄起來。

孫道玄本計畫好好休息一下，睡到日上三竿再去大理寺，哪知道被唐之婉襲擾，最終無奈一大早出了門，竟比大理寺應卯的官員到的還早。

劍斫峰正在堂屋前與同僚說話，看到孫道玄與唐之婉，他頷首道：「唐掌櫃與瑤池奉來了，本官已派人去接沈家二老，應當快到了。」

「在哪間審問？」孫道玄一句寒暄也沒有，看到劍斫峰指的方向後，大步走了過去。

唐之婉真不知道這孫道玄為何這般膽大包天，一點也不怕劍斫峰看出端倪。可憐她從小到大皆是老實孩子，這短短幾日下來已快嚇出病了。

兩人來到審訊嫌犯的房間，只見陳設十分簡單，不過一張長桌，幾張蒲團，正中有一處草席凹陷破損，應是犯人長跪所致。

孫道玄隨便找了個蒲團坐下，唐之婉以樣學樣，坐在了他身後。未幾，劍斫峰帶著主簿與沈家老兩口步入房中，孫道玄方正了正身子，等著他發言。

劍斫峰坐定後，向沈家老兩口道：「半月前，沈公前來報官，稱其女於放學後走失，十餘日後，有人稱於洛河發現浮屍一具，經辨認，衣著、鞋襪均與沈家小娘子一致，其顏面受損嚴重，仵作根據牙齒骨骼判定其年紀約莫十六、七歲，故而認定其正是失蹤的沈家小娘子，周身無打鬥痕跡，喉管、胸脅與肺脅骨骼發黑，主張為服毒自殺……」

孫道玄接道：「沈公不認可所謂的大理寺結論，故而來靈龜閣找我薛至柔。我看過屍身後，心中有一疑問，便是為何這屍體周身皆是好好的，唯獨面部潰爛？很顯然是為了掩蓋什麼。」

劍斫峰尚未說什麼，坐在他身側的主簿面露不悅：「瑤池奉，劍寺正尚未准妳開口，妳可暫且歇歇。」

劍斫峰輕笑兩聲，嘴角掛著一抹極其玩味的笑容：「不必如此，此案確實是我大理寺同仁失誤，差點中了歹人的障眼法。如今本官雖已參透作案過程，卻仍有幾件事不明朗，還請瑤池奉解答。」

唐之婉聽劍斫峰如是說，活像見了鬼，瞪著眼不知他葫蘆裡賣的什麼藥。

那孫道玄倒是不管這些，兀自說道：「其實此案的手法很簡單，眼下正值夏季，洛河中魚苗豐沛，在頰面上塗滿河魚喜食的餌料汁，便可引得河魚爭相撕咬，在屍身浮起前，確保顏面被咬食得辨不清身分。」

「如此說來……那不是我們的女兒？」沈荃瞪大布滿紅血絲的雙目，鬍鬚微微顫抖，似是不敢相信自己的耳朵，「那……她又是誰？為何穿著我們女兒的衣裳……」

「這便要問問那一位了。」孫道玄說著，向劍斫峰遞了個顏色，示意他帶嫌犯上堂。可疑，太可疑了。所有人的心思都集中在這離奇的案件上，無人知曉在那偏座上，唐之婉正在腦補一出更離奇的案子。那劍斫峰對薛至柔的態度不對勁，這其中必有貓膩，但她確實想不出原因，也只能靜觀其變。

眨眼的功夫，那嫌犯已被差役帶入了房中，按跪在地，眼眶通紅，一副被冤枉受了委屈的模樣。

孫道玄發問道：「聽聞閣下姓顧，溫地人，今年二十有四，尚未婚娶……」

「妳說這是何意？我是昨天傍晚才遇上沈家小娘子的，正打算今日一早送她回府，其他的事我一概不知，不信妳去問那沈家小娘子。」

上一瞬孫道玄還看起來十分正經，下一瞬卻突然大笑起來，用著薛至柔的聲線，這笑聲比平時平添了幾分不屑：「她早就被你的花言巧語蒙蔽，一切皆聽你安排，自然也將你教的脫罪供詞背得滾瓜爛熟。不然怎會糊塗到連父母都不要了？但是非曲直，並不是憑你那張嘴胡編的。現下就由我瑤池奉為大家梳理一下整件事的過程。」

聽這言下之意，自己女兒確實還活著，沈夫人再忍不住，迸發出不可遏制地啼哭聲，連那沈荃亦開始抹淚不止。

孫道玄無奈，語調卻霎時軟了兩分：「沈公、夫人，令嬡並非平白走丟，乃是有奸賊挑唆，且等真相大白，你們父女、母女相見之時再哭可好？」

沈荃哽咽著連連稱是，與夫人四手緊握，激動之情溢於言表。

唐之婉看著表現出幾分人性的孫道玄一時恍惚，竟在想是不是這薛至柔的意識早就回來了，一直在逗她玩而已。

孫道玄頓了一瞬，又道：「說起沈家小娘子，自幼受父母寵愛，二八之齡尚未定親，其後她與自己讀書教坊的帳房先生相悅。不知為何，她似乎覺得父母不可能接受這位顧先生，加之今年初，沈公開始為愛女招親，他兩人便下定決心，開始謀劃這一出偷梁換柱的私奔。第一要務自然是找到替死的，好讓沈家二老相信，他們的獨女已經不在人世……」

「奇也怪哉，」那帳房先生掉了可憐兮兮的面具，冷笑著反駁道，「這位閣下倒像是藏在我家榻底下一樣，我已說過，我只是碰巧遇上沈家小娘子，好心將她收留，打算明日一早便送她回家。而那死了的女子，劍寺正也說了是服毒自盡，巧合與沈姑娘衣著相似，又與我有何干係？我既未觸犯大唐律，憑什麼將我綁來大理寺，還搞個女道士來審問，待我從此處離開，我必定向御史臺上書舉報……」

孫道玄回了兩聲乾巴巴的笑，擺手道：「我知曉你急了，但你啊先別急。是非曲直，且聽我說完。那日我來大理寺查驗屍首，看到屍首的那副情態，心裡便有一個疑問，既然已經服毒，為何還要跳河？豈不是脫褲子放屁，多此一舉嗎？也是從那一刻開始，我懷疑那死者的身分根本不是沈家小娘子。」

唐之婉聽得目瞪口呆、面紅耳赤，忙咳了幾聲，提醒孫道玄說了不符合身分的話。但那孫道玄像沒聽見似的，反倒是劍斫峰偏頭看了她幾眼，唐之婉訕訕撓撓臉：「抱歉……我癆症犯了。」

孫道玄繼續慷慨陳詞：「那死者究竟是誰？與沈家小娘子又是何等關係？沈家小娘子人在何處？是否還安全？抱著這樣的目的，我仔細觀察那具屍首。不得不說，你這廝當真很壞，為了達到你的目的，你專程找了個與沈家小娘子年紀、體型皆相當之人，被河水浸泡多日，肉皮早已泡發，臉也毀了，更離奇的是，這樣一個大活人沒了，竟也無人報官，她的身分確實無從查證。」

「這些都是你的臆斷，」顧帳房依舊態度強硬，甚至嘴角不屑笑意越來越濃，「你有何證據可以佐證自己的亂語胡言？總不會是靠算卦罷？」

「方才我說的，應當都是你所想罷？你難道當真覺得自己的所作所為毫無破綻？」孫道玄笑問道，「你可別忘了，這屍體無從查證，不代表不能從根源去查。沈家小娘子可是在教坊好好的便消失了，無人看到她是如何出去的，但這好端端的人，並不會人間蒸發。如此簡單的手法，想來劍寺正去教坊轉了一圈，也能輕易看出其中關竅了。」

劍斫峰接口道：「不錯，那日初入書院，我就疑惑為何一個學堂門前會有那麼多拴馬樁，後仔細考量了這書院的方位，發現其迫近魏王池舊址，從前竟是個表演幻術的館子，從前魏王在世時，常到此處看表演，如今學堂的三間教室便是改了當時的戲臺。」

「正是，」孫道玄接口道，「我私下問過了朱夫子，顧先生初到洛陽時貧苦，賃不起屋舍，在教坊中住了許多年。或許就是那時候，顧先生發現了先前表演幻術留下的用來大變活人的暗格。於是計上心來，借著每季度交束脩之時，沈家家丁顧不上看著沈家小娘子，故意清點銀錢時拖延幾分時間，好讓沈家小娘子悄悄回到空無一人的教室，鑽入暗格之中。控制家丁交束脩時間的長短唯有你能做到，等沈家小娘子躲好後，無論外面如何因她的走失而鬧作一團，她都安然待在彼處，只等著晚上眾人離去，由這位顧先生帶著易妝的她神不知、鬼不覺地溜出門去。顧先生，根據你們書院的記檔，那日是你最後離開的，我所說不錯罷？聽說你在此處無親無友，想必只消問問守城的武侯，便能得到你夜裡曾與某人一道回家的口供。」

那帳房先生倒是能屈能伸，不過愣了短短一瞬，便直接認道：「是我藏了沈姑娘又如何？我們兩情相悅，礙於她父母反對，只能私下想辦法，縱然有錯，亦不至於有罪罷？」

沈荃此時已克制住了情緒，聽這帳房先生口中所說「父母反對」，不由與夫人面面相覷，抖著鬍鬚道：「這……我們並不知情，何來反對一說。我們只是……想招一位女婿入贅而已……」

「洛陽城可真是個風水寶地，縱便天塌下來，亦有顧先生的嘴頂著。」孫道玄諷刺人的本事倒是與薛至柔本人如出一轍，「你雖然無甚才學本領，卻自視甚高，自然不願入贅沈家。故而想出這歪招，應是打算生米煮成熟飯後再反逼沈家二老罷？你以為你教唆人自盡便不是犯罪嗎？你給那替死女子的銀錢，還是從沈家小娘子那裡騙來的罷？」

如平地起驚雷，那帳房先生身子一抖，良久才磕磕巴巴道：「你……無憑無據，信口雌黃……」

「哈，不論怎麼說，顧先生還是有些傻點的，比如自信。想來你以為我等查不出那替死女子的身分才敢若是囂張。也是啊，洛陽城這麼大，一個在此為娼，沒有籍碟的胡女，死了便死了，也沒有多少關注，何況她收了你們的銀錢甘願赴死，你自以為所作所為天衣無縫也正常。但我第一眼看到那具身子，便看出她的骨盆比未經人事的少女寬些，應是有多次受孕，甚至說她在不久前才剛剛懷孕過一次，但是很遺憾，她從未能分娩過，故而我大致可以推斷出她的身分。這些暗娼的生死從來無人過問，丟了更不會報官，你真是瞅準了這一點，才敢如此囂張，但你似乎是忘了，她既然著急用錢，甚至不惜以性命相交換，這筆錢她勢必要匯出去。這洛陽城奢華，卻也有見不得光的地方，其中黑市裡便有能幫人代送銀錢的胡商，劍寺正只消稍稍一打聽，便能知曉那亡者的身分了。至於沈家小娘子，或許並不知曉詳情，還請劍寺正親自問問，我便……」

孫道玄說著，忽然頭腦一沉，險些摔倒，唐之婉下意識一把將他扶住，回想起這薛至柔身子裡裝著那孫道玄的魂兒，想將他扔了，又礙於劍斫峰等人在場而不得不小心行事，最終她選擇了一個相當巧妙的姿勢，將兩人身體的接觸面調到了最小，同時喊著：「薛至柔！薛至柔！你別嚇我！」

盼。

孫道玄只覺心口一陣陣發疼，魂魄似是要從體內吸出，他雖極是痛苦，內心卻有些期盼。

難道說，他的魂魄終於要與重回到自己的身體了？可是……為何偏偏是在此時，他尚有某些事未能完成……

第十章　燕巢幕上

自京洛一路向東，先要穿山而行，經過中嶽嵩山後，地勢逐漸平坦。薛至柔用著孫道玄的身子，隨著那些新羅道士同行，起初得知葉法善入獄，她心情無限低落，加之懼怕武侯盤問，徹夜難眠，待出了虎牢關，巡查盤問的武侯明顯變少，又聽聞各地道院上書為葉法善求情，大理寺得到聖人應許後，對葉法善多有照料，薛至柔的心情終於鬆弛了兩分，騰出心力開始思索今後。

先前她曾拜託葉法善幫她謀取一個方便查案的身分，那老頭進宮便是為了此事，眼下估摸是給了那孫道玄，當真是白瞎了。父親仍被關在三品院，每拖延一日，家族的危機便會越嚴重一分。

好在她先前曾向母親樊夫人去信，說明了京洛的種種情形，母親收到信後，應當心裡有數。眼下她唯一能做的便是先隨這些道士到汴州，再乘船沿江東去，再折向北渡海至三山浦。屆時，這起子道士繼續乘船去往新羅，她便在三山浦下船，往安東都護府的治所新城去尋母親。

只是母親應當怎麼也不會想到，這一趟到京洛，不單她的夫君進了牢獄，唯一的女兒也莫名其妙成了兒子。幸而母親自小養在李淳風膝下，應當也見過不少離奇事，應是不會她甫一開口便認定她是個信口雌黃的騙子。

主意既已定，自然是越快越好，於是薛至柔從磨磨唧唧不肯走，轉為起得比雞早，窗戶一推將圭表立在陽光下，一到辰時便挨個房間敲門，喚大家早點上路，簡直比三更天催命的鬼還勤快。

說起來這圭表還是此前在凌空觀那一日薛至柔從葉法善衲房順走的，彼時火光四起，她心疼那些即將葬身火海的東西，便隨手抓了兩個，不想這一路倒是派上了大用處。畢竟趕路不比身在洛陽，不是處處都有人打更報時，對於她這每日要占卦測風水的人來說頗有不便，有此物方萬事大吉。

這些新羅道士人還不錯，以為薛至柔聽不懂新羅話，雖然悄悄抱怨她每天著急趕路像急行軍，待她算是十分友好，尤其是老道長與一個名叫譽天的年輕道士，因為中原話說的相對流利，與她交流頗多，這一路也不算枯燥無趣。除此外，薛至柔發現這具身體算不得一無是處，甚至每個驛站吃飯時候，打菜的大嬸都會多給她兩勺。

想起孫道玄那副陰陽怪氣的模樣，薛至柔只覺暴殄天物，若是他性格能好上兩分，憑著他這副皮囊，必會人緣更好些，也不至於一個人在神都苑裡作畫，被冤作凶手也無法剖白。

就這樣，一眾道士有如要去奇襲沙場的士兵，自洛陽出發五日後便趕到了河南道治所所在的汴州。此地有千餘年建城史，黃河穿城而過，攜泥帶沙，形成懸河，打遠處看，甚至會覺得河道高於城郭，其水若自天闕而來，奔騰向東，壯闊不凡。薛至柔從未見過如此景致，忍不住手搭涼棚，駐足良久，慨嘆過後，她忽然覺得這動作有些女性化，忙在眾人奇異的目光中將手放了下來，輕咳兩聲掩飾尷尬。

老道長與譽天都不知哪去了，薛至柔與其他道士邊看景邊等，天邊滾來兩朵積雨雲，似是有大雨將至，不知是否會影響趕路。薛至柔神色略起了焦灼，又過了一盞茶的功夫，年輕道士譽天終於扶著滿頭大汗的老道長迤邐而來，薛至柔忙迎上前去，手把芭蕉扇為老道長搧涼：「道長，我們何時再出發？」

兩人皆欲言又止，老道長將薛至柔拉到一旁，用不大熟稔的中原官話說道：「鏡玄，方才譽天去打聽了，欲走水路離開大唐，登船時需持通關文牒，蓋上河南道的印信才是，你無有通關文牒，這……」

明明只要乘上船順流而下，渡過濤濤江海，便是她心心念念的安東都護府，哪知卻是關山難越，無法前行。

這一路她急急慌慌，除了著急向母親說明情由，再就是要跑贏通緝令。雖說一般情況下通緝令自京洛發出，至各都道府縣層層下發皆需要時間，她應當暫時還安全，但每耽擱一日，便會多一分風險。

薛至柔只覺眼淚都要從孫道玄的眼眶裡流出來了，她一籌莫展，對那老道長深揖道：

「鏡玄多謝道長一路相護，不耽誤你們回新羅，我自己……」

「哎，你這孩子，說的是哪裡話，」那老道士擺擺手，示意薛至柔稍安勿躁，「貧道既答應過葉天師護著你，便一定要做到。方才譽天說起，他有一友人，自新羅而來，有門路辦通關文牒，約莫三兩日內便能到汴州。眼下我們不妨稍安勿躁，在驛館等候幾日，待為你辦了通關文牒再行上路了。」

說話間，烏雲移至頭頂，一場蓄謀已久的大雨終於降落，薛至柔忙將布袋頂在頭上，與那譽天左右夾擊，熟練地攙起老道士：「好好好……驛館在何處？我們先躲雨罷。」

就這樣一行人大步往汴州城內跑去，不愧是河南道治所所在，此處雖不比洛陽、長安，倒也是難得一見的人間富貴地。大雨忽至，街道上的小販們並未收攤，而是不慌不忙撐起了巨大的油傘，不單能保護貨物，還能為未帶傘具的路人遮風擋雨。

薛至柔一行便是沿著油傘下這一條乾爽的窄路前行，只見攤上所售賣的有不少黃河特產，不單是這些新羅道士，許多東西連薛至柔也沒有見過，就這樣邊走邊逛，到了傍晚時分，眾人才趕到新羅驛館。

此處比洛陽城的驛館規模小，大堂裡坐滿了往來的新羅商旅，尤以角落處一位巫醫顯眼。她十分年輕，約莫只有十七、八歲，模樣亦算俏麗，與身上那件老套沉重的玄色巫服頗不相稱，只見她的嘴唇一張一翕，以極快地速度念著某種難懂的咒語，似是在給對面的人驅邪瞧病。

薛至柔望著她，又禁不住想起了「自己」，她在洛陽城也算是一等一的口才好，平素亦會穿道袍，只是她並不會瞧病救人，而是個撥弄死人的法探，也不知那個「自己」如今在孫道玄手裡如何了，可有被欺負糟踐。

薛至柔這般想著，忍不住有些出神，忽然聽那群道士用新羅語議論，竟是說她被那巫醫迷了魂。薛至柔十足無語，但又不能表現出自己聽得懂，略蹙蹙眉，收斂了目光。

不多時，驛館小二辦好了住宿，延請他們入客房歇息，眾人便跟著他一道上了臺階，來到二樓的客房。

薛至柔雖然用著孫道玄的身子，這一路也都是獨居。由於驛館僅剩下三間房，一大一小兩個房間朝東，另一個小的則朝北，且與那兩個房間隔了些距離。最終，那幾個新羅道士一起住在大房間，而薛至柔則把朝東能看到黃河的那間讓給了老道長，自己住在了北向那一間。

薛至柔背著包袱走入客房，只見房間雖不大，卻收拾得十分乾淨，打開窗便能遠眺山林。趕路疲憊，看到此等美景著實是心曠神怡，薛至柔舒適地躺在了榻上，聽著隱隱傳來的拍浪聲，未幾便沉入了夢鄉。

再醒來時已至清晨，薛至柔在鳥鳴聲中醒來，正躺在床上發愣，忽聽傳來叩門聲，譽天操著不太標準的中原官話喚道：「鏡玄，該用早飯了。」

薛至柔忙應了一聲，整整衣衫，開門走了出來。譽天笑道：「你不是隨身帶著圭表，本應最準時，怎的用飯卻晚了這麼多？」

薛至柔面露愧色，如果她能照鏡子，一定會覺得這副神情出現在孫道玄的臉上很違和：「我這房間背陽，只聽得到驛館的滴漏報時聲，抱歉勞動你專程來喚我。」

「無妨。我們今早雞鳴時便外出練功去了，如今才回來。」

兩人一道從臺階走下，來到大堂，只見那老道長與其他道徒已經坐定等著用早飯，忙快步走過去。尚未落座，便聽身後傳來一陣齟齬，薛至柔回過頭，只見是個新羅打扮的老婦人，正指著那年輕的女巫醫咒罵，似是在怪她為自己兒子開的藥方太苦。

看那老婦人的年紀著實不小，她的兒子至少業已成年，吃藥怕苦便罷，怎的還讓老母來找醫生問罪呢。薛至柔一臉鄙夷，心道若不是用著這朝廷欽犯的身子，怎的也要上去跟她理論一番。

那巫醫倒是好說話，並未分辯一句，只低聲細語說再為她取些山楂與冰糖，只是要先將眼前的病患看完。那老婦竟是這也不能等，拉著那巫醫即刻要去取藥。

巫醫本是消瘦之人，瞬間像被老鷹抓住的小雞崽子般拎了起來。薛至柔未反應得及，身旁幾個道士便起身去拉架，那巫醫的腰險些撞上桌案，下意識用手一撐，腦袋卻不受控制地頂到了老婦肩頭。薛至柔見此，眉頭禁不住蹙得更緊。

那老婦也是個識時務的，見不少人圍上前勸說，色厲內荏地叱吒兩聲，讓巫醫將冰糖與山楂送到自己房裡去，便開溜回房。

待那老婦人離去，巫醫頷首向眾人道謝。看熱鬧的與誠心幫忙的皆鳥獸散了，薛至柔等人終於準備開始用早餐。

大唐與新羅的道士皆不強求食素，此一餐自然少不了河鮮。薛至柔甚少得食如是鮮味，自然不肯錯過，其他道徒亦飽餐一頓，唯有道長與譽天潛心修行，一滴葷腥也未沾，只吃了一碗素麵。

薛至柔本十分饜足，哪知過了午後竟腹痛難當，嘔吐不止，只覺得連腦漿都要給吐了出來，隨後又起了高熱，驚動了一眾正午休的新羅道士。他們堆在一處嘁嘁喳喳激烈辯論著出主意，最後還是譽天提議，將她送往那女巫醫處醫治。

薛至柔想抗議，但腿腳本就不是自己的，此時更加不聽使喚，眼前亦是昏花，盡是跳動的光點，她依稀知曉自己被幾人駕著拖出了房去，一個字也說不出來。

那女巫醫所住的客房就在道長房間的隔壁，薛至柔被安排躺下，天旋地轉間，只見那巫醫拿出一個碩大的銅鈴在她耳邊搖了幾下，薛至柔瞬間感覺自己失聰，若非那些道士按著，只怕要掉下榻去。

其後那巫醫不知點了些什麼香草在房中，說來也奇了，待再被送回房時，嘔吐竟止住了，她便在房中臥床歇息，時而清醒，時而迷糊，至第二日晨起精神恢復了幾分，只是整個人懨懨的，沒什麼氣力。

薛至柔對著鏡子，看著孫道玄這張憔悴的臉，竟美麗得有些妖異之感，惹得她一陣惡寒。未幾，老道長與譽天親自來看她，還為她端來一大碗白粥，薛至柔便掙扎著站起身，腰仍是半彎著：「鏡玄何德何能，還勞動道長來看我。」

老道士將她上下打量一番，放心了幾分，點頭道：「似是回魂了，你可是吃不得河鮮？」

薛至柔心道，魂沒有回，還遠在數百里外的洛陽，吃不得河鮮倒似真的，她連連向老道長道謝：「晚輩無能，令道長勞心了。」

「你今日尚有治療未完，」譽天笑道，「我已與那巫醫說好，她今天白天還有要事外出，酉正時分你再去她房中找她便是了。她的房間就在老道長隔壁，挨著走廊盡頭處，最是僻靜，利於病患康復。我與你那些師兄約好了，白天去城裡各自賞玩，晚上一道去看河邊的大集，人定前便回。」

說起這汴州城的黃河大集，也是一道奇景。集市靠河，不僅有許多美味的河鮮攤鋪，待入夜時還有不少人在河邊放霄燈，可謂良辰美景、樂事賞心。

若非自己頭一天吃壞了肚子，必然也要去賞玩一番，稍稍放鬆連日來緊繃的神經，但眼下顯然是去不成了。

薛至柔只能認命般點點頭，待那老道長離開，她又忍著腹痛臥床休息了大半天。期間她幾度入夢幾度醒，再醒來時已是酉初時分。

待薛至柔起身喝了些白粥，只聽廊下剛好響起一聲滴漏響，驛館報時人用極富韻味的汴州方言，一板一眼吟道：「酉正，酉正！」
看來已至去巫醫房中瞧病的時間，雲鑼響停後，薛至柔徐徐起身，撫著疼痛欲裂的頭出了房門。
巫醫房中仍是香煙繚繞，薛至柔微微吐納兩口，覺得舒適安然了許多，忍不住問道：「阿姊房中燃的什麼香？」
那巫醫愣了一瞬，方答道：「這是安息香，能讓你一會子睡得舒服一些。你的病雖無大礙，但要徹底解毒，還需催眠後以針灸深入穴位。」說罷，巫醫在一旁的香爐裡燃上一炷刻香，看來是為了掌握催眠的時間用的。
薛至柔聽她說話語氣有些發哽，偷眼端詳，果然眼角殘留幾滴淚珠，看她桌案上擺有新放的冰糖與山楂，猜想或許是那老婦人又來找她麻煩。想起自己開靈龜閣也曾遇到不少無賴，心有戚戚，只是她如今用著孫道玄的身子，只怕問候關切也不大合宜，便只是配合地讓她在自己耳邊晃悠那個碩大的鈴鐺，等著她為自己下針。
起初她尚且精神，幾針下去便開始四肢無力，薛至柔明白應當是安息香開始起作用，瞟了眼一旁的刻香，但見燃了三刻左右的長度。隨著時間緩緩推移，她的眼皮越來越沉，整個人倏爾陷入了漩渦，不住地螺旋下沉，最終進入了夢鄉。
再度醒來時，天已全黑了，她頭疼難當，掙扎著直起身，眼前景象卻令她嚇了一大跳——方才還活生生的美麗女巫醫被勒死在她對面，掛著淚的雙眼圓瞪，纖細的雙手緊握著脖頸間的一段粗線繩，似是曾激烈掙扎，卻並未奏效，就這樣香消玉殞，死在了這樣一個潮濕悶熱的雨夜裡。

薛至柔忍不住發出一陣尖叫，來不及思量，慌張起身被桌腿絆倒，重重摔在了地上。她吃痛不已，半晌起不來身之際，忽聽走廊傳來一陣切切的腳步聲，好似是老道長聽到她的叫聲趕來。

毫無疑問，在她睡過去的這段時間裡，不知何人曾造訪過這房間，與巫醫發生爭執，最終將其活活勒死。薛至柔未曾想到，就算時移世易，甚至魂魄都換做了旁人的，這具身子卻又成了命案的第一嫌疑人。

汴州暫且按下不表，且說洛陽城裡，孫道玄正坐在靈龜閣二樓看書，夏日燥熱，蟬鳴悠遠，他卻忽然打了個寒顫，不禁放下手中的書卷，眉頭微蹙，一種不大好的預感忽然湧上心頭。

那日在大理寺，他突然厥倒，本以為能拿回自己的身體，不想只是暈了片刻。其後又被劍斫峰不當人地命令，幫助他辨別某個案發現場留下的符文。此項工作原本是葉法善日常協助大理寺在做，如今那老頭入了牢，便盡數落在了這位「瑤池奉」頭上，這大抵也是那劍斫峰容許他去查沈家小娘子失蹤案的緣由。

但他畢竟不是薛至柔，哪裡懂那些，全靠硬著頭皮瞎編，編到劍斫峰這道學門外漢眼底都起了狐疑，他方稱頭昏，躲過一劫。雖說查出神都苑案子的真相要緊，但保命不被懷疑更是前提，這兩日為了防備著那廝再來，他特意開始學習薛至柔書房裡的書卷。

只是隔行如隔山，他在畫師中定然算是懂道法的，看起薛至柔這些浩瀚天典還是猶如看天書一般，十分棘手，就在他第無數次想放棄之際，樓下大門處傳來一陣車馬聲。

孫道玄生恐又是劍斫峰，起身抬起支摘窗，只見確是有人到靈龜閣來，只是這角度只能看到一個腦頂，分辨不出來人。

孫道玄蹙了蹙眉，拎起繡裙下了樓，才行至拐角，便聽得敲門聲，他快走幾步，清清嗓音，邊開門邊盡量用少女輕快的語氣道：「何人？」

門外是一張極其燦爛的笑臉，正是薛崇簡：「玄玄，妳這兩日休息得如何？那日幫妳找回了帽准，卻未能與妳見面，前兩天來看妳，妳亦不在，我著實擔心得很，妳可恢復些精神了嗎？」

打頭聽此人稱自己「玄玄」，孫道玄嚇得差點想將他打暈奪門而逃，其後聽他的說辭語氣，應當是薛至柔的乳名，不想她的乳名竟與自己小字有些相像。孫道玄長舒了口氣，想起此人看起來有些眼熟，好似是太平公主之子，名為薛崇簡的，看他的模樣，好似是瞎了眼喜歡這丫頭，以他的身分，或許對幫助自己查案有所裨益，孫道玄登時換上一副歡迎的姿態，將他請入閣中：「薛郎今日來尋我可是有何要緊事？」

「妳喚我什麼？」薛崇簡感覺自己可能是白日作夢了，一雙手將腿股從上到下掐了一遍，仍不敢相信，「玄玄……妳沒事吧？」

孫道玄抿抿唇，心道估摸是錯了稱呼，看著小子殷勤的模樣，估摸平時薛至柔不怎麼愛搭理他，忙將語氣調冷了兩分：「不過是個稱呼，我想如何喚便如何喚，怎的了？」

薛崇簡仍笑模笑樣，一點未將他的態度放在心上：「無礙，無礙……今日我來只是想告訴妳，我母親與相王都囑託了人，在大理寺照顧葉天師，他一切安好，聖人也不曾免他的官職，應當很快他便能出來的。」

「這些我都知曉了，」孫道玄回道，「可還有別的什麼消息？」

「呃……」薛崇簡撓撓臉，不知怎的，他今日看薛至柔似是比平時更好看兩分，惹得他莫名其妙心虛，說起話來亦有些磕巴，「若……若是問妳父親的話，他人在三品院，所涉之案又很繁雜，我雖也托人照料，但一時尚無消息。」

「既然如此……」孫道玄拖了長腔，「你照顧不了我父親，便幫我查查案如何？我如今只能進神都苑做法事，一應的文書都看不到，案子毫無思路，你能不能……」

孫道玄說著，對上那雙赤誠的眼睛，忽然覺得有些不大好，欲言又止。

正躑躅之際，思緒忽然被另一個女聲打斷：「不能！」

來人正是唐之婉，她從後院經過，聽到兩人對話，立即前來阻止：「薛崇簡，你可別發傻！聽他的去偷公文，你不要命啦！」

孫道玄瞥了唐之婉一眼，沒有回嘴。倒是那薛崇簡被人賣了還要幫人數錢，立馬跳出來維護：「唐二，妳作甚這麼大呼小叫的，嚇到玄玄了！」

莫說如今這軀殼裡裝著孫道玄的魂兒，便是那薛至柔本人也不是什麼容易嚇到的主，唐之婉翻了個白眼，不悅道：「隨你隨你！好心當成驢肝肺！我方才可是聽到街外有你家小廝尋你的聲音，可是你母親派的人？」

薛崇簡登時變了臉色，對孫道玄囁嚅道：「玄玄，母親可能有要緊事尋我，那我便先回家了，文書的事妳且容我……」

「快走吧你！」唐之婉連推帶搡將薛崇簡趕了出去。

待薛崇簡的車馬離開，孫道玄挑眉道：「敢問唐掌櫃專程來此，所為何事？」

唐之婉沒有立即回話，而是湊近了一步，看著那張熟悉又陌生的臉，十分狐疑：「你今日還化了妝？不會是想利用薛至柔的色相做什麼罷？」

「某乃一介畫師，」孫道玄慢條斯理道，「不喜歡粗鄙的東西，稍加改造，何錯之有？」

孫道玄說的是半真半假，薛至柔模樣不錯是真的，只是不喜打扮，眉不掇，唇不畫，清麗似水。孫道玄雖不懂女人塗脂抹粉的一套，但畢竟是個畫師，直接將這張臉當作仕女圖來修，竟覺得自己畫技都精進了幾分。

當然，這些話他不會告訴唐之婉，只道：「尋某何事？不會是專程來為薛大公子解圍的罷？」

「當然了，否則看著你用著她的身子坑蒙拐騙嗎？」

大理寺正劍斫峰不知何時出現在了靈龜閣門前，出聲道：「叨擾兩位……」

老話常說「嚇一跳」，唐之婉此時便是真真實實跳了起來，一副見了鬼的模樣，顫聲接腔：「啊，劍寺正何時來的……」

孫道玄亦是如臨大敵，但是與唐之婉不同，他怕的是劍斫峰忽然再掏出什麼符文讓他分辨。

那劍斫峰並未與孫道玄搭話，徑直走到唐之婉眼前，道：「唐掌櫃，本官來此是有事相問，最近洛陽城裡又出了連環殺人案，現場殘留的些許氣息令我等有些在意，可否請唐掌櫃……」

「我可不去認死人，不去不去。」未等劍斫峰說完，唐之婉便搖頭不止，「你可徹底死了這條心！」

「唐掌櫃不是仵作，自然不必去勘驗屍體，只是有些遺留氣味的物件，想請唐掌櫃看看。絕對不去什麼陰暗逼仄之所，就在本官的官廳，陽氣鼎盛，唐掌櫃可以放心。」

唐之婉並不十分擅長拒絕人，聽劍斫峰如是說，雖不情願，也再不好說出一個不字，扁了扁嘴，半開玩笑道：「這案子凶嫌是誰啊？總不會……還是那個孫道玄罷？」

「正是。」劍斫峰回道，「也沒什麼可避諱的，每次的作案現場都留有一支葉蘭筆，正是那孫道玄所改良的畫筆，大理寺很快便會加重對那孫道玄的通緝。」

孫道玄愣了一瞬，若是劍斫峰能看到他的內心所想，定會看到滿眼髒話。他的身子都已被那薛至柔帶走了，人成了這副肩不能挑、手不能提的模樣，竟還能成為新連環殺人案的凶手？也不知那薛至柔帶著他的身子逃到何處去了，以她那惹是生非的性子，當真能逃出武侯的重重封鎖嗎？

幾乎與此同時，一身穿官服之人乘著夜色，悄無聲息地穿過窄巷，來到洛陽某處豪門大院的背門，依稀可見他腰間一塊銅牌，應是大理寺屬官。

未幾，一個遊魂枯木般的老奴將門打開一條窄縫，若是旁人看見他只怕會嚇一跳，那官員卻似司空見慣，泥鰍般鑽了進去，步入一間書房，向座上之人彙報了凌空觀失火的查驗情況。

「你的意思是，沒有證據證明，那孫道玄彼時就在葉法善的衲房，也無從知曉他究竟死沒死，是嗎？」

「是。我們驗遍了觀中發現的屍身，沒有一具與孫道玄的特徵相符。」

那人長長地「嘶」了一聲，語調越冷了幾分，自言自語道：「他能藏身之所，我俱已搜尋，毫無蹤跡，那小子必定藏在凌空觀，怎的如今卻憑空沒了蹤影？難道是我料錯，抑或說，他有什麼辦法，能夠逃出升天？」

那大理寺官員湊上前道：「孫道玄這小子跑哪去了姑且不論，聽說薛家那丫頭還在為此案奔走，不知究竟該如何是好。」

「是嗎，她還在查？」那人微微一笑，似是覺得不足為慮，又像是在權衡利弊。末了，他輕揮了揮手道：「此事你們大理寺不必管，我自有手段。」

第十一章 東方須臾

大河之上，明月初升，河港沒了白日的喧囂，寧謐安靜，一葉漁舟在長河中飄搖，彷若搖籃中安睡的嬰孩，而不遠處驛站卻被一種詭譎的氣氛所籠罩。

在薛至柔被女巫醫催眠醒來之後，那女巫醫竟被不知何人活活勒死死在了她面前，她自然成了最大的嫌疑人。若非那老道士像母雞護小雞一樣將她擋在身後，並向武侯一力作保，她此時恐怕已被五花大綁起來。

未幾，驛站通報管事與浚儀縣衙，天色已晚，縣衙便只派出一名當值法曹與仵作前來勘驗現場。老道長費力地向管事解釋孫道玄的身分，稱他是自己十餘年前送來大唐修行的小道士，故而不大會說新羅語，昨日才認識那個巫醫，卻也不過請她瞧病，沒有殺害她的立場，加之昨夜一直跑肚、嘔吐，事發時又為接受治療被那巫醫用安息香迷暈，從藥理上看應當沒有可能半道上醒來將她勒死。

管事有些狐疑，質問老道長，就算自小離家，總會幾句新羅語罷？老道長一時語塞，賠著笑，尷尬地不知如何解釋。

薛至柔這一路裝模作樣，此時終於有了用武之地，在眾人或驚詫或不解的目光中，故作磕巴地說了幾句新羅話。

可那管事仍不信，又出質疑，說萬一那安息香的效力並沒有那麼強，或者她屏氣少吸了些，豈不就有可能作案了？薛至柔的一顆心忽上忽下，不知當如何為自己辯解之際，法曹終於帶著仵作到了，管事便將事情交給專業人士，不過在旁維護維護秩序。

薛至柔短暫地鬆了口氣，心道此時境況雖窘，孫道玄的通緝畫像應當尚未傳至此處，但若是她被以嫌犯的身分被帶到縣衙便麻煩了。且不說這裡法曹的水準能否查明真相，一旦畫像傳來，她可就真完蛋了。

所以說，她務必盡快破案，最好今夜法曹搜集完證物之後，她便能找到真凶。薛至柔只覺指尖發涼，頭腦卻熱得懵然，她雙手交握，勉勵自己冷靜下來。

此時法曹開始在樓下大堂逐個傳喚這兩日與那巫醫有過接觸之人。眾人皆是不悅，有人甚至直接嗔怨為何不將薛至柔捉走。對於這些言辭，薛至柔置若罔聞，操手站在門外，仔細聽著法曹的問話，努力尋找為自己翻盤的可能。

究竟是誰趁著自己被安息香迷暈，將女巫醫勒殺，緝凶的重點自然是在此其間出入客房之人。客棧一層是酒家和掌櫃的櫃檯，所有客房均在二層，故而要至客房，需得經過店家的櫃檯。但店家與小二都說沒看到什麼可疑的人，武侯也沒有找到利用鉤鎖攀爬入侵二層的痕跡，那麼也就是說，嫌疑人應當就在宿在客房的這一眾住客中。

得知這一消息，恐懼的情緒在眾人心頭蔓延，亦有一種嗜血般的亢奮，只因這群人中隱藏著一個殺人凶手，或許是那強辯自己無辜的小白臉，抑或是旁人，總之，在武侯並未將任何人綁了的此刻，任何人都可能是凶手，任何人亦有可能斃命。

夜已深了，查案仍在繼續。眼看物證不足，須得從人證入手，法曹便命驛館提前關門歇業，將一樓的大堂清場，而後命令當日所有宿在驛館的人集中到大堂挨個問話。

首先受審的是薛至柔。由於女巫醫被勒死時，她就在房中酣睡，第一個發現屍體的也是她，故而她自然是第一嫌疑人，眾人看她的眼光帶著前所未有的懷疑與懼怕。但薛至柔知道自己不是凶手，面無表情地迎接眾人狐疑的目光，甚至坦然回以凝視，孫道玄這副皮相本就顯得冷傲絕塵，瞬間令那些打量她的人怯怯挪開了視線。

「你名鏡玄？與那女巫醫是否相識？為何會去她的房間？可是你將那女巫醫勒死的？快從實招來！」法曹十分嚴厲地詰問道。

薛至柔抬眼，語氣十分平緩，與法曹對比鮮明：「我與老道長和那幾位新羅道士一行前天傍晚才剛到汴州，與這女巫醫並不相識。昨日我因食河鮮壞了肚子，嘔吐不止，眾人便將我送至這女巫醫處醫治。今天一早，老道長與譽天告訴我今日還要來醫治一番，讓我酉正時刻到女巫醫房間去，我便去了。到了之後，女巫醫拿出安息香點上，過了三刻，我已睡得不省人事。醒來之後天已全黑，我發現女巫醫被勒死在我面前，嚇得大叫一聲，將老道長引了過來。這便是所有經過。」

「鏡玄所說，盡皆是事實。我等自洛陽趕來，打算往新羅去。趕路疲乏，夏日炎熱，馬兒遭不住，我等便打算在汴州休息兩日，再趕路往碼頭坐船，走水路一路往新羅去。」說罷，道長拿出了幾人的度牒交給法曹審閱，其中也包括薛至柔的。

老道長與葉法善有數十年的交情，凌空觀出事前，葉法善將孫道玄託付，在老道長看來猶如托孤，死也不想辜負老友的信任。故而此時此刻老道長十分焦灼，生恐節外生枝，努力操著不大熟練的中原話為他辯白。

那法曹見度牒記載無誤，嘆了口氣，似是抱怨案子沒有自己想像般簡單，問話的語氣稍稍緩和了幾分，又問薛至柔：「你確定是酉正時分去找的女巫醫嗎？又為何如此肯定你是三刻之後睡去的？」

「我的客房十分臨近後院的滴漏報時處，彼時我是聽到報時人喊了『酉正』後才去房間找她的。過去之後，女巫醫為了控制給我上安息香的時間，在房中點了刻香。我臨到睡前曾瞟了那刻香一眼，見燃掉了三刻左右，其間我並未感覺有任何異常，也沒有其他人來找過女巫醫，故而可以肯定，直至酉正三刻她仍未遇害。」

「這安息香真有如此效力？速速找人測試。莫是你假裝熟睡，再趁女巫醫不備，將其勒死。」法曹仍不甘心道。

薛至柔嗤笑一聲：「若是如此，我為何不在殺人之後趕緊逃亡，離開這是非之地？把人殺了，還待在這房裡不動，等著你們來捉我嗎？」

法曹被她噎住，雖然對她說的話半信半疑，但也一時間想不出話反駁，吹鬍子瞪了她兩眼，先按下不表。不知為何，這少年給人的感覺極是複雜。他非常的俊美，卻又有幾分邪魅之氣，加之腰間跨著的那張人皮面具，讓人不禁想起，傳說中以出眾樣貌迷惑路人的魅鬼。可他的目光又是異常澄澈，語氣十分堅定，給人一種亦正亦邪、捉摸不透之感。

『總之……不可掉以輕心。』法曹在心裡暗想，轉而將受審的對象換做了老道長。道長年事已高，身體亦已佝僂，不曾隨那一眾新羅道士外出，一直在房中打坐。雖無人證，但法曹箍了箍他那骨瘦如柴的手腕，想要勒死一個成年女子而不被對方反擊怕是很難，加之與女巫醫並不相熟，便沒再為難他。

其後被審問的便是與薛至柔同行的譽天等一眾新羅道士，眾人之中唯有譽天會說大唐官話，故而由他來代表這些新羅道士接受訊問。

「就如老道長與鏡玄所說的，我們才來這汴州兩日，與那女巫醫並不相熟。鏡玄因吃河鮮壞了肚子，故而我等將他送往女巫醫處醫治。今日我們約好了酉正在海邊集市碰面，一道遊覽，其間並未再回驛館。所以酉正時分，我們都在河邊的集市，那些攤販都可以作證的。」

「你們一直都在一起嗎？中間是否有人半途離開後再返回？」那法曹問道。

「沒有，我們一直在一起。直到人定時分回驛館，我們才知道那女巫醫出事了。」

譽天身後，幾名新羅道士點頭如搗蒜，不知是能聽懂譽天的話，還是他們對這凶案避之唯恐不及。

薛至柔晃著落枕的脖思量，若真如此，譽天等人也不可能是殺害女巫醫的真凶。最後受審的則是向巫醫要冰糖與山楂的那對母子，昨日那老婦人態度頗為囂張，如今看來不過是色厲內荏，在得知那巫醫死訊的那一刻，她嚇得面色蠟黃，兩股戰戰，就連她的兒子也未比她強到哪裡去，不到三十歲的漢子有七尺餘高，也嚇得話也說不清了，腦袋上長了泉眼似的，不停往外冒汗。

法曹問了許久，才聽懂他兩人說下午出去了，人定時才回來。法曹還當場與當值的店小二對質，說是自酉正至事發時，確實沒有其他人從外面回到二樓客房，這兩人便也暫時解除了嫌疑。

隨後，方才奉命趕去試藥的武侯長來報，他們分別在不同房間對兩名武侯使用熏香，結果都陷入了深度睡眠，搧臉都喊不起來。薛至柔的嫌疑也因此稍減了兩分，但她明白，這不足以令她脫罪，更何況，竟有人敢當著她的面殺害一個無辜的女子，她若不將凶嫌繩之於法，還當什麼法探？

短短一刻鐘的時間，想要勒死一個成年人並不容易，但這巫醫身上並無其他外傷，只有脖頸一處致命勒痕，並不存在將其擊倒、擊昏再勒死的可能。

難道……凶手與女巫醫不單相識，甚至是她相當信賴之人？薛至柔如是想著，目光掠過等候法曹問話的眾人，俱是那日女巫醫與那老婦人衝突時在場的人，當時也沒發覺，誰與她熟悉，好像都是那天才認識的。

法曹揉了揉眉心，似是有些疲憊了。汴州城雖熱鬧，平素裡案件多以打架鬥毆為主，縱便有凶殺，也很少有如此邪門的。若這些供詞都是真的，那就相當於只有那年過七十的老道長與他眼前這腰間別著人皮面具的邪魅小子有作案可能。法曹的目光在薛至柔和那老道長之間來回逡巡，最終仍是鎖定在了薛至柔身上。

「來人，把這帶著瘆人面具的小子給我帶走，先打他二十大棍，看他說不說真話！」話音剛落，武侯們便要上前拿薛至柔，但見她連連後退道：「哎！你們做什麼？我被那安息香迷暈，根本沒有殺人的可能，你們難道想要屈打成招嗎？」

老道長也急忙上前欲阻止道：「官爺……官爺且慢！鏡玄他與這女巫醫並不相識，也無冤無仇，還承蒙她醫治照顧，怎麼可能殺人？這定然是有人刻意設局陷害。」

那幾個武侯絲毫不聽薛至柔與老道士的話，上前一把扳住了她，以避免她反抗。在他們身後，那法曹幽幽地說了一句意味深長的話：「汴州已許久未出過命案，今朝這一件已足夠令人頭疼。查案自有查案的章法，打你板子也只是照章辦事。況且，如今只有你與這老道士有作案的可能，不打你，難道讓我們去打他嗎？」

薛至柔在京洛兩地破過許多懸案，未想到地方上辦案竟是如此敷衍了事。這些官員顯然並不關心究竟誰才是殺人的真凶，只希望事態一早得到平息，凶手伏法，才好向上面交代。反正，縣衙諸事龐雜，不會有人去追究細枝末節，去考量是逮住了真凶，還是冤枉了好人，只要事情就此平息，於他們而言並沒有什麼不同。

薛至柔哂笑一聲，雙眼一瞪：「要打你便打，但縱便你打死我，我也絕不會認沒犯過的罪行。待他日真相水落石出，你打死無辜的消息傳遍汴州，說不定還會傳到洛陽、長安去，屆時必定會有有識之人為我洗冤！」

這等威脅的話語，法曹沒少聽過，但這少年的神情與其他人不同，透著一種旁人沒有的決絕，彷彿就算身墮阿鼻地獄也要帶著旁人陪葬。法曹不禁眉心一跳，心底泛起了幾絲嘀咕。

就在這時，負責驗屍的仵作走了進來，對法曹叉手一禮道：「屍體指縫中的東西驗出來了，是山楂屑。此外，下官還找來了一些在一樓大堂用飯的客人，有人目擊那老婦的兒子戌時前後曾經回來過又走了，彼時那店小二曾短暫與客人閒話，並未盯著。」

薛至柔一怔，她記得很清楚，在她走進房間時，曾盯著女巫醫撥弄銀針的手，十指的指縫都非常乾淨，怎會有山楂屑呢？

這樣想著，薛至柔下意識地掃了一眼在場所有人的雙手，突然在一個人的手上看到了一處像是被人用力掐過的血痕。薛至柔正要看這是誰的手，那雙手的主人似是有所察覺，立刻將手收回了袖籠之中。

薛至柔看向那袖籠的主人，但見那人正與旁邊的人侃侃而談，面色如常，似是什麼都未發生一樣。薛至柔大感意外，隨即陷入了深深的疑問之中。

方才仵作那一番話後，現場的氣氛登時反轉。原本針對薛至柔的敵意，霎時都變做對店小二的無語，以及對那一對母子的提防。可當眾人想要從人群中找出那對母子時，卻發現那兩人不知道什麼時候起，竟然已經不見了。

法曹更是怒不可遏，恨不能起身給那店小二來兩手刀，正欲發作之際，一武侯匆匆趕來，直接在武侯的怒火上又添了一把柴：「官爺，那老婦方才帶著她兒子，說去後院討一副碗筷，結果現在人不知道何處去了！」

聞聽此言，法曹便不再糾纏薛至柔，強忍著怒火，帶著把守的武侯傾巢而出，去捉拿那老婦母子。

其他人等得以暫時散了，唯有薛至柔呆立原地。

她知道，那老婦與她的兒子並不是真凶，真凶另有其人。可這個人究竟是如何在不留下任何痕跡，也沒被任何人看到的情況下，憑空出現在驛站裡的？難不成此人不僅會分身術，還能飛簷走壁嗎？

眾人離去後，薛至柔也拖著沉重的腳步上樓，才要回房時，恰好迎面碰到了譽天。看到薛至柔，他欣然而笑：「還好法曹未再懷疑你，否則你可是要被當眾脫褲打板子了。」

薛至柔本未細想，譽天這話倒是實打實的讓她產生了不該有的畫面，她不由得尷尬笑了兩聲，見譽天手提著桶，背上還搭著一條拭身用的巾帛，便問：「你可是要去沐浴？」

「是啊，這驛館最好的，就是後院裡的熱湯。賢弟可要同來？」

「啊，不必了，你獨自去吧。」說罷，薛至柔大步朝自己房間走去。

譽天未計較，逕自走下了臺階。待譽天的腳步聲漸遠，薛至柔復倒退著走回來，敲響了那幾個新羅道士的房門。

一名新羅道士過來應門，見到薛至柔的那一刻，他顯得有些驚訝和局促，畢竟他不通大唐官話，平時都是譽天在擔當翻譯，一時有些不知道該怎麼辦才好，只是尷尬地對她行了個禮。

誰料薛至柔突然以一口流利的新羅語向他問了好，還問他自己能不能進來詢問他們些事情，這一下令這些新羅道士驚訝不已，悉數圍了過來。

「你居然會說新羅語嗎？我們都以為你不會說呢。」其中一人說道。

「我當然會說，只是因為譽天很熱情地要當翻譯，我不好駁他的面子。話說回來，昨天你們約的時間，當真是在酉正時分嗎？」

「是啊。當時我們就約在大河集市的日晷面前，我等先到了，譽天最後一個來的。他來的時候，那個日晷指標的影子堪堪落在酉正時分。」

猶如一道閃電劃過腦海，薛至柔立刻明白了事情的真相，但她未動聲色，與那新羅道士又聊了聊集市的見聞，突然將話頭一轉：「那個女巫醫，你們之前當真沒見過她嗎？」

另一名新羅道士滿臉八卦地用新羅語回道：「怎麼沒見過，見過好幾次呢。這幾年我們數度往來新羅與大唐之間，這女巫醫有好幾次都與我們宿在同一個驛館，甚至還曾追到洛陽去過。並且，她和譽天之間，好像……」

問到了自己想要瞭解的事情，薛至柔假意稱乏離開，又去問了問樓下值守的店小二，查了查掌櫃的紀錄，更有了成算。她想即刻去報官，但趴在驛站窗上往外看，遠處河邊、山頭都有如鬼火般跳動得星點，應是那法曹帶著武侯們在四處尋人。

薛至柔知道他們是在白忙活，但那法曹如此糊塗，還想草菅人命，出去跑幾圈也算他活該。薛至柔回房小憩了半個時辰，方下樓來，讓店小二去把法曹請回來，說是勘破了勒殺女巫醫案的真相。

法曹與武侯們接到信報時，已經摸黑在山頭河邊尋了兩個時辰，累得氣喘吁吁，他們雖將信將疑，卻也死馬當活馬醫，想先聽聽薛至柔究竟有何高見。

此時仍是深夜，眾人打著哈欠紛紛下樓，那幾個新羅道士亦是滿腹牢騷。薛至柔的目光在譽天臉上頓了一瞬，開始在心中打起腹稿來。

見所有人都到齊了，法曹冷哼一聲，對一直抱臂站在眾人之中的薛至柔道：「大半夜把所有人都叫到這裡，竟然說你參破了真相。待會可別把案情講個狗屁不通，讓人笑話。先說，究竟誰是殺害女巫醫的真凶？」

薛至柔微微一笑，彷彿賣起了關子，目光在眾人間逡巡，最終伸出手指向了譽天。

眾人皆是一怔，目光轉向譽天。

嚳天愣了一瞬，旋即笑了起來：「鏡玄啊鏡玄，你可是前日高熱燒糊塗了。我昨日自酉正一直跟他們在集市遊玩，一直到人定才回來，那些攤販盡皆可以為我作證。之前你不是還言之鑿鑿地當著眾人回答法曹說，那女巫醫酉正三刻時還活著，怎麼……」

「很簡單。你的酉正，和我的酉正，並非同一時刻。」

此言一出，四座皆驚，但更多的是對薛至柔這番說辭感到疑惑和不解。不出薛至柔所料，嚳天笑得比先前更誇張，幾乎笑出了眼淚，良久才停下：「鏡玄，你今日這是怎的了？不是香熏壞了腦子，產生幻覺了罷？可要為兄再幫你找個郎中瞧瞧？」

「我這麼說並非玩笑。你的詭計之巧妙，就在於利用了一個此時此地才會發生的天象所導致的時辰誤差，使他人神不知、鬼不覺地被你利用，為你創造不在場的人證。」

薛至柔說著，在大堂內踱起步來，她此時此刻覺得用孫道玄的身子也不錯，個頭高，睨著凶嫌頗有氣勢：「不錯，你出現在河邊集市的時間，確實是酉正時分，但那是日晷指針的影子所示的時辰。而我去找那女巫醫時，聽的卻是驛館滴漏的報時。如今正是盛夏，白日較春秋兩季偏長，黑夜則短，其間的誤差，可以達到半個時辰左右。也就是說，當我去找女巫醫時，實際上距離你們在河邊集市集合，還有半個時辰。」

聞聽薛至柔此言，眾人慢慢安靜下來，嚳天的笑容亦逐漸消失。

薛至柔瞥了嚳天一眼，繼續說道：「這一路結伴而行，你發現我隨身攜帶著圭表，似是對於時間十分在意。你便相中了我，盤算著利用我這個比一般人更準時的習慣，為你創造殺人時機。而我之所察覺到此事，還要歸功於昨天早上，你來叫我吃早飯時，笑話我來晚了。彼時我未想明白為何自己會起遲，經過了這個案子後，我才悟到，我們一行人中，唯有我的房間面北，故而早晨沒有日光照進，只能聽著後院滴漏的報時聲。而你們那天一大早就出門練功去了，乃是看了外面的日晷到了辰時才回來。故而我的時辰相對於你們的時辰便晚了。」

「簡直一派胡言，」譽天微怒道，「我與那女巫醫並不相識，我又如何才能提前得知她宿在這驛館。若她不住在這裡，我又要如何在此殺了她。」

「你當真與她不相識嗎？她一直在洛陽至登州驛道上的驛館間走動行醫，你們之間又何乏傳信的手段？」薛至柔盯著譽天的雙眼，指著那群新羅道士，「據他們所說，這幾年你們往來大唐與新羅間，曾與那女巫醫數度在同一天宿在同一個驛館。這一點，只要查看你與她二人的通關文牒所經之處，就可得知，那些驛館中亦能找到紀錄，你無從抵賴。」

「僅憑我們曾幾度宿在同一驛館，便能說我與她相識了？況且驛館的房間有無人住，也並非我能左右的，我又要如何才能堪堪讓你住進這面北的房間裡？你若是不住進這面北的房間，只能聽得到滴漏的報時聲，我又要如何利用你來製造不在場的人證？」

「這便要問我們當值的店小二了。」說罷，薛至柔轉向一旁聽得直愣神的店小二，問道：「就在我們來住宿的那天，你們這裡的客房尚是滿的，但就在我們來之前，那女巫醫突然退掉了三間房，是嗎？」

「是有這麼回事……那之前，她一個人訂了三間房時，我就有些犯難，誰料後來她又加訂了一間。畢竟可能有其他客人想要住宿，可那女巫醫說自己也是幫別人提前訂的，說這些人很快就會來了，還給了我雙倍的訂金，我便沒再阻攔。」那店小二答道。

薛至柔又說道：「事發前幾日，你趁我們不注意，利用沿途驛館的郵差給那女巫醫送了信，讓她提前來到這間驛館等你，並幫你訂下這些房間。估摸著你也在信中提到，要同她商量終身大事。據這些新羅道士說，那女巫醫追求了你許多年，聽你這樣說，自然喜出望外，對你的要求可謂是言聽計從。待我們如你計畫一般住進來後，為了創造我與女巫醫獨處的機會，你給我第二天吃的河鮮裡面下了催吐藥。隨後在你送來粥飯之中，你恐怕也下了相同的藥，以使我的症狀延續到第三天。等我第三天酉正時分去了巫醫房間，被催眠迷暈後，你便來到房中，以談婚論嫁之名，趁其不備將她當場勒死。但你萬萬沒想到，她臨死前用力將你的右手上摳出了血痕。」

說到此處時，薛至柔剛好行至譽天身後，遂猛地捉住他的手腕舉起，只見上面確實有一道顯眼的抓傷。

譽天五官變得極其扭曲，掙脫了薛至柔的手，武侯們見狀立即上前來控制住譽天，那仵作亦上前來，仔細端詳起那抓痕來。

「她的指縫中滲了些許你的皮肉，你擔心仵作驗屍看出了端倪，又因時間迫近而無暇清理，情急之下，你看到桌案上遺留的鮮山楂，便捉住她尚未僵硬的手，在山楂表面用力摳了幾下，讓她的甲縫裡帶上了山楂碎屑，來掩蓋你的皮肉殘留。隨後，你假裝無事一般離開房間，正常地出門，趕往河邊集市與師兄弟們會合。到集市時，那裡的日晷剛好指向酉正。接下來，你只消一直待在你這些師兄弟身邊，等到人定時分再回來，便完成了這個詭計。」

「確實有這麼回事……當時應當是酉初三刻左右，我看到這叫譽天的道士著急忙慌地出門去了。」店小二附和道。

似是被宣判了罪證一般，譽天慢慢地低下了頭。那些新羅道士已然傻了眼，全然想不通朝夕相處的師兄弟為何會做這等事。

老道長一直嘆息不止，更多則是困惑：「先前為師便提點你，大唐有語：『木強則折』，讓你收斂心性。你本是最有希望繼承我衣缽的弟子，為何要在這節骨眼上，幹出這樣傷天害理之事？」

薛至柔冷笑一聲，幽幽回道：「道長這疑問，想來那女巫醫更想知道，為何自己的枕邊人，腹中胎兒的父親，竟對自己痛下殺手……」

眾人都不由得倒吸了一口涼氣，老道長則是驚得壽眉與鬆弛的面頰皆抖了三抖，一臉難以置信：「難道……難道你與那巫醫已經……」

仵作聽聞，立即離開了人群，想必是去驗證薛至柔所說胎兒之事。良晌，他返回來，當著眾人的面頗有些臊皮，叉手稟道：「下官失職，死者腹中好似確有未成形胎，只是月份太太小，初驗時未能察覺……」

這大半年來，薛至柔曾破過數個案子，但自己相熟之人在自己眼皮子底下犯下如此傷天害理之事，還利用自己脫罪，確實是頭一遭。薛至柔並非不會罵人，只是平時礙於所謂名門閨秀的束縛，不便出口。

此時她的惱氣已達頂峰，便用孫道玄冷冽的聲線罵道：「你這人何其做作，平素裡認真誦經、打坐，一滴葷腥都不沾，那是因為你知曉新羅道院要選一位新的國仙。國仙是新羅青年道徒之首，在新羅道教地位非同一般，且歷來由年輕道士擔任，甚至可以得到輔佐新羅王子的機會。你知道自己資歷尚淺，便竭力經營人望。可你沒有想到，在最關鍵的時候，這女巫醫，也就是你的相好，竟有了身孕。新羅道教的戒律與我大唐不同，嚴禁道士婚育，此等醜聞若傳出去，你便會即刻失去競逐國仙之位的資格。可這位大唐的女巫醫卻並不知曉此事，恐怕你也有意對她隱瞞。可憐啊，她本想滿懷欣喜地同你謀劃成婚後的諸般喜事，不曾想你從知曉她有了身孕開始，便謀劃要她的命。你們這些髒男人，真是要多負心有多負心……」

薛至柔怒氣鼎盛，忘了自己如今還披著孫道玄的皮囊，待回過神，她發現眾人正以一種異樣而複雜的目光看向她。那法曹一副了然之態，心道原來這小子有斷袖之癖，難怪長了這樣一張臉，又不時流露出魅惑的神態；其他人則多是輕咳一聲，難掩尷尬。薛至柔也不想解釋，任由這詭異的氣氛在房中蔓延。

譽天眼看自己的所有陰謀被當眾揭穿，不再詭辯掙扎，低頭在法曹拿來的認罪書上畫了押後，便被幾名武侯一道押往縣衙了。

一件懸案如此快便塵埃落定，法曹自己卻絲毫未費工夫，還能去州府邀功請賞，登時樂開了花，對薛至柔和老道士一行叉手道：「多謝各位仙師出手相助。之前聽說仙師們打算走水路乘船往新羅去，恐怕還沒拿到通關文牒罷？且容本官去向縣令稟報此事，想必三日之內應可拿到。」

「多謝法曹費心！」薛至柔聽說要有通關文牒了，內心歡呼雀躍，趕忙叉手回禮。

「對了，近日有洛陽來的通緝令，要逮一名叫孫道玄的畫師，汴州府已開始加緊搜捕。眾位仙師若有看到，可隨時到縣衙擊鼓。」

話音剛落，站在法曹面前的俊俏少年突然整個人向前栽倒下去，令眾人大吃一驚。須臾間，他恢復了神志，神情比先前冷峻許多，明明是同樣的皮囊，感覺卻是另一個人。

「此處是……」他問向眾人。

第十二章　伯勞飛燕

四日前，洛陽。

神都雖富麗堂皇，總會有些太陽照不到的角落，北市附近的糠城便是這樣一個所在，道路泥濘，瓦舍破敗，空氣裡彌漫著隱隱的酸漿氣味，縱與北市不過一牆之隔，卻像是兩個世界。

是日傍晚，細雨如絲，一腰佩長劍、身著胡服之人壓低帽檐，踩著水窪，走入糠城一條窄巷，行至一座民宅前，她謹慎地四處環顧，確認無人後，方推門走了進去。

屋內雖然簡樸，但基本的生活器具一應俱全。臥榻之上，一老嫗仰面朝天躺著，半睜著渾濁的雙眼，嘴巴微微張著，發出沉重的呼吸，應是睡著了。

聽到木門吱呀的動靜，那老嫗驀然轉醒，她掙扎兩下，卻起不來身，亦抬不起頭，甚至連眼睛也無法轉動一下，只用細弱游絲的聲音顫顫巍巍道：「雪兒，是妳嗎？」

「是我，來給老母帶粥飯了。」那人應道，摘下胡帽，抖了抖上面的雨絲，正是臨淄王府舞姬公孫雪。為了掩人耳目，她未施粉黛，卻依舊難掩清麗，邊回話邊從隨身的行囊裡取出一個食盒，打開後，裡面冒出魚羹粥的香氣。

「雪兒，近來……可還有人難為妳嗎？」老嫗的雙目混沌，卻還是能看出透著滿滿的擔心，「若是……有人……妳不必……」

「我沒事，」公孫雪將老嫗扶起，倚在自己身上，邊餵粥飯一邊道，「老母只消養好身體，我與道玄皆大了，能看顧好自己，妳不必記掛……」

幾滴淚順著枯黃的面頰徐徐落下，老嫗艱難哽咽道：「當年若非為了救我，妳便不會加入那個『無常會』，脫會後又被人買凶追殺。如今妳雖已入了王府，還是少出門……」

老嫗未說罷，便止不住地咳嗆幾聲。公孫雪見老嫗仍在為自己擔心，心中唏噓不已。

「那年冬日雪天，我被生身父母遺棄，若非有老母將我從三清祖師像下面的雪窩子裡扒出來，我早已凍死了。」公孫雪看似語氣十分平淡，實則淚意難掩，「老母教我舞劍，教我音律，還教我習字讀書，妳的恩義，我便是死也無以為報。當初加入無常會，誠是因為老母病重，急需銀錢，但更多則是因為受了矇騙，以為所殺之人皆是十惡不赦之輩……雪兒鑄成大錯，幸得恩人將我救贖，眼下雖然無常會的人仍不肯放過我，但只要王府內沒有奸細，我的行蹤他們便無法掌握，唯一憂慮的唯有老母。妳不肯隨我去王府，就一個人待在此處，可知道我日日有多憂心……」

「我這把老骨頭，已經活得夠久了，多活一日，少活一日，又有何妨……只是未見妳覓得好人家。妳與那臨淄王之間，可……」

公孫雪餵完了粥，復緩緩扶那老嫗躺下，悉心地為她擦去口邊的黏米：「先前便與老母說過，他當年之所以為我贖身，並非因為男女之情。當初我誤殺的人中，有一個乃是他的心腹。他從大理寺處探聽得知我的嫌疑，一開始只是想搜集證據，其後得知我的處境，又見我被人蒙蔽，便改用我反制無常會，最終為我贖身，並允諾保我餘生安全。殿下於我恩重如山，我亦感恩圖報，不求其他，望老母懂我。」

老嫗吃力地點點頭，吃個粥的功夫像是耗盡了她所有氣力，目光昏昏欲眠，臨睡時，口中還喃喃道：「雪兒，老母只盼妳尋個好人家，切莫像我一般……」

公孫雪默默，既未答應，也未反駁，如同哄嬰孩一般，輕輕拍著老嫗的身子。待老嫗睡熟了，她方起身，輕手輕腳地收拾屋子，而後叩響了隔壁的房門。

隔壁住著和睦的一家三代五口，老嫗平素裡沒少拜託他們照顧，公孫雪致謝之餘，又留下了些許銀錢，而後方重新戴好胡帽，冒雨踩著積水往積善坊方向走去。

天色已全然黑透了，眼看就要到宵禁時分，夏末初秋的雨夜透著一股陰冷。公孫雪身手好，步履輕快，眼看便要走出糠城，忽然感覺身後的窄巷中好似有人在跟蹤她。

會是什麼人？公孫雪心下暗暗忖度，莫不是無常會的人終究尋到了這裡？若是如此，老母的住所只怕已經不再安全，等到解決了眼下之人，便立即回去帶她離開。

公孫雪腳步不停，右手卻悄然攀上了劍柄，感到身後之人越來越近，她驀地拔劍，猛然一團身，劍氣如霜，寒光四射，斬破雨絲，直逼那人喉頭而去。

那人似是料定了她的行動，竟穩、準、狠地捉住了她持劍的手腕，用巧力向下一頓，便輕易下了她的劍，將整個人拽至了懷中來。

公孫雪倏地被溫暖裹挾，驚訝抬頭，對上一雙促狹雙眼，那人含著笑，挑眉道：「不知本王功夫如何？可入得了這位女俠的眼？」

公孫雪似不大痛快，櫻桃唇像把戒尺抿得直崩崩的，向李隆基行了個禮，沒有接腔。

李隆基見狀，收了調笑的神情，清清嗓子，正色問道：「妳養母身子如何？」

「一日不如一日了，」公孫雪沉沉嘆了口氣，儘管竭力壓制，依舊能聽出她嗓音裡隱著兩分哭腔，「或許哪一日我推開門，老母便再也不會與我說話了……」

「本王早就說過，讓她留在府中便可，總好過妳日日茶飯不思，人都熬瘦了。」

公孫雪望著家的方向，明明被重重門戶阻擋，她的視線卻綿長依戀，不肯收回：「老母年輕時與我一樣，曾為刺客，她的仇家不比我少。王府上下人多眼雜，她怕連累殿下，覺得還是自己一人隱居於糠城，能有個落腳之處便好……」

「本王贖身的是教坊舞姬公孫雪，不是什麼無常會的刺客。」李隆基的語氣像是在陳述一件不容辯駁的事實，他的瞳仁染上了幾分幽夜的深沉，看起來疏離冷峻，「人總要向前看，既已決心洗心革面，與過去劃清界限，總想著那些事於妳沒有任何裨益，切記。」

李隆基的恩義，公孫雪如何不知，若換了旁人或許立即感激涕零，但她並未外表，只是淡淡點了點頭，叉手又是一禮，轉了話頭：「殿下漏夜來糠城，可是有何要事？」

李隆基望著公孫雪，似笑非笑道：「若是旁人，肯定會認定本王是來接她的，為何妳不這般覺得？」

「婢不敢，」公孫雪神色十分沉定，「還請殿下明示。」

「聽說妳義弟孫道玄便住在糠城，本王看妳來此處，以為妳是來見他的……不知他，可有消息？」

公孫雪垂著深如明湖的雙眼，猶豫著，不知是否應將葉法善送孫道玄出洛陽之事告知李隆基，末了，她只是搖了搖頭。

李隆基見她不願多說，遂指了指巷口，彼處一駕馬車與臨淄王府的小廝正相侯：「何苦站在這淋雨，先上車罷。」

公孫雪微微頷首，跟在李隆基身後上了車，待坐定，李隆基終於出口問道：「妳可是信不過本王？本王可是看在妳的份上，相信妳那義弟不是真凶呢。」

「婢不敢……大理寺已將洛陽城翻了個底朝天，也未尋得其人，婢又何從知曉他的行蹤。不過陛下若願意相信孫道玄無辜，婢倒是十足歡喜。」

李隆基並未深究，只道：「這幾日本王便想，最近這些事皆是衝著妳義弟來的，實在是太過蹊蹺了。若是單一神都苑之事，本王還想勸他去大理寺說個清楚，不必這般逃命，但未過兩日那凌空觀又燒了……那凶嫌竟神通廣大到如此境地，不單能在神都苑做手腳，甚至還把凌空觀付之一炬，當真是窮凶極惡……妳義弟若是無辜，眼下他萬不可被捉住才是，但單靠躲和逃也不是辦法。」

「殿下可有何妙招嗎？」公孫雪困惑於李隆基突然插手此事，卻沒有過度好奇，只是順著他的話發問。

「本王認識一位法探，不輸大理寺一眾官員，明日帶妳去拜訪她，或許能有契機。」

公孫雪淺淺頷首稱是，未多說一語。

不知從何時起，他們之間就是這樣的相處模式，他為她籌謀良多，而她不過應允，連致謝也時常看起來不大走心。

雨夜濕冷，車廂內卻是暖的，馬車不知何時行了起來，公孫雪輕輕將簾攏掀開一道縫，讓淺淺的風雨入窗，吹淡幾分曖昧的氣息。

李隆基閉目靠在車廂上歇息，公孫雪見時有百姓家微弱的燈光透過車簾映在他年輕英武的面龐上，使得他近在咫尺的容顏看起來有些不真實。但她清楚他就在自己對面，甚至他的神思仍在注意著自己的舉動，她抿抿唇，似是想說什麼，卻最終沒有開口，只是望著黛色的天幕，輕輕喃了一句：「雨停了。」

公孫雪並不知曉，眼下她的義弟孫道玄此時就在洛陽，只不過面目全非，用著薛至柔的身子。但就算暫時不必逃命，他過得亦是毫不輕鬆，是日一早，他便揉著朦朧睡眼，坐在靈龜閣寬大的木桌前，桌邊斜靠著占風杖，案上擺著御牌與一眾李淳風的古籍，對面唐之婉插著腰，一副劍拔弩張之態。

孫道玄雖面無表情，心底卻在抓狂，聳著頭聽著唐之婉的指責：「我說你！昨日那劍斫鋒找你看個符紙，你為何說是惡鬼畫符？還扯出一大堆民間鬼故事，你是生怕旁人看不出你是冒牌貨嗎？」

「某不認得，妳讓某如何說？某不信那瑤池奉就什麼都懂！」孫道玄理不直而氣壯，發紅的耳朵卻暴露了他的真實內心。

唐之婉不應聲，只是重重地將一本書扣在他面前。孫道玄滿臉不屑，卻還是從善如流地撿起書讀了起來，但也不過三四眼，他便開始覺得腦脹頭昏，忍不住長吁短嘆了起來。

並非不識字，可李淳風的書卻如天書一般看不懂，孫道玄費力地念著其上內容：「今有望海島，立兩表齊，高三丈，前後相去千步……」

唐之婉看了一眼書名，無奈道：「《海島算經》大抵對你做法沒什麼用處，還是先看《乙巳占》罷。」說罷，換了本書遞給孫道玄。

孫道玄瞪大雙眼，努力地辨認著上面的字，可總覺得上面的字像是小人跳舞一樣，又費勁巴力地念道：「凡候風者，必於高迥平原，立五丈長竿，竿首作盤，盤上作木烏三足，風來烏轉，回首向之，烏口銜花，花旋則占之……」

「哎呀，你怎麼這麼呆，還要整個背下來不成？找一段齊齊整整，佶屈聱牙，別人聽不懂什麼意思的段落，拿來當咒語一念，不就可以裝神弄鬼去了？」

「即便咒語解決了，那做法的步驟呢？都要準備什麼物什？選何種香？畫什麼符？妳既然這麼聰明，又與薛至柔交好親厚，怎的一問三不知？」

唐之婉漲紅了臉，嗔道：「要暴露的人究竟是你還是我？我好心好意給你提建議，你愛聽不聽，說到底，若是被懷疑捉去審問，倒楣的還是你！」

孫道玄冷哼一聲，用著薛至柔的聲線，聽起來倒是有些像嬌嗔，說出來的話卻仍十分犀利：「當真是奇了怪，為何那劍斫鋒三天兩頭來找，讓某去給他認什麼符文？某可是旁敲側擊問了大理寺旁的官員，就算是葉天師沒有入牢之前，瑤池奉也不曾這麼頻繁地幫大理寺幹活的……」

唐之婉杏眼圓瞪，一副又驚又怕的模樣，顫聲道：「我就知道！定是你已經暴露了身分，那廝借著尋你去看什麼符文，已在暗中查你！」

「未必吧？」孫道玄陰陽怪氣地回道，「且不說他一個所謂斷案神童出身的大理寺正，就算是尋常普通人，難道一下子就能想到魂魄互換這樣的離奇事？就算想到了，他又要如何證明某就是孫道玄？更何況某先前與瑤池奉毫無交集。依我看，那劍斫鋒之所以時常找來，恐怕是大理寺的獵犬不中用，打算直接將妳徵用了罷？不然如何解釋他次次都要喚妳一道前去？」

唐之婉如何聽不出孫道玄在暗罵她，氣得渾身發抖，還未想出反駁之語，身後的大門驀地被推開，驚得她差點原地跳起來。

來人竟是臨淄王李隆基，他身後還立著一位身著翠霞裙裳的絕色佳人，見唐之婉被自己嚇到，他含笑致歉：「敲門半晌，無人應聲，本王聽妳們好似在吵架，顧不上應門，便自作主張推門進來了。」

看到李隆基身後的公孫雪，孫道玄亦起了身，眼神中帶著驚訝：「怎的是妳……」

公孫雪今日乃是跟著李隆基來拜見所謂的「神探」，本以為應是個沉勇老成的中年漢子，不想竟是個描眉畫眼的毛丫頭，驚訝之餘只覺有些想笑，根本無從得知眼前陌生的俏麗少女正是自己苦苦尋覓的義弟孫道玄。如今又見對方好似與自己相識，頗有些疑惑道：「婢乃是初次見瑤池奉……」

見孫道玄差點穿幫，唐之婉忙訕笑著打圓場：「啊，此乃瑤池奉之獨門絕技，能於夢中提前預見來訪之人，姐姐莫怪，莫怪……」

孫道玄咳嗽一聲以掩飾自己的尷尬，隨後學著薛至柔的語氣般，對李隆基和公孫雪介紹道：「這位是唐二娘子，兵部唐尚書的嫡孫女，靈龜閣後面的丹華軒便是她開的……」

「幸會。唐尚書的嫡孫女喜好自製胭脂，本王有所耳聞。本王府上女眷亦愛脂香，不知可否請唐二娘子推薦推薦？」

聞聽臨淄王想買她家的胭脂，唐之婉喜出望外，只恨不能抱著他親兩口：「承蒙殿下看得入眼，定當竭力推薦！」

李隆基頷首一笑，偏頭低聲問公孫雪：「妳可也要選幾樣？」

公孫雪叉手算是謝過，神色卻看不出一絲歡喜：「婢乃粗鄙之人，不需用此物，殿下只需送與幾位夫人便是了。」

李隆基不置可否，頓了頓，復對孫道玄道：「話說回來，本王此番前來，還是為著神都苑的案子……」

「神都苑的案子？」孫道玄喃喃一句，突然想起唐之婉此前曾說，薛至柔早已介入查案，忙改口道，「抱歉，案子我自然知曉，只是不知殿下前來有何見教？」

雖然感覺今日「薛至柔」的反應有些奇怪，好在李隆基的關注點並不在此：「本王一直覺得很奇怪，畫師孫道玄似乎並無立場去害本王與嗣直。但一想到凶徒另有旁人，搞不好還等著伺機陷害，本王身為人父便不得不防。不知至柔對此可有何想法？」

「殿下為何相信孫道玄不是嫌犯？」

不知為何，孫道玄雖語調平平，唐之婉卻聽出了幾絲別樣的意味，似是帶著幾絲試探與嗔怪，尤其是用薛至柔的身子說出這話，簡直像是在斥責李隆基負心一般，實在奇怪。

李隆基似乎也有些丈二和尚摸不著頭腦，哽了一瞬方回道：「此事說來話長，但與北冥魚之案關係不大。這洛陽城中人，或是懂道，或是惜才，不希望孫道玄死的人也不止本王一個。昨日本王去找聖人問安，本想諫言，未料安樂也在，一直纏著聖人，求他赦免孫道玄。」

唐之婉聽了這話，憋笑瞥了孫道玄一眼。孫道玄則面無表情，只等李隆基的後話。

李隆基繼續說道：「本王知曉，此事若是換了旁人，有這查案本事，再有幾分名望，必然會想辦法面聖，不論是否確信孫道玄是凶手，都會羅織一大堆證據，好歹先將自己父親撈出來再說……但妳與薛將軍皆很正直，抑或說，在這方面你們父女是有些呆氣的，斷不會靠冤枉別人來成全自己。事情已過去多日，以妳的能耐必然不會毫無斬獲，既然妳還在追查此案，不就說明此案凶嫌另有其人嗎？」

這一番話倒令孫道玄有些意外，若真如李隆基所說，這女的倒是有幾分良知，對方既然仁義，他也不會不識好歹，且不論他與李隆基的恩怨情仇，起碼眼下他應當扮演好「瑤池奉」的角色才是。

孫道玄站起身，故作熟稔地抄起占風杖：「早就想回案發現場查探一番，既然殿下相邀，想必今天便是吉日。」說罷，孫道玄掄圓了占風杖，又霍地將其末端插在地上，但見風來烏轉，花首朝向正南，乃是大吉之兆。

唐之婉尷尬地捣住臉，想不明白這孫道玄為何突然像是吃錯藥、打了雞血似的激動，把占風杖舞得像個燒火棍，先前薛至柔可不這樣。

公孫雪見眼前這丫頭片子起身便走，忍不住開口問道：「瑤池奉既以做法為名，難道不帶香爐符紙嗎？」

孫道玄一怔，忙向唐之婉投去求助的目光。唐之婉無奈地翻了個白眼，示意孫道玄隨她到後院，拿出一包薛至柔平素裡做法用的香爐符紙，邊遞向他邊咬牙低聲道：「我一會還要準備幫臨淄府上女眷挑選胭脂，可不跟你去了，你莫忘了瑤池奉應有的立場！」

孫道玄冷臉問道：「敢問瑤池奉應有的立場是什麼？」

「自然是與你本人完全相反的！」唐之婉嘴唇不動，唯有小舌和牙齒在嘴中忙活，「你說話前務必三思，若是胡說八道再惹人生疑，天王老子都救不了你。」

孫道玄聳聳肩，一副油鹽不進的模樣，實則聽進了這一席話，少言寡語地隨李隆基一行進了神都苑。

已有兩名小女冠先行到了凝碧池，看樣子應是來幫忙的，孫道玄不認識她們，也不知平素裡她們是如何與薛至柔相處的，乾脆以要通靈尋覓妖邪棲身之所的名義，將她們遣走，自顧自開始調查。

時隔多日，這是孫道玄自北冥魚案發後，第一次走進神都苑。他養父母家境不好，幼年時他便跟著禹州一名老仵作勘驗屍體，靠給橫死之人與凶嫌畫像掙幾分銀錢，這也是他先前能一眼看出那泡爛的屍身並非沈家小娘子的緣由。

從這個角度來看，縱便不如薛至柔擅長查案，他亦並非毫無為自己洗冤之力。待那兩個小女冠離開後，孫道玄便往先前飼養北冥魚的山海苑走去。

山海苑比照著山海經的傳說而建，位於凝碧池的南側，湖邊蓋著許多迴廊瓦舍，正是觀賞奇珍異獸之所。尚未到達苑門，便撞見了麒麟、孔雀、斑馬、犀牛等稀罕物，孫道玄是個畫師，本就「觀山則情滿於山，觀海則意溢於海」，對這些畜生極是喜愛，此時只恨無紙無筆，否則定揮毫潑墨，好好繪上一卷。

好在他不過彳亍了片刻，並沒忘記此行的目的，快步行至山海苑門口，只見一個身穿五品官服的男子正等在那裡。方才他向臨淄王提及有些事需要問宮苑總監鍾紹京，想來便是這廝，他將到嘴邊的「老頭兒」這稱呼生吞了，直截了當問道：「你可是宮苑總監？」

「呃，是啊，本官曾與瑤池奉有一面之緣，瑤池奉可是忘了？」

孫道玄脖子一縮，眉眼間露出了幾絲心虛。好在鍾紹京並未在意，作為臨淄王的親信，他自然明白瑤池奉此來不是為了除妖而是為了查案，直接領著孫道玄邊走邊道：「瑤池奉方才一路過來，可看到那些陸養的珍奇鳥獸了？」

孫道玄心道他那日被罰在神都苑作畫，可是與這些畜生大眼瞪小眼了幾個時辰，怎會看不到？但他面上並未說什麼，只是默默地點了點頭。

那鍾紹京繼續說道：「這部分名叫山苑。北冥魚則養在海苑裡，海苑分為東海與西海兩部分，西海為圓形池，池水較淺而清，主要用來養魚蝦龜蟹那些小海畜。而東海則是個弧形池，池水頗深，直至與凝碧池連通，中間有一帶絞盤的水閘區隔。這裡飼養的便是較大體型的水獸，如鱷、鮫、江豚、北冥魚等。兩池形狀相疊，正如一個『明』字，寓意著大唐海清河晏，盛世清明。」

說話間，兩人走到了東海與凝碧池的連接處，只見一座石橋架在深深的水渠上，其下立著十幾根木樁，有如困獸的牢籠。

孫道玄身為畫師，眼力頗佳，站在離那些木樁最近的地方觀察，不見其上有受損的痕跡。顯然，北冥魚絕不可能是自己撞開了這些木樁，游入凝碧池的。

孫道玄偏頭想了想，又問：「這木樁的間距可否容那北冥魚進出？」

鍾紹京連連搖頭道：「北冥魚露在水面上的頭雖小，但水下的身體龐大，最寬處三尺有餘，若不打開閘門，絕對無法由此進入凝碧池。莫說是北冥魚，就是江南各郡進貢的江豚也會被這閘門攔住。」

「這閘門看起來有機關，應當能抬起罷？如何操作？」孫道玄又問。

鍾紹京指了指石橋西側一個帶把手、像磨盤一樣的機關道：「在那邊。」

話音未落，孫道玄便一溜煙順著他指的方向來到機關旁，嘗試著雙手把住那機關，轉動起來。不知是否因為用著薛至柔的身子，他覺得自己已使出了吃奶的勁兒，卻很難將其轉動，最後是靠著鍾紹京的幫助，橋下那十數根木樁開始緩緩下降，不一會便降至水下。

「也就是說，無論是誰只要經過這裡，把這機關一轉，便可將閘門放下來了？」孫道玄問道。

「那可如何使得！」孫道玄的每一次問話，好似都能將鍾紹京那為數不多的頭髮嚇得豎起了，他顫聲回道，「要開啟這閘門還需一把鑰匙。平日裡都是放在閽室內，由閽者負責看管。事發當日，那閽者告假，便找來了那投湖的宮女看管，可如今這些鑰匙也都一並不知去向了。」

「閣室內存有何物？」孫道玄問。

「一間是值班用的，裡面除了案几茶水，便是檔案鑰匙等物。其餘兩間則當庫房用，放的盡是鳥獸們的吃食，像是魚苗、甜蕉等物。」

孫道玄聽罷，又陷入了沉思。如是說來，想要落下這閘門，就必須得殺掉那個值夜的宮女，然後再拿鑰匙把這閘門打開方可。這件事勢必發生在典禮那一日，且是傍晚到第二天淩晨之間。從紀錄來看，當時在苑中的人，唯有自己是孤身一人，倘若當真沒有旁人能作案，那麼這離奇的案子又是如何發生的呢？難道真有人能神不知、鬼不覺潛入神都苑，不留下任何痕跡嗎？

正思量之際，公孫雪突然到訪，手持一柄綢面團扇，其上的山水還是出自孫道玄之手。只是如今恍如隔世，她不認得他，他亦不敢相認，只客氣疏離地行了個禮：「這位阿姊可是有事尋我？」

「大理寺寺正劍斫鋒來了，正在與殿下交談，聽聞瑤池奉在此做法，特遣我來請瑤池奉過去。」

那劍斫鋒果然是耗上自己了，像是唐之婉所說的，他最近出現的頻次高得有些驚人，孫道玄瞬間警鈴大震，他忖了忖，不大情願地跟著公孫雪向宿羽臺走去。

劍斫鋒正與李隆基閒話，看到孫道玄，他開口道：「敢問瑤池奉，可探出這苑裡有什麼邪祟？」

孫道玄張張嘴，剛想編排，又想起唐之婉的勸誡，心想說多錯多，最終只說道：「天機不可洩露……」

劍斫鋒依舊不鬆口：「瑤池奉也不必欺瞞本官，妳查案自有妳的能耐，此事又事關妳父親，若有什麼發現，大可說出來。」

公孫雪想起李隆基曾說大理寺或許有奸人的內應，團扇後露出的一雙美目，不著痕跡地在兩人之間逡巡。

這劍斫鋒年紀輕輕，城府卻不淺，孫道玄著實猜不透他這般頻繁出現的原因，不知他到底是有著什麼樣的奇思妙想，但就算自己不能打消他的疑竇，能攪亂他也不算輸。

想到這裡，孫道玄一挑眉，微微仰頭，一甩金步搖，煞有介事地反問劍斫鋒：「嫌犯不是那孫道玄嗎？」

「方才聽臨淄王殿下說，瑤池奉一直在調查本案，本官以為妳會有些不同的見解。」劍斫峰不露聲色道。

「怎麼可能。我不過是怕你們大理寺栽贓陷害我阿爺，不得已才開始查這個案子。畢竟最近看我父親的左軍節度使之位眼紅的人不少，這次的北冥魚案定是有人栽贓陷害。」

孫道玄說著，拿起桌上才擇的鮮桃，只見清洗得晶瑩剔透，連一絲絨毛也看不見，便放心地啃了起來，「昨日你不是還來靈龜閣，說那孫道玄又犯下了新的案子，還請唐二娘子幫你聞什麼氣味嗎？裡外裡死了這麼多人，你們卻這麼久都沒有抓住凶嫌，不會是有意在包庇他，想讓罪名落到我爹頭上罷？如此攪亂軍心，實非良善之舉，劍寺正，你可要掂量清楚啊。」

聽孫道玄如是說，劍斫峰難免不悅，但也看出眼前人依應是故意想激怒自己，便饒有興味地看了她一眼：「近來所持這等說辭，來大理寺為令尊說情之人良多，但我大理寺向來只認證物，不看人情。凡本官接手的案子，絕不會包庇，更不會栽贓陷害。瑤池奉若是有證據證明本官包庇，大可以去大理寺彈劾本官。餘下無他，再會。」說罷，劍斫峰向李隆基行禮道別，而後便闊步離開了。

剩下李隆基、公孫雪與鍾紹京三人，都沒有言語，亭中只剩下孫道玄啃鮮桃的清脆聲響，顯得有些詭異。

不知過了多久，公孫雪移開團扇，方想開口，便被李隆基搶了先，只聽他沉聲問道：「至柔，依妳之見，難道放出北冥魚的凶嫌當真是孫道玄嗎？本王總覺得，他不會做這樣的事……」

孫道玄本只是依唐之婉所說，貫徹瑤池奉應有之立場，此時聽李隆基這般問，他忽然有些不痛快，挑眉連聲反詰道：「殿下何以這樣問？大理寺白紙黑字的通緝令，寫的明明白白。方才鐘總監帶我去閘門處看過了，根據現場證據、眾人證詞與宮門處的記檔來看，有犯案嫌疑的，確實只有孫道玄。抑或說，難道殿下有什麼證據，證明凶手另有其人？還是說，難道殿下與孫道玄有舊嗎？若是素昧平生，殿下又為何如此相信他？」

公孫雪微微蹙眉，看著正發問的少女，不知為何，她總覺得眼前之人有些奇怪，纖瘦的身體裡像是湧動著一些不和諧的情緒，說不清，道不明，就好像……是在跟李隆基打彆扭一般。

孫道玄心裡自然是彆扭的，他的父母當年為了李隆基的父母而死，而李隆基卻表現得像是早已忘了此事一般，對五年前來洛陽的自己不聞不問。那麼如今李隆基為何又如此篤定地認為自己不是此案的凶嫌？畢竟一個無家無口，身負冤案的絕望之人，做出什麼樣極端的事都沒什麼稀奇。

孫道玄想要知道，在李隆基的心中，當年的犧牲究竟有幾多分量，而他的信任是否又是臨時起意，能否經得起推敲與時間？抑或是，他甚至未曾認清自己與當年之事的糾葛？

李隆基默了默，嘴角泛起了一絲淺笑：「本王沒有任何證據，但本王願意相信孫道玄是清白的。至柔，妳或許不知道，但孫道玄正是公孫雪的義弟。故而本王希望妳能盡快幫助洗清孫道玄的冤屈，解除對他的通緝。」

見李隆基仍是一副隱忍不肯說的模樣，孫道玄冷然一笑：「殿下這話，我可以當做是在命令我徇私舞弊嗎？」

「妳胡言亂語什麼？」公孫雪憤憤打斷了孫道玄，「無憑無據，竟敢妄議郡王？」

孫道玄沒有應聲，目光冷沉。

李隆基倒似未介懷，揮揮手示意孫道玄可以先行離開。孫道玄便也不多逗留，叉手一禮，起身便走。

「殿下……」公孫雪璀如星辰的眼眸中滿是擔憂，「若那瑤池奉為了救自己父親，去大理寺那裡……」

「不至於，」李隆基依舊不以為意，「本王與至柔相識不短，至柔有她的堅持，眼下她恐怕是太過憂慮她父親才會有些失態，妳不必太過擔心。」

公孫雪見勸不動李隆基，便也不再強勸。本期待著能為孫道玄翻案，未料到事情竟朝向意料之外的方向發展，公孫雪難掩失望之餘，心中的疑慮又增多了幾分。

第十三章　蜂蠆懷袖

雨絲斜斜密織在晦暗的天幕上，天氣不佳，熱鬧喧沸的城池早早陷入寧寂。公孫雪身著黑色夜行衣，身負寶劍，如飛燕般輕巧地在穿過糠城民居一個又一個瓦頂。

這樣的感覺似曾相識，恍惚幾年前她還在為無常會效命時的情景。那時她白日在教坊做舞姬，入夜便換上夜行衣，潛入飛鴿送來的地址，待對方熟睡，便手起劍落，清理現場，在東方翻魚肚白前，又回到閣樓上，成為那個弄妝梳洗遲的絕色佳人。只是如今她不再做那刺客，她的歸途亦再也不是那個充斥著假笑與交易的教坊了。

白日裡隨臨淄王回府後，她接到昔日一位舊友的線報，聲稱有萬分緊要之事告知她，若是平時她大抵不會理會，但適逢多事之秋，她不得不萬般謹慎，答應前去接頭。

只是……但願不要被臨淄王發現才好。

公孫雪如是想著，利索地攀上城南高迥的閣樓，一路躥上屋頂，只見一頭戴儺面，手持玉簫的男子定定地立在飛簷上，似是已等候她多時。

「離開無常會，入了臨淄王府的人，果然今非昔比。」那人轉過身，看向公孫雪，卻並未接近半步，「只可惜，多年未嘗令劍鋒飲血，妳的劍怕是早沒有過去那般鋒利了。」

「有沒有過去鋒利，你試試便知。」公孫雪冷然一笑，拍了拍腰間的長劍。

那男子未曾多言，只突然揚起玉簫放至嘴邊。剎那間，一根極細的飛針如雨絲般朝公孫雪的臉龐飛去。公孫雪一驚，拔劍已來不及，便將劍連鞘立起，劍身出鞘數寸，擋在眼前，只聽一聲鏗鏘，飛針果然被擋了下來。

公孫雪就勢拔劍，貫虹而出。玉簫男子一邊如同鬼魅般撤步後退，一邊飛快地向公孫雪的必經之路吐出數根銀針。

誰料公孫雪用如同舞蹈般一字馬騰躍飛身躲過，隨即借著這股力來了個躍起後的凌空倒掛，如同天降飛仙一般，一劍刺向那玉簫男子。

眼看劍鋒已咫尺之遙，玉簫男子卻微一偏頭，極其利索地躲過了這一擊。公孫雪似是並不意外，輕盈的動作落地，隨即接了一個掃蕩腿，將地上的積雨激蕩如鱗浪。男子早有準備，雙腿飛旋一下躲過，哪知下一瞬公孫雪的劍鋒便攜風帶雨而來，橫在他的喉間。

兩人不約而同地停止了動作，宛如兩尊雕像，哪怕雨絲染睫也一瞬不瞬。那男子的儺面從正中一分為二，掉落下來，露出兩個發白的鬢角與一副疏闊俊朗的容顏來。

「是我輸了。」男子一笑，放下玉簫，「妳我都是刺客，久別重逢，總是有些技癢難耐，只是沒想到三年未見，妳的劍仍是這般銳不可當。」

「我早已不是刺客，而是影衛，是你們這些刺客的對手。閒話少提，你說有要事告知，究竟是何事？」

「多年的情誼，怎可能會有虛妄，即便妳如今不認，我也會記得。」

玉簫男子說罷頓了一頓，似是想看看公孫雪的反應，可公孫雪神色冷峻，沒有任何表情，他不覺有些尷尬，頓了一瞬，繼續說道：「坊間皆說，有一位民間法探瑤池奉正在查妳義弟的案子，妳可知曉，那薛家……與妳老母可是世仇。眼下瑤池奉之父薛訥又被關在三品院中，妳大可猜測一下，她究竟會如何尋證據？」

聽了這話，公孫雪豔若桃李、冷若冰霜的面容不由有所震動，眸底閃過一絲難掩的懼意，語氣也加快了幾分，似是急於知道背後的隱情：「我老母與薛家究竟有何仇怨，你莫要再賣關子！」

玉簫男子微微一笑，隨即邊踱步邊道：「多年以前，妳老母仍做刺客時，曾接到無常會的刺殺任務，其對象正是薛至柔母親樊夫人的師父，當時名滿天下的太史令李淳風。總章二年，李淳風在一次獨自進宮謁見聖人的途中失蹤。數月後，其墳塚在老家鳳翔的山間被發現，官府對外稱其已登仙，實則死因不明。薛至柔的父親，時任藍田縣令的薛訥曾為此不眠不休調查了近一個月，可惜證據過少，發現時又過晚，故而未能有所斬獲。」

聞聽此言，公孫雪疑懼交加，低頭自忖起來：李淳風自然不是什麼十惡不赦之徒，可刺客殺人一向身不由己，若真有此事，倒也說得通。可此事已過去數十年，那薛訥當初未有斬獲，難道如今便會有嗎？

公孫雪盯著那玉簫男子，狐疑道：「你莫要誆騙於我，我老母多年前早已目盲，如今更是連用飯都不能自理，早已威脅不了任何人，他們緣何要在過了這麼多年之後，還糾纏此事？」

玉簫男子緊抿雙唇道：「妳幹過這一行，應當比誰都清楚『仇怨無期』的道理。若想不被冤家尋仇，除非刺殺絕無失敗。可即便如妳當年那般做得天衣無縫，都有被大理寺盯上的一天。我等區區凡胎肉體，想要不惹仇怨是不可能的了。此事我乃是從無常會過往的刺殺記檔中得知，上面清楚寫著當年委託刺殺李淳風之事，刺客為妳老母，而委託人一欄則是空的。依我推測，以李淳風的神機妙算，自然早就算到了妳老母會去行刺於他，若是偷偷留書於何處，再在多年之後的今天被人發現，也未可知啊。」

說罷，玉簫男子從袖籠內取出一張破舊發黃的書頁，遞給公孫雪。公孫雪定睛一看，但見上面果然一如玉簫男子所說的那般，在「祕閣局丞李淳風，終南山觀星觀」一行後面簽著她老母的名字，筆觸雖有些稚嫩，但的確是她老母的筆跡無誤。

鐵證如山，公孫雪頓覺再無分辯的必要。既然薛家果真是她老母的仇家，以薛至柔的手段，得知此事並對孫道玄亦心懷恨意也不足為奇了。

公孫雪只覺雙手雙腳瞬間失溫，喉頭亦在發緊，但她面上仍保持沉定，只冷聲回道：「膽敢找我老母的麻煩，我便屠她滿門！」

玉簫男子難掩憂心地道：「妳可想好了？當年妳老母之所以會淪落到那步田地，正是因為……」

突然，兩人不約而同地噤了聲，對視一眼後，同時騰挪至了閣樓的屋簷邊，探頭朝下面的小街上望去，只見一身著襦裙、手持法杖的少女徘徊經過，正是昨日神都苑裡見過的薛至柔。

公孫雪怎麼也不會想到，無論是昨天還是今天，這個表面上看起來是薛至柔的人，其實是她的義弟孫道玄。昨日神都苑一別後，孫道玄只覺好似有一塊巨石堵在心口，令他透不過氣來，頭腦也是鬱鬱的，萬分難受。

他心裡極是清楚，那日不當那般詰問李隆基，但身為一個畫師，他時常會有感性衝動，氣血上頭便會萬事由心，根本顧不上思考顧忌，這使得他常為靈感眷顧，能畫出那些瑰麗如雲霞的壯闊畫卷，在這座紙醉金迷的城池裡聲名大噪。但想查明父母當年的冤案，他必須保持極度的理性，極致地克制，像隱蔽在山間洞窟裡的獨狼，待目標出現，方悄無聲息地現出身形來。

這於常人來說或許是困難，對於孫道玄這樣一個天馬行空的畫師則是折磨，所以昨日他一時失控，說了一些不當說之話，說完並未有一絲痛快，只有更加落空的心情，整個人如遊魂一般。

如今自己既然頂著薛至柔的皮囊，出行不受限制，他自然想到要去糠城看一眼公孫雪的老母。剛來洛陽那一年，孫道玄風餐露宿，居無定所，承蒙公孫雪收留，居住在老母家中替她照料老母。不知她近來如何，孫道玄十分擔心她的身子，橫豎晚上睡不著，便抄起法杖權當防身，朝糠城走來。

沿著自己熟悉的道路七拐八拐之後，孫道玄來到了一方小院前，看著泥濘窄巷裡熟悉的破落門戶，鼻翼間好似聞到了熟悉的黍米粥香。但他知曉那是幻覺，公孫雪的養母，他喚之為「阿嬸」的婦人已臥病在榻，難以起身，更遑論能吃到她親手所做的菜肴了，也不知阿嬸如今身體如何，可曾聽說北冥魚案，可知自己遭遇陷害被通緝，可會擔心自己。

孫道玄的心思亂如團麻，沉沉嘆了口氣，心想若是他當真如薛至柔那般懂風水，倒真想看看自己的八字，為何與他親近之人都會橫遭噩運，也不知是不是他剋的。

孫道玄沉悶地站在院外，待繡鞋尖終於踢飛了最後一塊小石子，已逼近宵禁時分。他在那斑駁的房門前，最終沒有選擇走進去。畢竟用著別人的身體，除了徒增打擾，他並不能給這個善良的婦人任何，甚至可能會引起她的憂思，加重她的病勢。

孫道玄轉過身，拎起裙裾，往南市的方向走去。北冥魚案依舊撲朔迷離，好在今日並非毫無斬獲，已經知曉陷害他之人應有同謀，他心裡的成算便多了些。畢竟人心隔肚皮，多一個人便會多一分破綻。

孫道玄如是想著，快步走出了糠城。逼近宵禁，這兩日入夜常有雨，街道上鮮有行人，整條巷子裡只迴蕩著輕巧的腳步聲。忽然間，他腳步一頓，感覺身後似乎有人在盯著自己，可他回頭一望，四下裡又沒有可疑之人。

是疑心太重了嗎？孫道玄蹙眉思量，同時加快了腳步。轉過了兩個巷口，那種感覺非但沒有消退，反而越演越烈。

他低頭看著身上彩袖齊胸襦裙，抬手推了推雲鬢，心道真不該給這丫頭梳妝打扮，別是遇上採花賊可就糟了，且不說是否會增加奇怪的體驗，萬一丟了命可怎麼是好？

孫道玄如是想著，忍不住打了個寒戰，開始邊走邊頻頻回頭，想看看是否真的有人跟蹤自己，可他每次都只看到空蕩蕩的街道，間或有三兩行人，皆是各顧各趕路，絲毫沒有盯著他看的意思，也不曾有哪張面孔重複出現過。

難道當真是自己多心了？孫道玄如是想著，心裡的惴惴卻分毫不減。他的腳步越來越快，幾乎小跑起來。但這副身子耐力著實一般，很快便開始上氣不接下氣，手裡的占風杖不住與地面摩擦，發出狼狽的聲響。可背後的眼睛始終如同潛伏在叢中的虎狼一般，從未被甩掉。

說來也奇，這一路跑過來，居然一個武侯都沒碰見，難道連武侯們都嚇得不敢來了？抑或說，對方連武侯都能調動得了？

有了這個猜想，孫道玄心中大叫不好，拐過十字街，轉而往南而去時，他下意識一回頭，只見街口的角樓上突然飛來一根銀針。

幸虧是月圓之夜，銀針飛來的一瞬恰好反射出一縷月光，否則孫道玄定然無法在黑暗中看清這襲來的暗器。千鈞一髮之際，孫道玄閃身躲開，銀針擦著面頰劃過，未有傷到孫道玄，可薛至柔相對嬌弱的四肢卻令他未能保持住平衡，向後摔倒在地。他還來得及掙扎起身，便有一身著黑色夜行衣的刺客自飛簷之後矯健躍下，以迅雷不及掩耳之勢拔出一把明晃晃的寶劍，以萬鈞之力劈向他。

這一切不過在須臾中發生，但在孫道玄的腦中，彷彿一幕緩緩變化的畫卷。來不及躲閃的他，下意識地舉起手中的占風杖，抵擋這無比鋒利的劍鋒。只聽尖利的金鳴聲一響，那寶劍的劍鋒接觸上占風杖那銅制的杖身，將其攔腰切斷。月光下，那刺客的面容也逐漸清晰。欲取自己性命之人就在眼前，孫道玄卻是好奇之感大於恐懼，睜大雙眼望著眼前的刺客。

此人個頭不高，即使穿著厚厚的夜行衣，也能看出身材偏瘦。須臾之間，孫道玄與那刺客目光交匯，雖然蒙著半張臉，刺客的眉眼卻生得很是秀氣，一雙美目的眸底飽含著憤怒、幽怨、甚至還有些許彷徨。

孫道玄眸色一震，似是覺得這雙眼睛有些熟悉，再看眼前那寶劍的劍柄與劍穗，便豁然開朗。他認出了，眼前要取他性命之人，不是旁人，竟是那曾與他相識多年的公孫雪。

孫道玄喉頭一緊，想要大聲喚出「阿雪」這兩個字——這是他平日裡對公孫雪的稱呼，可他還未來得及出聲，冰冷的劍刃便刺透了他所用著的薛至柔的左胸——正是心脈所在。孫道玄口中含血，嗆咳不已，一個字也說不出，他奮力地抬起手，想要告知對方自己的身分，但回答他的唯有逐漸抽出的利刃。

隨著這一下抽劍，孫道玄感覺自己的意識似乎也正在從這具身體抽離。在他手中，那早已斷成兩截的占風杖頂端的木烏鴉口中的銜花突然旋轉起來，腦中迴響起一個渺遠而陌生的低沉人聲：「乾坤反轉，冤命五道，解此連環，方得終兆……」

眼前已經變得完全漆黑一片。孫道玄吊著的氣一鬆，整個人瞬間昏死過去，再也無知無覺了。

再醒來時，孫道玄發現自己正置身於一個驛館的大堂內，到處皆是自己不認識的人。他們當中，有的穿著縣衙官吏模樣，有的一看便知是武侯，有的身著道袍，有的則是尋常百姓裝扮。在他身側，一慈眉善目的老道士，正擔憂地看著他。

「這裡是……」他問向眾人。

夜半時分，洛陽城頭響起了悶雷，隨之而來的，便是瓢潑不絕的雨，如跳珠般落在青石階上，發出激蕩聲響，伴著轟隆天鼓聲，大有幾分雷霆萬鈞之勢。

這樣的雨夜裡，千家萬戶皆已閉門熄火，積善坊臨淄王府的書房卻仍亮著燈，李隆基坐在書案前，翻閱著一本發黃的卷宗，不知存放了多少年。

侍奉李隆基的年輕宦官名高力士，捧上一盞茶盅，輕聲道：「殿下，才烹的白茶，潤肺明目，配了些澄粉水團，殿下晚上都沒怎麼進餐，眼下應當腹餓了，且嘗一嘗罷。」

李隆基緩緩放下了書卷，拿起茶盞，卻半晌沒有送到口邊。

高力士看出他的心思，關切道：「殿下今日從神都苑回來，便一直坐在這裡看當年的記檔，可是又有什麼新線索了？」

李隆基搖搖頭，苦笑道：「十幾年過去了，當年的案中人，早已不知何處去了，而本王的母妃，依舊沒有著落。至柔擅長查案，為人亦是正直，或許待她查清北冥魚案，可以助我查清當年的真相。」

高力士笑著寬解道：「殿下且放心，瑤池奉與殿下關係頗近，查案確有手段，即便是積年的案子，想來也是手到擒來。」

「你啊，慣會順著本王說話……」李隆基說著，又禁不住嘆起了氣，「這北冥魚案來的太過蹊蹺，本王總擔心與當年的事有牽扯，也不知是何人攪動了陳年舊事。若真如此，只怕凶徒不會善罷甘休，本王著實是擔心至柔……」

「哎呦我的殿下，」高力士無奈地直搖頭，「殿下這些年亦在追查當年事，且那北冥魚案可是衝著殿下去的，殿下別只顧著擔心瑤池奉，也需得防著歹人陷害才是啊。」

說話間，李隆基聽得府門外似有武侯叫嚷著拿賊聲，正在納悶之際，有守衛來報稱：「殿下，方才武侯登門，說有凶徒持械於南市附近，襲擊了瑤池奉，武侯一路追蹤，賊人至我積善坊門後便消失無蹤了。此外，幾乎同一時辰，廣利坊處發現有人遇害，武侯交待我等務必注意門戶。」

李隆基聞聽此言霍地起身，眉頭緊擰如虯：「有人遇害？賊人身分查明了沒有？瑤池奉如何了？」

「瑤池奉被利刃刺中心口昏迷，生死未卜，好在薛大夫恰好乘車經過，去宮中請了奉御。賊人身分……尚未查明。」

李隆基沉了沉，方道：「本王知曉了，下去吧。」

待侍衛離開，高力士憂心地望著李隆基，似是覺得此事更佐證了先前的猜想。

聞聽薛至柔遇刺，李隆基自是不能坐視不管。他在房間中緩緩踱步，每邁一步都如同在心中籌謀了一步。突然，他似是下定了決心，轉頭對高力士道：「你去看看，公孫雪是否在府上，若在，把她叫來。」

汴州驛館內，孫道玄獨自坐在房間中盤腿打坐。

此處陽光照不進來，卻能聽到「滴答滴答」的滴漏聲，一如孫道玄此時的處境：無法見光，進退兩難，似乎只能算著時辰坐以待斃。

才從被公孫雪襲擊的驚駭中緩過神來，就被告知自己破了一個詭奇的殺人案，周遭全是自己不認識的人，卻還不得不裝作自己認識。那些新羅道士不知為何一個勁圍著他嘰里呱啦，他卻一個字都聽不懂，令他們難掩失望和迷惑。

如今又得知通緝令已送到了汴州縣衙，孫道玄不知道自己這假扮的身分究竟還能矇騙多久，會不會在渡口遭官府查驗時被大理寺的差役揭穿。最離譜的，是他詢問驛館日曆時辰時，發覺竟然身處自己在糠城被襲的三天後。

孫道玄頓時覺得頭疼欲裂，他不知自己為何屢屢被捲入莫名其妙的渡劫之中，每次遭飛來橫禍後醒來，周遭的一切都物是人非。這一次是他與薛至柔交換了意識又換回來，之前則是……孫道玄想不明白，索性不去想，畢竟眼下他身處三天後的汴州驛館已是不爭的事實，無論是夢是真，他都只能將自己所能做的事情進行到底。

孫道玄想著，掂了掂手上裝滿開元通寶錢袋子，這是他恢復意識之後唯一的收穫。由於薛至柔用著他的身子破了案，浚儀縣令賞給了他二十鍰銀錢，隨後便將破案的功勞記在自己頭上，大書特書，向州府邀功請賞去了。

對此，孫道玄毫不介意，畢竟破案子的本就不是自己，而是那個法探薛至柔。對此孫道玄沒有半點感激之情，反而怨怪她如此多管閒事、愛出風頭，好似全然不顧他還是帶罪通緝之身，不知會否引得旁人懷疑他的身分。

正當孫道玄思量著下一步要如何行事之時，門扉處響起了三下輕輕的敲門聲。孫道玄上前開門，只見來人不是別人，正是那老道長。

兩人坐定後，道長似是心事重重地問孫道玄道：「鏡玄，你如今恢復的如何了？可想起一些過去的事情？」

孫道玄知道，所謂的失憶只是他應付別人的托詞，畢竟他不單不知道薛至柔占據自己身體時經歷了什麼，更無法同她那樣用流利的新羅語交流，只能以沉默回應。

「譬天被捉走後，他們都鬧著要盡快出發，似是急著要在新羅選國仙之前趕回去。故而最遲後天一早，我等就要登船了。此一去不知何時才能再回大唐，你可做好準備了？」

孫道玄沉默半晌後，抬起眼，將他早已想好的那個答案說出口：「我同你們上船，但我在三山浦下船，不去新羅。之後的事情，你們便不用管了。」

那老道士似是吃了一驚，再三向孫道玄確認道：「你當真不去新羅了？若如此，貧道受葉道長之托又該如何是好。」

「此事某會去信解釋，葉天師自是情急之下想要籌謀萬全，可是並不知道某還有未竟之事，不能就此離開大唐。安東都護府的治所新城有某可以投奔之人，又與大唐境隔海相望，某在那裡可保安全無虞。」

孫道玄說這句話的時候，心中其實捏了一把汗。那所謂的可以投奔之人，他此前從未見過一面，便是薛至柔的母親樊夫人。他看到隨身包袱中薛至柔在地圖上的標注，猜到她當時便是這般打算，如今他兩人雖然因意外又換了回來，這依然是他唯一的生路。

同一天，細雨之夜，南市靈龜閣後的小院裡，彌漫著一股纏綿的藥氣，一名少女面色不佳，昏迷在榻，靈識則仍在感知外界。

混沌如鴻蒙未辟，世界彷彿一個至黑之繭。她則如一個泅水之人，載浮載沉，不知要被裹挾向何處去。

冗長如半生般的眩暈停歇後，靈臺找回幾絲清明，先感知到的是一陣清苦的氣味，雖渺遠，但也絲絲入扣，直衝鼻翼，應是在烹煮藥湯，而耳鼓處收集到的隱隱滾水聲更是極好地佐證了這一點。

榻上少女仍未轉醒，眼珠卻已在薄薄的眼皮下微微轉動。不知過了多久，她終於睜開眼睛，意外看到熟悉又陌生的床榻，以及趴在旁側桌案上休息的摯友唐之婉。

少女微微活動活動酸麻的手足，唐之婉便醒了，兩人對視片刻，唐之婉忽然「噌」地站起身，叉腰氣罵道：「姓孫的！我可告訴你，這次你可真是差點要把她害死了！竟敢如此殘害於她，我……」

唐之婉說著，雙眼圓瞪像是要動怒，可眼淚卻又眼眶流了出來，她一時語塞，竟不知是該怒該悲還是該喜。

榻上之人沒忍住，「噗嗤」笑出了聲。少女撐起身子，不知是不是笑得太厲害，她清澈的眼波裡亦含了幾絲淚意：「是我。」

「啥？」唐之婉怔怔的，好似明白了她的暗示，又不敢確信，「妳……是薛至柔？」

後面似是想說「別是姓孫的裝蒜」，卻也沒說出口。

但薛至柔還是懂了，示意她近前來。唐之婉彆彆扭扭，不肯跟她咬耳朵。

薛至柔便忍著好笑，輕聲低語幾句，唐之婉瞬間紅了臉，終於確信了她的身分，上前一把摟住了她細白的脖頸：「我小時候的事……妳確實是她，三清祖師在上，妳可終於回來了！」

薛至柔拍拍她的背以示安慰，旋即又如臨大敵般凝眉問道：「可有什麼人去世嗎？」話音剛落，薛至柔突然被唐之婉摀住嘴，只見她一字一句地用教訓的語氣說道：「不許再說什麼去世、不去世，妳可知道妳被人刺中胸口，差點沒命嗎？薛崇簡托他母親太平公主，請來了宮中最好的奉御為妳醫治。奉御說，幸而妳天生體質特異，心脈長在與常人相反的位置，所以才留住一命。就算這樣，妳也在這床上睡了整整六天了，妳可知道這些日子我們是怎麼挨過來的……」

『當真有些奇怪。』薛至柔心道。根據她的分析，往常碰到這種情況，應當是陷入輪迴才是，譬如上一次就是孫道玄死在了她面前，他們二人得以回到凌空觀起火前的清晨。

本以為此次換回來也當是如此，但好似情況與之前有所不同。難道是因為他們倆意識交換了？抑或是因為他們之間，一個在洛陽，一個在汴州嗎？

想到汴州，薛至柔方想起自己在汴州驛館剛破完案，便聽聞通緝令到了浚儀縣衙，正急火攻心之際，突然昏厥過去，醒來便是如今這副模樣。也不知道遠在兩千里外的孫道玄那邊，他的意識是否也回去了？又是否應付得來？

薛至柔用手輕輕一推心口，隱隱的鈍痛不期而至，好一陣子才平息。她低頭一看，只見睡袍之下，整個上半身都緊緊地裹著塗滿創藥的白色布帛，應是著實傷得不輕，她良晌才忍住痛意，苦著臉問道：「到底是何人襲擊我？兇手捉到了沒？」

「孫道玄用著妳的身子遭了襲擊，我見他快宵禁了也不回來，有些擔心，便出去尋人。才拐過巷子就聽到有人追殺他，我便趕去武侯鋪找武侯，還好趕上去，將人救下，只是他……呃，是妳，昏迷了，我便將人帶回來。聽武侯說，那廝跑得奇快，當場未能捉下，當時武侯們便追去了，可時至今日還未回話。看樣子，對方恐怕是個十分老練的刺客。」唐之婉說著，又扶薛至柔躺下。

薛至柔心道，孫道玄這是命裡不知犯了什麼，明明用的不是自己的身體，居然還這麼災厄纏身，還把自己也給連累了。若是他還在洛陽，她定然要義正辭嚴地去找他抗議，可偏生他現在人在汴州。薛至柔忍不住有些心煩，還未說什麼，忽然聽到有人敲門，她不覺身子一聳，驚詫想著，這地方不應當只有她與唐之婉居住嗎？那敲門的又是何人？

唐之婉看出她的疑惑，笑回道：「妳也有被嚇到的時候？是臨淄王處的那位公孫阿姊，這幾日便是我們兩人還有我府上的兩個丫鬟一直守在這。畢竟妳遭到了襲擊，臨淄王怕對方不死心繼續下手，就派了她過來，拱衛妳的安全。」

第十四章　藕斷絲長

見薛至柔眉間微蹙，唐之婉以為她不知道公孫雪是誰，低聲說道：「妳本人可能還沒見過她，但孫道玄那小子在時，已經和她見過面了，妳留神些，千萬別露餡了。」

薛至柔心道，她也曾用孫道玄的身體與這位大美人見面，只是尚未理清她與孫道玄究竟是什麼關係，甚至願意冒死入凌空觀尋他。

愣怔之際，唐之婉打開了房門，帶來雨後的點點涼意與清新氣息。薛至柔撐著身子一看，來人果然是公孫雪，只是與上一次相見相比，她整個人顯得更緊繃些，想來連續六個晚上不睡覺戍衛著一個半死不活之人，她的壓力著實不小，會花容失色也不足為奇了。

正如是想著，公孫雪上前對她一禮：「臨淄王影衛公孫雪見過瑤池奉。聽聞瑤池奉遇襲，殿下十分憂心，月前特命婢前來貼身護衛瑤池奉，所幸這幾日裡未曾有歹人前來。」

薛至柔仍有些虛弱，卻還是撐著坐起身，抬手在公孫雪身前比劃兩下，眼見公孫雪面露錯愕，她笑著解釋道：「見阿姊辛苦，給阿姊畫個康體回春符籙……」

「這，婢……不敢受。」公孫雪忙避身，「婢不過是受人之托，忠人之事，瑤池奉不必客套……」

「她可不是客套，」唐之婉笑道，「別看咱們瑤池奉年輕，也是大唐的得道法師了，尋常來找她請符籙的人可多了。她是真心感謝阿姊相護，阿姊也別謙虛了。」

正說著，房門傳來一陣輕叩。薛至柔仍有些迷糊，被嚇了一跳。

公孫雪示意她與唐之婉勿動，右手按在長劍上，前去將門開了一道縫。

來人正是劍斫鋒，他帶著一名法曹，悶聲道：「大門未鎖，我等便直接進來了，恰逢瑤池奉轉醒，當真是來得早不如來得巧啊。」

唐之婉一拍腦門，氣道：「方才那郎中走了，我還未來得及鎖門，怎的就被你鑽了空子。瑤池奉昏了六天七夜才醒，只怕腦袋還是懵的，你能不能改日……」

薛至柔知曉，唐之婉是怕她搞不清情狀，說漏了嘴，畢竟這劍斫鋒可不是什麼好糊弄的主，她心領神會，撫著胸脅咳嗽起來。起初不過是裝模作樣，但咳著咳著便當真牽動了傷處，惹得她齜牙咧嘴，痛苦至極。

但那劍斫鋒明顯不是憐香惜玉之人，跨步上前越過唐之婉：「事關人命，還望瑤池奉配合。」

「人命關天？」薛至柔喃喃重複，再低頭看看自己，手足俱全，魂兒也還在，不知劍斫鋒怎會用到如此嚴重的詞彙？

「瑤池奉遇襲那一晚，又有人被貫穿雙眼而亡，就在與瑤池奉遇襲處不遠的廣利坊。在那之後，每間隔一日，便又有一樁後續的案子發生，截至昨晚，已有三人遇害了。」

薛至柔神色迷茫，猜想應是劍斫鋒曾告知孫道玄這事，她全然不知，事關人命又不能胡亂應承，便撫著額頭，做出一副懵懵懂懂的模樣：「呃……抱歉，劍寺正此前曾與我說過此事嗎？許是磕了腦袋，我竟一點印象也無。」

劍斫鋒倒是沒有任何懷疑，又重複一遍道：「七日前，有一男子漏夜於積善坊遇襲，從後腦處被一支葉蘭筆貫穿至前目，當場斃命。其後又發生數起命案，皆是此類。根據凶器插入的方向判定，凶徒為男子，慣用左手，加之葉蘭筆等暗示，大理寺與刑部認定孫道玄有重大嫌疑……」

薛至柔眉心一跳，心道，彼時那孫道玄的身子可是她在用，根本不在洛陽城。她一時想不清，究竟是洗清孫道玄在此事上的嫌疑更好，還是讓他們覺得孫道玄尚在洛陽更好。

唐之婉嘴比腦子快，「嘖」了一聲：「距離北冥魚入京洛都過了快半個月，那孫道玄別是早已逃出洛陽城去了……」

薛至柔與公孫雪頗為同步，兩顆心都提到了嗓子眼，雙眼睜大，生怕劍斫鋒受到啟發，派人往汴州尋去。

哪知，那劍斫鋒不過冷笑兩聲，自負道：「若真如此，那負責城防的禁軍便是重大失職了！早在通緝令第一時間發出時，我便通知了禁軍，讓他們嚴加盤查，以免嫌犯混出城外。不過為以防萬一，通緝令我月前已發往各州府，就算他當真逃出洛陽，也不一定能逃出我的手掌心！」

如此看來，捉捕的重點應當還是在洛陽城內。薛至柔鬆了口氣，忍著好笑，心道那劍斫鋒竟以為旁人都像他一樣萬事認真嗎？禁軍的盤查，無非就是查查牒籍，除此之外根本沒有他想像的那般嚴密。她拿著葉法善準備好的道士度牒，幾乎沒有受到任何盤問就順利混了出去，若是被劍斫鋒知曉實情，也不知道他會不會氣到吐血。

但劍斫鋒明顯不知薛至柔在想什麼，仍是一副成竹在胸的模樣：「言歸正傳，瑤池奉可還記得當初襲擊妳的人是什麼模樣嗎？」

這話倒是實打實地難住了薛至柔，畢竟遭人襲擊時，控制這具身體的人還是孫道玄，眼下他應當回到了自己的身體裡，遠在汴州，也不能把他叫來問話。旁邊的唐之婉一個勁的給她使眼色，她也看不懂，又不能表現出自己絲毫不知情的樣子，摸了摸心口的傷處，回道：「那人好似……身量與我相當，穿著夜行衣，蒙著面？所用的凶器……應是一把長劍，還有那人定然是右手持劍。」

公孫雪在一旁聽著，面色如常，眼底卻閃過兩絲殺意，雖然無人注意，她還是速速垂下了頭，將諸般情緒掩藏。

「應是？定然？瑤池奉親眼所見，為何語帶疑問？」劍斫峰果然隨時保持著查案拿人的狀態，發現了薛至柔言辭中的小小紕漏。

薛至柔尷尬笑了兩聲，打哈哈道：「許是躺久了，腦子裡一團漿糊，詞不達意，劍寺正不要介意。」

「可還有其他線索？」

「別的……我想不起了。」說多錯多，薛至柔選擇就此打住。

劍斫鋒點點頭，示意薛至柔按手印畫押，未再多說一個字，帶著那屬下起身離開了。

唐之婉忍不住氣罵道：「想來就來，想走就走，當我們這裡是街面上的茅廁嗎？」

薛至柔忍不住想笑，咳了幾聲，對唐之婉道：「天色不早，妳近來著實辛苦，早點歇了吧，我這裡無事的。」

唐之婉確實疲累了，但還是有些不放心，確定薛至柔此時的狀態不是什麼迴光返照之後，又叮囑了公孫雪幾句，打了個哈欠便回房休息了。

公孫雪關了院門後，如往常一般戍守在薛至柔臥房外，還未站定，便聽薛至柔喚道：「阿姊……勞煩妳可否幫我打些溫水來。」

公孫雪用行動代替回應，麻利地去庖廚接了半盆溫水端進了房去。

薛至柔含笑吟吟，與那日在神都苑質問李隆基的少女判若兩人：「這些時日，阿姊辛苦了，說起來此番當真是托了臨淄王的福，派阿姊日夜戍衛我，否則若是賊人再殺來，我這小命可保不住了。」

「殿下籌謀雖深，但還是瑤池奉吉人天相，逢凶化吉。」公孫雪恭敬回道，右手拇指卻有意無意地掠過劍柄上的紅穗，紅穗飄搖，仿若她搖擺不定的心境。

方才薛至柔說出了刺客的諸般體貌特徵，引起了公孫雪的警覺，不知她是否已經知道那日行刺之人正是自己，於刺客而言，為了絕除後患，眼下應速速取她性命。

可若取她性命……公孫雪滿心猶疑，半晌也攀不上劍柄。

正心思紛亂之際，眼前的薛至柔竟像是會變臉似的，哽咽起來：「阿姊不必寬慰我，殿下的恩義我如何不知道？我雖品階極低，不過是凌空觀幫葉天師打雜的丫頭片子，卻也因為北冥魚案得諸方關注。殿下派阿姊來護著我乃是擔了責任的，若當真賊人極其凶惡，連阿姊也打不過，妳我皆傷了性命，焉知不會拖累殿下？眼下我阿爺被拘在三品院，葉天師也尚未放出來，殿下這般為我籌謀，我定當感恩戴德……」

薛至柔所說的，正是公孫雪的顧慮，她有如被打住七寸的蛇，無聲嘆了口氣，垂下了右手，嘴角擠出一絲僵硬笑意，道：「瑤池奉知曉殿下仁義，便更當養好身子。瑤池奉歇息罷，婢守在門外。」說罷，她足下生風一般走出了房去，本就紛亂的心事此時更似一團亂麻，剪不斷、理還亂。

她在王府待了數年，知曉公卿貴族的女子多是像這般，常說些感恩戴德的客套話，能讓聽者舒心，不似她，渾身上下好似都是冷的，說出的話亦沒有任何溫度，就好像手中的劍，即便淋上了炙熱的血，泛出的也只有令人膽寒的冷光。

若是從前，她會毫不猶豫地殺了薛至柔，帶著老母遠走高飛。但如今，她有了掣肘，沒有辦法一走了之。若是……他知曉自己竟是行刺薛至柔的凶手，又該如何？是否會將她視為叛逆，他們那鏡花水月般的牽絆又該何去何從？

可薛至柔已經醒了，留給她行動的時間越來越少，公孫雪知曉自己的猶疑如同毒藥，正在點點吞噬著自己，她帶著薄繭的右手反復揩摸著雕花劍柄，眸底映著無盡深沉的夜色，竟是前所未有的踟躕。

夏末初秋的清晨已有了幾分涼意，南市才開坊門，便有兩駕華貴的馬車駛了進來，直奔靈龜閣。

薛至柔方醒來，正由唐之婉幫忙擦手洗面。身為兵部尚書唐休璟最寵愛的嫡孫女，她從未照顧過人，看起來十分生疏，態度卻極其認真，把薛至柔這張小臉兒都擦紅了。

薛至柔忍不住笑道：「擦個臉像做法似的，唐掌櫃研磨胭脂都沒有這麼認真罷？」

「那瑤池奉可就是有所不知了，」唐之婉低聲玩笑道，「先前那位孫畫師愛惜這張臉比我尤甚，不單每日給妳擦得白白淨淨，還給妳化妝呢！要麼說他怎是名震京洛的畫師，給妳化得可漂亮了，薛崇簡看了都快走不動道了。」

薛至柔如何不知唐之婉在編排她，便是想看她跳腳，哼笑一聲道：「唐掌櫃左不會認為像我這樣見天扒拉死人的人，會因為這點小事害臊罷？無論男女，不過二兩爛肉，我難道還要因此哭哭啼啼或者以身相許不成？」

不愧是薛至柔，竟是如此的不流於世俗……唐之婉沒有注意到薛至柔雲鬢半遮住那發紅的耳朵，面露崇拜之情：「對了……我昨夜就想問，那日遇刺的又不是妳，妳是如何知道那刺客的詳細資訊的？」

「也沒什麼，不過是摸了摸自己的傷口，就推測出個大概。」與方才的嘴硬相比分明，薛至柔此時此刻是貨真價實的自信滿滿，「傷口橫著在我左胸，切口平直，證明劍身刺進來時基本是平的，這就說明對方同我差不多高。若是個大漢，那劍刺向我胸口，劍刃定會向下傾斜。再一摸傷口長度，剛好就是一個劍身的寬度。」

「那……那夜行衣和蒙面，妳又是如何知道的？」

「更簡單了。今日廿三，那麼七日前就是望日，月亮那麼大，哪個刺客行刺，不穿夜行衣、不蒙面？」

「也是了。那，妳又是如何知曉兇手慣用右手的呢？」

「之前說了，傷口在左胸且切口相當平直，那多半只有右利手能做到。若是左利手刺向面對之人的左胸，劍刃必朝我左側傾斜，傷口就沒有那般平直了。並且從拔劍時形成的二次切口來看，劍尖是順著我傷口的右側劃出來的，這也是右利手的標誌。若是左利手，當從左側劃出……」

正說著，門外傳來公孫雪的輕呼：「瑤池奉，臨淄王與薛大夫前來看妳了。」

不承想自己才剛甦醒，薛崇簡與李隆基便來了，薛至柔回道：「且稍等，待我換件衣裳。」

未幾，唐之婉開了房門，薛崇簡健步衝了進來。薛至柔本以為他會嘰嘰喳喳衝自己嘮叨，不想他只是沉默地站在距床榻一步之遙，緩緩紅了眼眶。

薛至柔最看不得這個，扶額無奈道：「你也不必這般罷？我又沒什麼事？你何苦出這副模樣……」

「又沒什麼事？」薛崇簡緩緩說道，「妳可知道，妳滿身鮮血被拖回靈龜閣時的情狀嗎？唐二甚至連我母親都不怕了，二半夜鑿我家大門，哭求我尋個靠譜的郎中，我們半夜又去鑿表哥家的門戶，滿世界搜羅，請了七、八個疾醫，把這裡圍得水泄不通。本以為好歹止住了血，應無大礙了，哪知又說傷了心脈，十成十活不成了。我與唐二皆要瘋了，好在表哥想起聖人御駕在京洛，必定帶的有得力的奉御，我們便去宮門處等，好容易天亮了，表哥便去面聖，終於帶出個老頭來，老成持重，看起來靠譜些。我們便火急火燎帶他回了靈龜閣。三清祖師在上，總算他還是個明白人，說妳心脈與常人相反，應無性命之憂……那唐二聽了這話，一屁股坐在地上，『哇』一聲便哭了。原本我們都以為，給妳灌下了藥，妳很快便能好起來，哪知道妳這一昏迷便是整整七日！妳竟還說我何苦？」

也是了，方才初見面，薛至柔便發覺他好似瘦了兩圈，先前那種鈍鈍的無邪少年感少了許多，五官比先前更分明，倒也因禍得福地更英俊了些。說不愧疚自然是假的，但薛至柔自忖給不了他什麼，又何苦做出一副繾綣模樣，便只是乾笑了兩聲：「臨淄王呢？你們都來，我好一道言謝……」

「表哥應當是找公孫姐姐去了，」薛崇簡拉了個胡凳，坐在榻邊，「畢竟人家兩人也七天未見了，且得讓人好好說說話罷？」

薛至柔雙眼骨碌轉轉，表現出一副好奇的模樣，托腮問道：「要我說……公孫阿姊模樣不俗，難道與殿下……」

說到這一話題，薛崇簡恢復了往日切切察察的模樣，又將手攏成喇叭低聲說道：「他兩人的關係……若讓我來形容，便是『拉扯』得狠……」

「拉扯？」薛至柔喃喃重複，頗為不解，「殿下為何要與公孫阿姊拉扯？」

「我便這麼與妳說罷，若是兩隻雀鳥要往截然相反的兩個方向飛，腰上卻繫著一條繩子，妳說是何等的光景？」

薛至柔幾分了然，昨夜她用自己的身子見公孫雪，總有種奇怪的感覺。可能是看過她對孫道玄的親近與擔憂，便很輕易看出她並非真的掛心自己。更何況，這具身子好似有什麼身體記憶一般，對她有種莫名的發怵，加之推斷出凶手的輪廓與她有幾分肖似，雖然毫無根據，卻還是對公孫雪起了提防，故而才有了昨晚睡前的一席話。

只是……倘若刺殺自己的當真是公孫雪，她又究竟是為了什麼？她們素昧平生，從未相見，之前駕馭自己身體的還是公孫雪萬分在意的孫道玄，究竟是何仇何怨，讓她對自己痛下殺手？薛至柔微微蹙起了眉頭，怎麼也想不真切。

薛崇簡見她這般，忙問道：「玄玄可是哪裡不舒服？可要我再請郎中來？」

薛至柔忙轉了神情，故作輕鬆笑笑：「沒有，只是有些腹餓了……」

「我帶了許多好吃的，」薛崇簡含笑提起身後的食籃，「皆是妳喜愛的，櫻桃饆饠、雪嬰兒、透花糍，快來嘗嘗罷。」

庖廚內，公孫雪正烹素粥，爐灶中火苗躥動，她美豔的面龐卻像是凝著一層霜，冷冽至極。

不知何人悄然進了門，帶了清風一陣。公孫雪條件反射般一回身，對上一雙威嚴又明澈的眼睛，一時愣在當下。

李隆基挑眉道：「是本王，能把這木湯勺拿下了罷？」

公孫雪這才發現，方才她雖然在熬粥，身體卻處在緊繃、警戒的狀態，方才感覺有人進來，竟將這長柄木湯勺當成了長劍，現下比在李隆基喉頭不說，還在緩緩向下滴湯汁。

公孫雪一驚，忙收了勺，從懷兒中摸出絹帕，雙手遞上。

李隆基頓了一瞬方接過，不知是認真還是玩笑地說道：「若是旁人，好歹幫本王擦一擦。」

「婢惶恐，」方才的情緒波瀾不過是一瞬間，此時此刻的公孫雪又恢復了往常冷若冰霜的寡淡模樣，「殿下萬金之身，如何能容婢染指。」

李隆基的眸色很亮，目光平視著公孫雪，語氣如常：「一別七日，妳在此處可習慣？日夜戍守，應當極是辛苦罷？」

公孫雪不知是否是自己心虛，總覺得李隆基今日的態度與以往有些不同，但又說不出個所以然，只回道：「殿下命我戍守靈龜閣，保護瑤池奉。瑤池奉未醒，危機未除，不敢言苦……」

李隆基深沉如海的眼底終於湧出了幾分別樣情緒，語帶戲謔：「危機當真未除嗎？」

公孫雪一怔，抬眼看著李隆基，只見他仍是那般似笑非笑的模樣，看不出慍怒，亦看不出歡喜。公孫雪曾聽老母說過，地震前百獸皆會噤聲，一刻的全然靜默，似是在等待巨大震盪的來臨。不知為何，此時此刻的李隆基讓她感受到了一股宛如地震前夕的壓力。難道說，他已經知曉自己便是刺殺薛至柔的人嗎？

公孫雪只覺自己的雙手瞬間失去了溫度，李隆基的為人她十分清楚，她知曉壓抑在這郡王身分下的是他高遠無意言說的志向，以及……殺伐決斷之力。

若是當真被他知曉自己便是刺殺薛至柔之人，按照李隆基的規矩來看，縱便不死亦永不得再入王府，她不怕死，但若真永不得見李隆基……

公孫雪只覺她的心像是被人挖去了一塊，一種無以形容的空洞感瞬間漫散全身。

如死一般的片刻沉寂後，李隆基忽然轉了話頭：「多日寸步未離開此處，妳應當掛心妳老母罷？鄰人那裡，本王送了足夠的銀錢，也去看了她兩次。難得她雖眼盲了，卻還記得本王，與我閒話半晌。本王看得出，她很擔心妳。」

若說先前只是揣測，此時公孫雪已經確定李隆基已知曉是她行刺的薛至柔。正如同李隆基瞭解她，她亦瞭解李隆基，恩之深，威之嚴，仿若是他的一體兩面，令人感恩之餘又懾於其威。

公孫雪從來沒有想過，自己與李隆基亦會有這樣的一日。但這樣亦好，總強過她終日懸著心，胡思亂想，公孫雪抬眼仰頭望著李隆基，淺淺笑道：「既然殿下都知道了，為何還派我來。殿下……究竟是在賭什麼？」

公孫雪知曉，李隆基欣賞並傾慕自己，他們兩人之間絕非神女無夢，襄王有意。但這並不代表她要與他發生什麼，她安於現狀，享受著身為他影衛的每一日，並不想做出任何改變。江湖遊女，皇宮貴胄，怎麼看都像是一架馬車的雙輪，可以並肩前行，卻永遠不能相交。保持這樣的距離於她而言是舒適而美好的，但她不能容許旁人以她的心事相要脅，李隆基更是不可以。

「妳看重妳的老母和義弟，本王看重的，則是我大唐的遼東……妳可知道，薛將軍入獄已讓形勢危若累卵，若是至柔莫名被殺，必然動搖前線將士之心。」李隆基冷聲道，「至於妳說本王為何篤信這幾日妳不會再下殺手，則與其他事無關，只關乎妳的心性。有道是『君子遠庖廚，見其生而不忍見其死』，本王知曉妳做刺客多年，從未失手，妳必然沒有看到過一個人在將要離世時，他親眷的痛苦與掙扎。妳看到唐二娘子的痛苦，崇簡的痛苦，甚至受過瑤池奉恩惠的百姓前來探望她時的痛苦不忍，故而妳再難下殺手。依照王府的規矩，妳不至死罪，可本王……也不能如此輕縱妳。」

公孫雪曾無數次設想過與李隆基的訣別，或是在某個午後，她厭倦了王府中的繁文縟節便抽身而去；或是李隆基另覓得力之人，她逐漸無用武之地，被斥金遣還。總之……沒有一種像現在這般，在一個陌生的院子裡，因為她險些釀成了大錯而不慎光彩的離開。

公孫雪緊抿薄唇，甚至將櫻紅色的唇角抿得發白，僵硬地叉手一禮，請辭的話尚未說出口，又聽李隆基沉沉道：「本王想知道……妳為何要殺她？」

為何要殺她？衝動之下，為了保全老母之命，算是理由嗎？積年的仇怨，又為何要將李隆基牽扯進來呢？公孫雪正猶豫，院門處忽然傳來一陣敲門聲。公孫雪忙走出庖廚去應，只見來人乃是一位一身戎裝卻英氣十足的美麗婦人，看起來十分臉生，身後還帶著個身著鎧甲、頭戴鐵盔的高挑男子，便發問道：「敢問夫人有何貴幹？」

那婦人也不答，不待公孫雪邀約便要進門來：「薛至柔何在？」

公孫雪見她力氣頗大，語氣也不似善茬，忙一力阻攔：「閒雜人等不得叨擾瑤池奉！」

眼見話不投機，李隆基亦從庖廚快步走出，見到來人錯愕一瞬方喚道：「樊夫人？怎到洛陽來了？」

第十五章　魂夢幾回

來人正是薛至柔之母，薛訥之妻樊夫人。但見她面容雖姣美，卻是束髮戎裝，落闊瀟灑，不讓鬚眉，唯有一段束於絳紅髮繩，流露著與男子截然不同的巾幗氣概。

見到李隆基，樊夫人將頭盔遞給隨行的副官模樣之人，叉手道：「見過臨淄王。」

「夫人不必客套。」李隆基臉上掛著淡笑，分毫看不出片刻前正與公孫雪對質，「夫人可是打安東都護府而來，前來看望令嬡？至柔前幾日遭歹人刺傷，我表弟第一時間去請了宮中奉御為至柔診治，她雖然昏迷了數日，所幸無性命之憂，身子亦在復原，昨日已轉醒，夫人大可放心。」

聽聞薛至柔遭襲，樊夫人似有一瞬窒息，薄薄的唇抖了抖，急聲問：「是何人所為？可曾捉到賊人了？」

李隆基搖了搖頭道：「尚未尋得凶嫌。只不過，比起薛至柔，更令人擔憂的並非中原之地……」

李隆基話裡有話，樊夫人了然，但見院中有個陌生女子，便未多語，只道：「多謝臨淄王與薛大夫照拂。小女不成器，給二位添麻煩了。」

房間內，薛至柔正吃著薛崇簡帶來的細點，忽聽得母親的聲音，意外又驚恐，低聲嗔道：「誰讓你們傳信給我母親的……」

薛崇簡有如丈二和尚摸不著頭腦：「不曾啊……我們怕驚動樊夫人，一致認為不當說，這……樊夫人又是如何得知的，怎還快馬加鞭趕到洛陽來了？」

說話間，樊夫人與李隆基一同走進房間來，身後還跟著那名擎盔的副官。

看到樊夫人，薛崇簡比看到自己的親娘還要緊張害怕，直挺挺站起身，磕磕巴巴道：「伯……伯母，一路遠道辛……辛苦，可要來，來點櫻桃……」

「表弟，樊夫人遠道而來，至柔又大病初癒，她們母女必然有許多體己話要說，你還是早些回去，改日再來看至柔吧。」

薛至柔好不容易醒了，薛崇簡恨不能將雙腳焊在靈龜閣，此時自然不肯走，彷彿鼓起了天大勇氣，槓頭回道：「那表哥呢？怎的你不走，卻要趕我走？」

樊夫人忍俊不禁，李隆基亦氣笑了，用手肘箍住薛崇簡的脖頸，將人拉到一旁，低聲道：「你這榆木腦袋。我自是有事要與樊夫人商議，完事後我便也回府了。你若想看人，明日再來就是了，何必非要此時在這裡點眼？」說罷，李隆基復將薛崇簡拉轉回身，微微壓低他的腦袋，對樊夫人笑道：「抱歉，是我表弟無禮了，還請夫人寬恕。」

樊夫人性情亦是爽利，揮揮手以示無妨：「殿下客氣了，薛大夫一向快人快語，我又如何會計較這些小事。」

事已至此，薛崇簡不得不戀戀不捨地對薛至柔道：「玄玄，妳們母女敘話罷，我先跟表哥走了。妳若想吃什麼，便派人帶個話，我立馬給妳送來。」

薛崇簡說罷，悻悻朝外走。路過樊夫人帶來的那小卒身側時，忽然生出一種奇怪之感，他不由得盯著那人看了一瞬，卻又說不出這感覺從何而來，便甩甩頭，克制了胡思亂想，腳底黏糖泥似的拖拖拉拉走了出去。

「阿娘若想同殿下議事，我這裡有間專給人看手相的暗閣，沒有窗戶，密不透風，怕是在裡面大喊大叫，外面都聽不見呢！」薛至柔說罷，嘻嘻一笑，補充道，「就是有點黑乎乎的，要是把門關上反鎖，就要點蠟燭才能看清。」

李隆基不由扶額道：「那就不必了，我們是議事，又不是密謀，何況外面還有公孫雪守著……」

李隆基方要說下去，又覺不妥，險險閉了口。

果然，樊夫人立即抓住了重點，一臉難以置信：「妳平時便是這般給人看手相的？」

薛至柔還沒反應過來，一臉洋洋得意，神神叨叨道：「對啊！話說，這一招的效果可好啦，不管哪個時辰來客，只要隨我往那伸手不見五指的暗閣裡一進，再將燭火一掌，照出牆上的八卦圖，還有矮架上堆放的古籍、龜板與龍骨，這氣氛一到位，我說什麼他們便信什麼。」

「那若對方是個浪蕩子，妳又不會武功，如此孤男寡女，共處一室，豈不是羊入虎口嗎？」樊夫人蹙眉道。

這一問倒真把薛至柔給問住，此等事雖尚未發生，她確實也無法保證不會發生。母親與父親不同，喜怒一向形於色，若是放在她年輕時，只怕此時早已將桌子掀了，薛至柔忙捣著肺脅，一副大病未癒的模樣，顫聲道：「這……許是之前來找我算命的都是好人，像是做麵點的崔大嬸、烤駝峰的黃老伯……總，總之……玄玄不敢了。」

樊夫人穿著織錦彩袖胡裝，華麗且幹練，微微一抬手，薛至柔以為她要開始打人，忙抬手去擋。哪知樊夫人不過緊緊護肘，陰陽怪氣道：「薛師叔不愧號稱黃冠子轉世，給人算了大半年的命，竟然沒遇到一個浪蕩子，當真是吉人天相啊。」

薛至柔再也顧不得裝傷，撐著身子在榻上跪好，認罪道：「阿娘我錯了，妳切勿這般，要打要罰，悉聽尊便……」

以樊夫人的脾氣，自是很想立刻就教訓薛至柔一頓，但礙於李隆基在場，只得美目一嗔，哼道：「回頭再來收拾妳。」說罷，她向李隆基做了個請的手勢，兩人一道往閣中客堂敘話。

樊夫人與李隆基一走，房中便只剩下薛至柔與樊夫人帶來的那名副官。他看起來十分面生，令自詡認識遼東營中大半將士的薛至柔大感意外。

正不知該如何打破這尷尬氛圍之際，那臉生的男子忽然哂笑一聲，極其輕微，卻還是被薛至柔聽見了。她轉頭過去盯著那人，這才發覺他的身形氣質有些莫名熟悉，一個異常離奇的念頭在她腦中升起，她三分疑慮，七分篤定道：「你……你是孫道玄？」

那人冷哼一聲，陰陽怪氣道：「仍花了一盞茶的功夫才發覺，瑤池奉查案拿賊的能耐也不過如此啊。」

「嗯嗯，你本領高強，也就是害我差點丟了小命而已。」

孫道玄未回嘴，若非是雙耳浮現出幾分可疑的紅色，他看起來當真是十足淡然：「未想到瑤池奉在自己母親面前，竟縮得像個狸貓似的，如此看來，某先前倒是高估妳了。」

「哼，你如是倡狂，怎麼不去大理寺的門口吆喝？」薛至柔反嘴道，隨即話鋒一轉，「話說回來，你怎會同我阿娘一起來洛陽？還有你這臉，可是用了畫皮仙老伯的假面皮易容的？」

所謂「畫皮仙」，正是樊夫人年輕時的江湖好友，曾是個製作面皮的老行家，能將手中的一塊小小驢皮雕琢，藉以助人易容，如今年事已高，明明是個手藝人，偏生害上了手抖的毛病，手上的活兒自然不如原來細膩，但大眼看看還是挑不出任何毛病的。

孫道玄提住面皮的一側，徐緩撕了下來，露出了那如刀刻般俊朗的面龐。若是不知內情的人，恐怕會以為他把腰上掛著的人皮面具貼到了臉上。他手裡掂量著面皮，不知是在對薛至柔說，還是在自言自語：「這面皮著實有趣，輕如蟬翼，用糯米貼在臉上，便能換一副模樣。某再補上幾筆，這一路竟連大理寺來抓捕的法曹都瞞過去了……」

「哎哎哎，」薛至柔不滿孫道玄的無視，水蔥般的手指敲敲榻邊的木桌案，「你為何與我阿娘一道前來？她……不會知道先前的事了吧？」

孫道玄知曉，她說的是先前兩人互換身體的事。

頓了片刻，孫道玄方一挑長眉，徐緩講了起來。

三日前，汴州驛館。

回到自己身體中的孫道玄不願再拖累老道長一行，拿到通關文牒後便與他們道了別，待在驛館內想對策。

通緝令已至汴州，待在這裡與回到洛陽對自己而言已無分別，甚至更為凶險。也不知道那所謂的神探薛至柔還活著沒有，為何……公孫雪會襲擊她？

他雖看起來冷血倨傲，到底也不是個鐵石心腸之人，若是薛至柔因他而死……想到這裡，孫道玄的心口發悶，莫名地不暢快和煩躁。

先前他逃到凌空觀時，曾問葉法善如何破局，那老道士切切察察，說什麼會有命定之人助他破局。他聽得雲裡霧裡，又追問命定之人是誰，葉法善又說是什麼命劫糾纏、難解難分，如今看來說的多半是那個薛至柔。

若是……若是她當真丟了性命……孫道玄緩緩閉上眼，心裡空落落的，他心下有個衝動，多想回洛陽看看那丫頭究竟如何了。但這無異於自投羅網，他亦不知在這通緝令已到達的汴州，自己究竟還能藏身幾日。

正思緒紛亂之時，忽聽驛站外傳來一陣由遠及近的馬蹄聲，緊隨而來的，便是一女子的吁馬聲。

大唐本就民風開放，經武后一朝，會騎馬的女子更不新鮮。但這一聲吁馬還是引起了孫道玄的注意，只因這聲調英氣幹練，好似應為軍中將領所有。孫道玄自然擔心可是前來緝拿他的，悄悄抬起一點支摘窗，只見來人是一位將領裝扮的女子，她身著銀甲，腰配儀劍，足登馬靴，俏麗又瀟灑。然而最讓孫道玄意外的，則是她的側顏，不僅是因為美，更是因為透著一股難言的熟悉感，他立刻想起了到方才正在腦海中不斷思量的薛至柔。雖然看上去明顯比薛至柔年長，可那眉目他描摹過數次，斷然不會有錯。

孫道玄禁不住將窗縫開得更大了些，只見那店主捋著鬍鬚走上前，躬身叉手對那婦人道：「不知貞靜將軍遠道而來，小店未備好犒勞之宴，還請恕罪。」

「無妨，我本就奉急命而來，備些尋常吃食便好，不要酒。」

說罷，那女子與隨行的副官一道，跟著引路的店小二風風火火地朝內堂走了。

果不出其然，大唐境內誰人不知，貞靜將軍正是安東都護薛訥之妻，遼東戰場上令敵軍聞風喪膽的樊夫人，亦是那神神叨叨薛至柔的生母。

她如此行色匆匆地從遼東趕來，多半是聽說了北冥魚之事。如果……此時能亮明自己的身分，說清楚與薛至柔之間的糾葛，再請求樊夫人將自己扮成手下帶回洛陽，不就能將眼前的困局一舉化解了嗎？

可僅憑他與薛至柔之間萍水相逢的關係，他又要如何解釋，才能取得樊夫人的信任，而不被當成企圖攀高枝的不軌之徒？孫道玄一時想不出對策，倚窗坐著，神情無限茫然。

就在這時，他忽然又聽見陣陣腳步聲從四面八方攏向這間小小的驛站，過往的行人一邊喊著「是武侯」，一邊紛紛避讓。兩個大理寺差役模樣之人走入驛館內，手裡還拿著孫道玄的通緝令。孫道玄忙湊到房門處，盡力摒棄嘈雜的環境，細聽說話聲。

「單法曹，那嫌犯孫道玄當真就藏在這店裡嗎？」隨行的一名武侯問道。

孫道玄心內大叫糟糕。看來大理寺連日來的搜查終於得了突破，只是不知究竟是發現了那個密道，找到了目擊者，進而順藤摸瓜發現他扮做了新羅道士，還是在那幕後真凶的指使下，靠嚴刑逼供葉天師得出的消息。若當真如此，他寧可葉法善供出自己換得一命，也不要他再為自己而喪命。走上這條復仇之路是他自己的選擇，他的命運，理當他自己一人承擔。

正思量間，武侯挨個房間搜查的聲音傳來，孫道玄知曉眼下若落入武侯之手，便唯有死路一條。方才的糾結全沒了，他倏地站起身，脫掉道袍，隨手戴了個襆頭，打開房門大步向外走去。

天字間……地字間……四處不見樊夫人，身後已有越來越多的武侯湧入這間驛站，孫道玄將頭壓得低，仍在匆忙尋人，只聽身後不遠處，那群武侯已搜入了自己房間，不見有人便高聲質問道：「店家！這屋裡的人呢？」

「啊……這，方才還在房中，不曾見他外出啊……」

命懸一線之際，孫道玄終於看見樊夫人與副官就坐在數步開外的東廂房內，立刻邁開大步闖了進去。

「神功造化，玄運自然！」孫道玄聲音有些顫抖，想也不想，便說出了薛至柔所用的密語段子。

廂房內，樊夫人與那副官見這突然闖入的不速之客皆是一怔，副官本能地就要拔劍拿人。樊夫人輕輕擺擺手，示意他放下武器，繼而用審度地目光望著眼前的年輕人。

此時整座驛站已被二十餘名帶刀武侯圍得水泄不通，店家聽聞自己店內竟然住了個朝廷欽犯，一時懵懵然，好半晌才疑惑說道：「前幾天是曾有新羅道士一行宿在小店內，住了幾日，自己人犯了個大案，又把案子破了……按照官爺所說，當真裡面有朝廷欽犯？若如此，為何他們不趕緊逃？」

「哎，你就別管這麼多了。那人身分造假，必然沒有通關文牒，興許是因此才逗留。眼下人未退宿，卻不在房間裡，你到底知不知情，從實招來！」

大門口，眾武侯包圍下，樊夫人伴著一名副官模樣的人走出大堂，信步走向馬廄處。不消說，這副官不是別人，正是孫道玄，但眼下的他經過畫皮仙的驢皮偽裝，穿著那副官的鎧甲，已全然變作了另一番模樣。可他身為畫師，此前幾乎從未與馬打過交道，連馬鞍與轡繩都不會套，樊夫人少不得要從旁幫襯。

待兩人行至大門，樊夫人準備上馬時，兩名法曹恰好走出了驛站，他們滿頭大汗，罵罵咧咧，看到樊夫人，不由一夾膀子，換了神情，上前叉手禮道：「見過貞靜將軍！」

孫道玄的心又提到了嗓子眼，但見樊夫人鎮定自若，覷眼看向驛站處：「什麼事如此大的陣仗，左不成是要抓什麼人？」

「不愧是貞靜將軍，果然睿智。此番我等前來，乃是為了逮捕北冥魚一案的真凶孫道玄。薛將軍國之棟梁，因為此賊遭到陷害，想必抓捕歸案之日，便是薛將軍解除禁足之時了。」

樊夫人不著痕跡地輕蔑一笑，不欲與他二人廢話：「借二位吉言，本將軍尚有要事在身，就此別過了。」

說罷，樊夫人示意牽馬的孫道玄一道離開，誰料那為首之人搶先一步攔住了孫道玄的去路，惹得孫道玄腳步一滯，與馬配合不佳，差點踉蹌摔倒，尚未站穩之際，又聽那人問道：「敢問這位副官如何稱呼？在營中軍階幾何？」

孫道玄一愣，看向樊夫人，顯然他們二人走得急，尚未來得及串通好假身分。

樊夫人佯裝動怒，替孫道玄打圓場道：「你們這是何意？此乃我軍中副將，近日感染風寒壞了嗓子。若無別的事，速速退下，否則耽擱了我面聖，你們可吃罪得起？」

那兩人聽說樊夫人竟是要入京洛面聖的，自是有些惶恐。但州牧大人曾說過，一隻蒼蠅也不許隨便放走，他便還是舉起了孫道玄的通緝令，比照著看了看，見長相全然不同，便也未再說什麼，忙屈身做了個請的手勢。

孫道玄見此，也配合著向那人回了個微禮，待樊夫人上馬之後，便牽馬離開了這是非之所。

兩人拐過街角，來到一條大路上，孫道玄方舒了口氣，對樊夫人深深長揖：「多謝樊夫人搭救，若無樊夫人，某便要被捉走冤死獄中了。」

「你便是那畫出〈送子天王圖〉的，人稱『鬼手』的孫道玄？」

孫道玄一愣，見樊夫人饒有興味地望著自己，便也不卑不亢地回視道：「正是。」

「玄玄都與我說了，你雖被捲入此案之中，卻並非連環案的真凶。如今你與我夫君一同蒙冤，我理當助你。午飯可用過了？會騎馬嗎？」

孫道玄心想，這樊夫人還當真是平易近人，雖然話說得如同快刀斬亂麻，該關照的地方卻一樣不落。

他頷首回道：「用過午飯了。至於騎馬，雖不擅長，定當努力不拖累樊夫人。」

聽罷孫道玄的講述，薛至柔大感事態的發展速度還是遠超她的預料。大理寺的人這麼快就鎖定了變裝成新羅道士的孫道玄，顯然是確信他那晚藏身在淩空觀。如今通緝令已發往各州府，再向外逃自是無用，總不可能真跑到人生地不熟的新羅去。何況新羅與大唐亦有邦交，若是被那邊的法曹在新羅境內大肆搜捕，轉交大理寺，同樣無法避免被抓。故而眼下反其道而行之，隨樊夫人一道回洛陽來，確實是上佳之選。

自北冥魚案發以來，兩人這還是頭一次單獨相處，薛至柔深吸了一口氣，問出了她許久之前便想要問的那個問題。

「孫道玄，這裡沒有旁人，我想請你認真回答：在你的記憶之中，北冥魚入神都苑的大典，你一共過了幾次？」

孫道玄似是震驚意外，又似不大意外，良久方徐徐道：「難不成……妳也……」

薛至柔倒是毫不拖泥帶水，頷首算是對孫道玄的回應。

孫道玄在房中邊踱邊道：「首一次，某受邀去神都苑，畫到二半夜才走，故而第二天睡到日上三竿，未曾想卻又被安樂公主府的人叩門叫醒，帶到了神都苑。」

薛至柔不帶任何語氣，平靜地回覆他道：「那一次，我典禮那日未去神都苑，第二天一早去神都苑主持臨淄王之子李嗣直的祈福儀式，結果他二人被北冥魚襲擊，我亦被拖入池中殞命。」

一陣敲鐘聲隱隱敲擊耳鼓，不知來自何處鴻蒙。

孫道玄繼續踱道：「第二次，某亦是畫到後半夜，誰知畫著畫著便有一陣困意襲來。之後的事，某便全然不記得了……」

薛至柔接口道：「那一次，我典禮那日去了神都苑，跟臨淄王商定取消了第二天的祈福儀式，結果碰上我阿爺，同他大吵了一架後又迷了路，一直到深夜也未能走出神都苑，卻誤打誤撞看到你整個人被倒掛著將頭沒入水中，淹死了。」

又是一陣敲鐘聲傳來，雖仍悄悄，於孫道玄卻是振聾發聵，他面無表情地摸了摸自己的後脖頸，眸色越加凝重。

「第三次……」

孫道玄正要說下去，被薛至柔搶了先：「第三次，我去神都苑找到了你，後來臨淄王來了。之後的事，你都知道了。」

孫道玄停了下來，冷然的面龐上寫滿震撼：「我本以為，先前的一切皆是我的夢魘，沒想到妳的經歷竟然與我完全吻合！」

「不單是在神都苑，凌空觀燒毀後次日的那個地下暗渠中，我去找到你，不慎將劍斫峰和大理寺的人引來，你遭到混入人群中的刺客襲擊後，再度醒來時，我們便回到了凌空觀起火前的當天早上，並且還交換了靈識。」

「所以我們如今是不知中了什麼惡咒，還是身處什麼夢魘之中，只要我們二人在尋找真相的過程中有一人不幸殞命，便會……」

突然，一陣震耳欲聾的鐘聲敲響，一個如同鬼叫般不辨男女的巨大聲音響起道：「乾坤反轉，冤命五道，解此連環，方得終兆！」

這聲音是如此的嘈雜嘔啞，以至於薛至柔與孫道玄都不約而同地摀住了耳朵。待聲響漸息，薛至柔問孫道玄：「你聽到了？」

「嗯，聽到了。」孫道玄答道。

兩人雖一個站著，一個坐在榻上，卻不約而同地一道望向上方，彷彿想透過屋瓦、院牆、高樓與層雲，看看籠在他二人頭上這片天究竟是什麼詭譎顏色。

這景龍三年的連環之謎，正如一個不可名狀的龐然巨物，時刻威脅著他們。

但這一次，無論是他還是她，都不再是獨自面對了。

第十六章　鷺約鷗盟

靈龜閣後院除了薛至柔與唐之婉的臥房外，仍有幾間屋舍，兩人便選定其中寬綽的一間做了廳堂。只是無論是兼職「卜肆」和「凶肆」的靈龜閣，還是門可羅雀的丹華軒，似乎都沒有宴客的需求。故而今時今日，這間廳堂才終於派上了用場。

廳堂內陳設雖然樸素，但勝在布局大氣方正。樊夫人與李隆基隔著華貴的木案對坐，公孫雪為兩人看茶後，滿懷心事地退了下去。

茶煙朦朧，茶香四溢，待公孫雪退出廳堂，關上貼著明窗紙的木門後，李隆基方壓著嗓音道：「敢問樊夫人，如今遼東局勢如何？我唐軍在當地的給養可還充沛？」

「承蒙臨淄王記掛，遼東暫時未有戰事，但局勢算不得鬆弛。先前則天皇后在位時，契丹就不斷發兵，襲擊山海關等要地，如今雖然我唐軍還守著關隘，但周遭領土都被契丹人所占據。我唐軍為了能將補給順利送到遼東不被劫掠，便開始走水路，經新羅沿海北上送至遼東。只是這樣一來，我等對新羅的依賴也會比先前更甚。」

李隆基看似有些心不在焉，嘴角還掛著一抹似有非無的笑，眸色卻暗了暗。身為一個郡王，聖人之侄，過多關注戰事確實不大合適，他也早已習慣了不將情緒表露，不顯山、不露水道：「本王也聽說過此事。想來我們薛將軍之所以說服新羅王貢北冥魚入京洛，也是為了鞏固大唐與新羅的關係，好令前線更鞏固些罷。」

樊夫人只覺得終於遇到了個明白人，語氣頗為懇切道：「可不是嘛！我夫君能有什麼私心？不過是想趕緊穩住新羅，好率唐軍從山海關打回去，收復我大唐領土罷了……」

「可惜，國中卻有人不這麼想。在他們眼裡，比自己打了敗仗更難受的，便是看別人立功。如今，薛將軍竟被捲入這撲朔迷離的北冥魚案中，那三頭肇事的北冥魚亦被無奈絞殺，不知新羅那邊還能否穩住？」

樊夫人明白李隆基的意思，忖度著回道：「不瞞殿下，新羅雖與我大唐交好，但也有自己的算盤，安東之地那些趁機作亂的人，耳報神也比軍報更快。北冥魚案發後，便有不少人趁機襲擾我們安東地區的駐軍，經查大抵與百濟『復國』勢力有關。我們將其擊敗之後，他們大多逃入了新羅境內。我們與新羅交涉，他們非但不予以配合，反而以大唐和新羅兩國的盟約為由，請我們不要追究。此事雖傷不及根本，但久拖不決，到底會傷士氣，也令百姓備受襲擾。不過眼下當務之急仍是收復失地，恢復安東都護府與我大唐境內的陸路連接。再者，便是早日為我夫君洗清冤屈，待他重返前線，勢必可以提振士氣，亦可給新羅一個合理的交待。」

李隆基起初神情嚴肅，聽到最後卻忍不住笑了兩聲：「幼時便聽為父說起薛將軍與樊夫人乃是青梅竹馬，年少時還曾破過一樁將樊夫人冤做凶嫌的大案，為夫人洗冤，既守護了大唐，亦成就一段佳緣。而今夫人怕是要投桃報李，為薛將軍洗冤了？」

樊夫人巾幗豪氣，此時難得流露出幾分赧色，輕咳兩聲：「不瞞殿下，這一路趕來，我一直在思量如何營救我夫君。只是……如今的局勢黑中有白，白中有黑，倒跟我從小在師父那看慣的陰陽太極圖似的……」

李隆基見樊夫人的欲言又止，頷首道：「本王明白，在此節骨眼上，夫人奉詔去接轉世靈童，應當也有引蛇出洞之意罷？只是若對方趁薛將軍與樊夫人皆不在遼東興風作浪，夫人可有應對之策？」

「殿下放心，去歲遼東大旱，餘糧不多，還有一個月才是秋收時節。即便契丹與新羅暗中勾結，一同出兵，也要等到那之後。為此，我出門前已交代給了代我統領諸軍的長子薛徽，要他們提高戒備，勤加操練。而那暗處的賊人將我引離遼東，自然也要為我派些罪名。可此人恐怕並不知道，玄玄雖然年紀輕，看起來也像個江湖術士，實則查案之手段，已不遜於我夫君當年。若是因為她年方二八又是個女子便小看她，必定會栽跟頭。何況，如今……」

樊夫人本想說有孫道玄相助，心道那孫道玄乃朝廷欽犯，縱使被冤枉，跟臨淄王貿然提及也不合適，便輕笑吞了聲。

「樊夫人果然有謀略，」李隆基倒是未介意樊夫人的欲言又止，方才他一直壓著嗓音說話，此時終於放開了聲量，「夫人放心，本王定當竭盡全力護著至柔。夫人與薛將軍乃國之棟梁，這一路往青海道，還請夫人多加保重。」

廳堂外，守在門口的公孫雪捕捉到這幾句話，微不可聞地嘆息了一聲。

當真是邪了門，方才她為李隆基與樊夫人看了茶，出來竟遇到薛至柔搗著心口與孫道玄一道出了臥房，她明明見樊夫人帶的是一個眼生的男子，怎的一晃竟成了孫道玄？

公孫雪一時驚得眼珠都差點掉出來，但看孫道玄輕輕衝她搖了搖頭，她立即收斂了神色，腦中的狐疑卻比庖廚裡的滾水更喧沸。

薛至柔全然無視身後這兩人的眉眼交流，撫著仍隱隱作痛的胸脅慢慢前行。知曉了自己與孫道玄一同陷入輪迴，她短暫地恐懼之後，則是更大的好奇心與蓬勃的勝負欲，很想與這未知的力量好好較量一番，領著孫道玄走上了靈龜閣的二樓。

她仍記得第一次陷入輪迴時，占風杖頂飛速旋轉的烏鴉，那李淳風所傳的法器，究竟會不會是勘破輪迴的關鍵？

薛至柔推開二層書房的大門，打開她平日裡存放占風杖的長匣子，眼前的一幕令她目瞪口呆——她視若珍寶的占風杖竟然斷作兩半，可憐兮兮地放在匣中，沒有了往昔的意氣風發。難怪昨夜她問起占風杖時，唐之婉一副支支吾吾的模樣。

冗長的沉默之後，薛至柔發出了一聲尖利的叫聲，指著身後那面色難堪的俊俏畫師怒嗔道：「孫道玄！」

「妳再大點聲，看看武侯會不會闖進來。」孫道玄想起那夜自己用著薛至柔的身體，為了躲避公孫雪的一擊，將占風杖橫了過來，導致占風杖被劈成兩段，彼時情非得已，他自覺沒錯，但此時對上薛至柔那雙兔子般通紅的雙眼，他難免有些氣短，賴聲掩飾道，「妳得多多感謝它，那夜刺客突現，我若非靠它擋住一刀，妳這魂魄便連歸處都沒有了。妳不謝我便罷，怎還大呼小叫？對了，妳不是說此處有空白畫軸，可以將妳我分開之後的見聞羅列，好看看能否找到些突破口，如今到底做是不做？」

薛至柔心疼占風杖，卻也毫無辦法，埋怨孫道玄更是無用，總不能將他的腿打折。她長吁短嘆地合上了匣子，指揮著孫道玄將長畫軸掛起，開始梳理這段時間以來兩人的經歷與見聞。

孫道玄飄逸的筆鋒在畫軸上來來回回，兩人你一言、我一語，有時甚至還爭論起來，但很快便又恢復了協作，不知不覺間半個時辰過去，竟記了滿滿一整面牆。

孫道玄停筆，望著這寫滿線索的畫軸許久，開口道：「眼下，唯有有幾件事情可以確定：第一，妳我二人如今正處在讖夢之中。」

「沒錯。能夠數度三番回溯同一個事件，讓北冥魚典禮重開，燒毀的凌空觀復原，甚至死人復生，魂魄互換，不處在夢境之中，便說不通。」

孫道玄繼續說道：「只是不知為何，妳我二人的夢境出現了糾纏。」

薛至柔仍撫著心口，面色比剛才更蒼白些：「不錯。若是只在我的夢裡，或者只在你的夢裡，我們之中必然有一個人能意識到這是一個夢。但眼下不管是你還是我，都覺得無比真實，這就說明，你我二人正做著同一個夢，我夢境中發生的改變，也會影響到你，反之亦然。若不努力改變事件的走向，這個夢便會不斷輪迴下去。」

孫道玄神色一凜，蹙眉道：「此話怎講？」

「還記得北冥魚案嗎？當初我的所行有差，要死之際，便又回到了北冥魚入京洛的前一日。我為了活命一頓折騰，令事情的走向發生改變，便平安度過了那一日。想來……如果不是你我一直在試圖做出不同選擇，只怕我們會不斷困在北冥魚入京洛的那一天，要麼你死，要麼我亡，無法自拔。」

孫道玄哼笑兩聲，又道：「不錯，這正是妳說的第二點：只要妳我二人之中，有一人遭遇不測，我們便會輪迴到先前去。若如此說來……橫豎在夢中死並未真死，我們還有什麼可害怕的？」

薛至柔早就看出這孫道玄頗有幾分愛搞破壞的潛質，好似很享受自己被逼上絕境，再絕處逢生的過程，她的嘴撇得像個瓢，否定道：「你可拉倒吧！並不是說只要輪迴，先前的經歷便都會一筆勾銷！不單輪迴到何處不確定，連之前的夢中可以做出的選擇，都可能會變成無法更改的既成事實！況且，在這不辨虛實的時空下，你如何判斷，死了以後再睜開的那個世界，是不是現實世界？你閉上眼睛再睜開看到的我，還是不是之前的我？說出來恐怕嚇倒你，這一次我醒過來，不知是不是昏迷得久了，感覺自己經的事，聽的話，見的人，好似都非第一次所見，但又想不起來在哪裡見過……」

「妳的意思是，連同我，還有這寫滿字的畫軸，妳都似曾相識？」孫道玄語帶玩味，但並非他平時所表現出的不屑，細品來好似是有些疲倦與無奈，「經妳這麼一說，我……好像也有類似的感覺，像是前世記憶般模糊，我還以為是我一直逃命睡不好覺所致……」

「所以你可記住了，切勿自尋死路！想要擺脫這夢魘絕對沒有這般簡單！」

薛至柔說罷，突然發覺自己的語氣急切得有些不真實。她為何要這麼在意這孫道玄的死活？明明眼前這個人與自己相識不過半月，卻彷彿遠不止是如此。

恍然間，她眼前的孫道玄出現了重影，與一個自己無比熟稔的身影重合在了一起，可薛至柔無論怎麼拚命回憶，都想不起他身後那個模糊的影子究竟是誰，又在哪裡見過，她無比尷尬地垂下頭，不與孫道玄相視。

孫道玄未曾覺察她的異常，忖了忖又說道：「妳說的不錯，是我大意了。不過那鬼叫似的聲音不是也說了，『解此連環，方得終兆』。想來只要解開餘下的謎題，這個局還是能破的。」

孫道玄這話給了薛至柔啟發，她偏著頭，細品那恐怖聲音闡述的內容：「所謂『乾坤反轉』，本是說天地倒轉，自然是代表著夢與真之間的不斷反轉。而這『冤命五道』，恐怕是說因為有冤案，而導致了輪迴發生。人有五道輪迴，皆為因果所致。因果扭曲，造就了此等輪迴夢魘。如此看來，解開這輪迴的關鍵，恐怕就在昭雪冤案上。只不過到底是誰的冤案？是你孫道玄，還是我阿爺？感覺都不大對。」

說起冤案，孫道玄如鯁在喉，遲疑張口，似是有話要說，可他還未來得及出聲，便聽門外走廊傳來一陣嘈雜的腳步聲，唐之婉氣喘吁吁的聲音傳來：「劍斫鋒！你這人！我都說了！瑤池奉還在修養，你不能進去！」

但腳步聲並未停歇一分，已無限靠近這二層的書房。連一向冷然的公孫雪都禁不住語帶幾絲惶然：「劍寺正……劍寺正留步！好歹……讓婢向瑤池奉通報一聲。」

薛至柔與孫道玄面面相覷，頓感大事不妙。孫道玄習慣性地便要翻窗，但想想此處乃是二樓，跳下去不說摔死摔殘，響動肯定會被劍斫鋒聽到，只能在這屋裡找處藏。他看到一只木箱，也不管大小就要躲進去，被薛至柔低聲制止：「哎，你會縮骨功嗎你就鑽？跟我過來。」

說罷，薛至柔拉著孫道玄的袖籠，將他拽到屏風之後，只見這好端端的屋裡竟擺著一口棺木，他還未來得及發問，便被薛至柔塞了進去，蓋上了棺材板。

棺內傳來兩聲悶悶的敲擊，似是孫道玄在抗議，可下一瞬，劍斫峰敲響了書房的木門，冷冷的聲音傳來：「瑤池奉，關於北冥魚案，本官有事相問，不知現下可方便？」

竟是為著北冥魚的案子，薛至柔有些意外，手上卻不耽擱，三下五除二將牆上的畫軸取下來捲上，確定絕無異常後，上前開了門。

劍斫峰大步走了進來，嘴上說著關切話語：「昨夜唐突，叨擾瑤池奉休息，不知妳眼下恢復得如何？」

唐之婉緊張兮兮地跟著劍斫鋒走了進來，掃視一圈，確定一切無虞，又躡手躡腳地走了出去。

薛至柔見劍斫鋒面露惑色，忙接過他的客套話：「承蒙劍寺正記掛，不大好，但也無大礙。方聽劍寺正提及北冥魚案，可是又有何新發現？」

劍斫峰拿出一個油紙包，放在案上，仔細打開，只見裡面裝著的竟是三把鑰匙模樣的物件。

薛至柔屈身將視線與桌案齊平，看了半晌，未看出什麼端倪，又將探究的目光望向劍斫鋒。

劍斫峰點著三把鎖鑰，逐一解釋道：「此一把是用來開那水閘的機關的，此一把則是獸欄的鑰匙，剩下這一把則是山海苑大門的鑰匙。這三把鑰匙本應由那個溺死湖中的宮女保管，事發之後，大理寺遍尋不見，沒成想竟從北冥魚的肚子裡發現，並且腹中除這些異物外，只有非常少量的食物，顯然事發前一天中午和晚上，都未進食。北冥魚一向性情溫和，可若是餓上大半日，加上吞下異物，發狂便在情理之中了。如是看來，那溺死的宮女恐怕大有嫌疑。」

「哎呦，」薛至柔故作震驚，瞪大雙眼，「死者竟然嫌疑最大？劍寺正還真是一語驚人。敢問劍寺正，怎麼如今又不覺得兇嫌是我阿爺或者孫道玄了呢？」

劍斫鋒如何聽不出薛至柔在刻意諷刺他，面上卻沒有一絲惱意，只道：「先前的證據的確指向他二人，出於謹慎起見，暫且將薛將軍請入三品院，再設法將行蹤不明的孫道玄捕獲，是正常的辦案流程。而今既已發現新的線索，結論自然也會跟著改變。說起來，薛將軍迢迢千里而來，又是第一次進神都苑，自然不可能知道山海苑裡的這三把鑰匙放在何處。而那孫道玄，雖在神都苑裡待到半夜，卻一直在作畫，留下的畫稿有百餘幅之多，皆為當日所繪。大理寺尋了許多技藝高超的畫師，皆說無法在那麼短時間內畫出那些畫，更不可能由他人代為模仿。更何況，給不給北冥魚餵食，也不是他們能左右的，所以……」

「所以，我阿爺能從三品院裡出來了嗎？」薛至柔打斷了劍斫鋒的話，「葉天師何日才能放出來？孫道玄的通緝亦能解除了？」

棺槨內，孫道玄聽到兩人的對話，悄無聲息地立起了耳朵，只聽那劍斫鋒似是沉默了片刻，回道：「本官不知。」

「不知？那劍寺正今日來尋我又是何意？」

「不瞞瑤池奉，近來六部衙門出了幾樁貪贓案，我日前被聖人調去徹查，北冥魚案暫且交由大理寺的其他同僚負責了。」

「哦……」薛至柔瞬間了然，「劍寺正接觸不到此案，所以……想借助我這江湖騙子之手……」

劍斫鋒無聲嘆了口氣，收斂起來素昔不可一世的語氣：「先前對瑤池奉有所誤解，經過沈家小娘子等案，已知瑤池奉的能力，望能與瑤池奉聯手，共破此案。此外，此案的關竅或許還在那孫道玄身上，瑤池奉若能問問葉天師，或許能知曉孫道玄藏身在何處，透過他，此案或有突破。」

不知怎的，薛至柔彷彿幻聽那棺材板下傳來孫道玄得意的笑聲。劍斫峰自是不知曉，他苦苦尋覓的孫道玄就在這間屋子裡。

薛至柔不動聲色，她無法確定劍斫峰方才對自己說的這一席話究竟有沒有詐。畢竟以劍斫峰的狡詐，想要故意裝作不再調查此案，好引得她上鉤露出破綻，也並非毫無可能。

薛至柔做出一副苦惱樣，扶額回覆劍斫鋒道：「劍寺正這可是抬舉我了，我不過區區一個鴻臚寺博士，班門弄斧頂葉天師的班，去神都苑驅驅邪祟而已，若是當真會查案，如何能眼睜睜看我阿爺被你們關那麼久？」

劍斫鋒嘴角勾起一抹看不透的笑，如同變戲法似的，從隨身的包袱裡掏出一個不大的鳥籠，裡面竟裝著一隻瘦小的山雀，腿上還綁著一支小小的木桶，他沉聲說道：「劍某初次來此，瑤池奉有顧慮正常，何時想通了，借此鳥傳書便可。」

劍斫鋒離開帶上門後，薛至柔立馬跑到門口將耳朵貼上前去，聽到外面唐之婉與公孫雪一道送客的聲音後，方才放心地回到那立在牆角的木棺處，撬開了棺蓋。

那孫道玄灰頭土臉地坐起身，連「呸」了幾聲，方翻身出來。

「你別說，弄上點香灰，還挺俊的。」薛至柔邊笑，邊從身後掏出一盒彩墨丹青，遞到孫道玄面前說，「孫畫師，請自便吧？」

「自便什麼？」孫道玄一頭霧水問道。

「當然是給自己變裝啦。你這麼能畫，給自己變個裝，應該不在話下罷？你別處也去不了，待在我這靈龜閣裡，就得扮成我請的助手。崑崙奴、新羅婢、東瀛鬼，你任選一個扮上，我再給你賜個名，換身衣衫，別人便不會起疑。」

孫道玄冷哼一聲，卻也從善如流，接過薛至柔遞來的丹青，順手拿起一旁筆筒中的狼毫筆：「光用筆墨恐怕不夠，須得在臉上造一道顯眼疤痕，破壞五官平衡，方可瞞天過海。」說罷，孫道玄掏出方才他從臉上取下的驢皮，拿起自己腰間那副人皮面具，將驢皮揉搓成團後直接拍了上去，隨後又取來筆筒中的小刀在上面雕刻起來。

待雕刻成型，他拿起狼毫，沾了沾彩墨，將那驢皮深淺不一地塗色，再往下半張臉上一貼，當真像是大塊傷疤一般，甚是嚇人。孫道玄又往另一側的面頰上畫了三道如同爪印一般的痕跡，額上加了一朵小小的朱紅色蓮花。隨後，他解開髮髻，變成散髮，又使勁抓了一把棺中的香灰，與頭髮不斷揉搓，很快變成了一頭灰髮，整個人凶神惡煞，再也不見先前的俊俏模樣。

薛至柔仔細端詳一番，不知是誇是罵：「你這扮相，說你是被人狐養大的東夷孤兒，無人會不信。『泥娶純狐，昡妻爰謀』，你以後就叫『純狐謀』吧。」說罷，她從一旁的雜物堆裡翻出一身素色胡服，以及一條帶了耳朵、眼睛與上半截喙子的狐狼頭套遞給孫道玄道：「這些也換上！」說罷，便退出了房間。

李隆基早已回府去了，薛至柔找到母親，向她透露收留孫道玄的打算。為了確保孫道玄的安全，樊夫人本打算將他混在軍中，一道帶去青海道，但聽薛至柔的籌謀，孫道玄留在洛陽似乎有更大用途。

看這一方院子雖小，卻是臥虎藏龍，不單有自家女兒這個鬼靈精，還有重義氣且有人脈的唐之婉，沉穩且武藝高強的公孫雪，加之臨淄王庇護，多半無虞，確實好過跟著自己，面對諸多的不確定。樊夫人便答應了薛至柔，入宮面聖罷很快奉命往青海道去了。

房間皆住滿了，薛至柔便安排孫道玄住在三樓書房的棺材裡，據她所說，那可不是一般的棺材，不單是用最好的桃木所製，辟邪保平安，其內刻的符文也很考究，可謂逢凶化吉、遇難成祥，平素裡若是有苦主要求將他們去世的親眷放在此處超度，至少要收十鍰銀錢，如今給孫道玄白住，他可不得感恩戴德嗎？

誠然那孫道玄並沒有得失心瘋，自然聽不進她的忽悠，只是想著自己仍在受通緝，躲在這棺材裡確實要更保險幾分。更何況，他發現這棺木確實不一般，裡面似是有個機關，能將躺著的人瞬間漏至其下暗格，應當是薛至柔為了在做法事時表演大變活人，故弄玄虛所特製，此時倒是很適合疲於逃命的他。

唐之婉本就對薛至柔在房中擺棺材頗為不滿，哪知道眼下化裝成冷面人狐的孫道玄也住了進來。先前他用著薛至柔的身子，人雖冷傲，卻不算嚇人，如今他用回自己的身體又變了裝，那種隨時隨刻可能殺人越貨的冷冽氣場又溢了出來。唐之婉一邊勸自己別被他的外表嚇著，一邊竭力避免與他單獨相處。

時光如水，打從北冥魚案起，這幾天算是難得的安寧。哪知道不過三兩日內，先是公孫雪奉李隆基之命，不知去執行什麼任務，再便是唐之婉祖父唐休璟忽然病倒，這偌大的小院子裡便只剩下薛至柔與孫道玄兩人。

人多時，薛至柔並沒有什麼感覺，當這偌大的房子只剩下她與孫道玄時，她卻忽然有些不自在，尤其是每日午後。

時下天氣雖已入秋，午後仍有些燥熱，孫道玄照例坐在梨樹下寫寫畫畫，縱使完稿即銷毀，他也無有一日停歇，似是怕許久不畫而手生。

是日用過午飯後，孫道玄又開始在梨樹下寫寫畫畫，他今日未曾出門，故而未有變裝，長髮未束，半披在肩頭，眉頭微蹙，極是認真。薛至柔駐足庖廚外，心想若真有謫仙，大抵就是如此罷。

她知曉自己近來對孫道玄有些奇怪的情愫，思來想去，將這一切歸結於兩人先前互換身體。她年紀小，在男女之事上沒見過什麼世面，他又是連公主都加以青眼的美男子，便告訴自己，生發出一些情思並沒有什麼奇怪，只要假以時日便會斷絕。

正作畫的孫道玄感覺身後有人看他，回過頭，果然見薛至柔一臉肅然望著自己，他起身道：「有要緊事？」

「無，」薛至柔神色更肅然了兩分，起身欲走，「你畫你的罷。」

說話間，忽有叩門聲傳來，薛至柔發懶，沒去開門，吆喝問道：「誰啊？」

「是我，劍斫鋒。」門外人回道。

薛至柔示意孫道玄藏起來，自己上前應了門：「什麼風把劍寺正吹來了？難不成是北冥魚案又有何新發現？」

「怕是要讓瑤池奉失望了，劍某如今不再負責北冥魚案，故而也沒有什麼斬獲。丹華軒未開門，來此尋唐掌櫃。」劍斫鋒回道。

「啊，這兩日換季，唐尚書身體不大安樂，唐二娘子回家侍疾去了。」

劍斫鋒眉心一跳，回道：「那本官便去尚書府尋唐掌櫃，再會。」說罷，便匆匆起身離開了。

薛至柔只覺莫名其妙，轉身與從棺材裡探頭出來的孫道玄視線相交，又覺得有些不自在，訕笑道：「我還以為他是來催我與他聯手的，誰知道……」

話未說完，又聽一陣急切的腳步聲來到了院門外，拍門聲同步響起：「大理寺差役！速速開門！」

孫道玄面露驚色，比王八縮頭還快。

薛至柔擔憂又好笑，高聲問道：「大理寺來尋我何事？」

「妳是何人？」門外的人凶悍問道，「丹華軒掌櫃唐某涉嫌謀殺北市口錢莊掌櫃之妻宋氏，還不快與我等回去問話！」

「什麼？」這倒是大大出乎薛至柔所料，她忙趨步上前，霍地打開了大門，只見門外果然是十八羅漢似的大理寺差役，一個個瞪著眼、手持長劍，一副要緝拿凶頑的模樣，惹得她本能退了一步，定神問道，「唐掌櫃回尚書府了，你們有何證據，為何說她殺人？」

那大理寺差役本不想搭理薛至柔，但她畢竟有官職在身，也不好一點顏面不顧，便敷衍道：「數日之前，宋夫人曾來南市購買胭脂水粉，因為看不上丹華軒售賣的胭脂，而與唐掌櫃發生衝突。其後經人勸和，唐掌櫃致歉，並贈與了宋夫人一盒胭脂。宋夫人回家之後，用後一直不大安樂，以為又犯了眩暈症，將養了幾日略微好轉。今日一早她約了閨中好友一道去採買乞巧節的物什，竟突然昏厥在地，她家人急忙請疾醫，哪知道不過半個時辰便咽氣了。仵作前去驗過，毒物亦在唐掌櫃所贈的胭脂中驗出，無從抵賴。」說罷，那差役不再等薛至柔反應，快步帶人離開，估摸是立即要去尚書府抓人。

薛至柔也不耽擱，麻利走到馬棚，牽出自己的坐騎來，方才躲在暗處的孫道玄亦現出身：「妳等我下，我也去尚書府。」

「那麼多大理寺的人在，你去做什麼？」

「唐二娘子送那盒胭脂時候，我就在場，」孫道玄回答著，腳步不停，也牽出了一匹馬來，「用著妳的身子……很多細節妳都不清楚，怎麼能幫唐二洗冤？」

薛至柔本想問孫道玄難道不怕那些大理寺的官差發現端倪？張了張口，又覺得自己多此一問，一言不發地打馬出了院子，以最快地速度向尚書府趕去。

第十七章　紅繒引禍

夕陽西下，立德坊中，尚不知自己變成了殺人凶嫌的唐之婉立在尚書府路口的老槐樹下，雙手交叉，抱於胸前，眉間如花籠裙柔軟的綢緞微微打皺，連珠炮似的對對面的劍斫峰連甩了一大串：「不去不去不去！我早就與你說了，我不是你們大理寺的獵犬，為何總讓我去聞那些死人的東西！」

她的抗拒並不出乎意料，劍斫峰也不心急，徐徐道：「聽聞唐掌櫃最近一直在白馬寺為唐尚書誦經祈福。這查明冤屈，令死者平反可比誦經更積德。想來……以唐尚書的耿直忠義，得知唐掌櫃做這等善事，定會為妳驕傲的。」

不得不說，這劍斫峰確實很擅長窺探人的心事。近來祖父臥病，她十分擔心，不管是佛寺還是道觀，她日日前去祈福，只盼祖父能早日康復。若是……她的鼻子當真能為受害人洗冤，確實也是功德一件。

唐之婉知曉自己又被劍斫峰輕易拿捏了，憤憤抿白了雙唇，卻又無濟於事。方才聽他請自己去大理寺的那一瞬，她立即回想起先前幫助他時嗅到那些令她毛骨悚然的氣息。

那些遺物，無論表面偽飾得如何潔淨，她亦能聞到其中夾雜的血腥氣與沉澱腐朽的氣味，總讓她忍不住聯想主人生前的遭遇，甚至好似自己也要被殺害殞命了一般。但此時，這種恐懼因劍斫峰四平八穩的話語而消退了許多，失溫的雙手逐漸又有了熱氣。

雖然相識不算久，但劍斫鋒瞭解唐之婉，知曉她又被自己說動，語氣仍冷然，態度卻軟了許多：「時辰不早，我們即刻出發吧，不會太久的，屆時劍某再送妳回來。」

唐之婉認了命，嘴上未答應，繡鞋卻已邁了出去。兩人堪堪轉身，忽見巷口湧出一大群差役，領頭的與劍斫峰一樣穿著從五品官服，只是年歲更長些，看到劍斫峰，他忍不住右眼皮直跳，陰陽怪氣道：「劍寺正好靈光，不單能負責坐贓的大案、要案。這廂常寺卿才把殺人案交與本官，劍寺正竟已捉到凶嫌了？」

劍斫峰洞若觀火的雙眼難得流露出幾絲迷離，背手困惑道：「不知楊寺正所說凶嫌究竟指的是何人？」

「謔，」那楊寺正笑了起來，咂咂嘴，嘬得牙花直響，「劍寺正竟然不知道？還堪堪來這裡與凶嫌見面？當真讓楊某人佩服啊！不瞞劍寺正，我大理寺今日下午接到都畿道府來報，錢莊掌櫃之妻宋氏在用過這位唐掌櫃所製的胭脂後，暴斃而亡了。」

「什麼？」唐之婉的小臉兒瞬間煞白，連唇也抖了起來，模樣看起來比方才劍斫峰強拉她去參與查案時更慌張驚恐，蔥管似的小手死死捏住裙裾，指節都凸白了，「她前幾日不是還好端端的……怎會死了？」

楊寺正鼻翼裡發出幾絲哼嗚，似是對這等託辭司空見慣：「好端端的人自然不會死，必定是有人蓄意陷害！本來，這等街頭凶案由州縣衙門負責便可，但唐掌櫃的祖父是兵部尚書。如今我大理寺與各州縣衙門整頓風氣，要令『王子犯法與庶民同罪』。凶嫌既是三品以上大員的直系親屬，恐怕州縣官員會因忌憚而枉法。故而州縣把案件上交給大理寺，常寺正特交由楊某人負責審理，眼下便要請這位唐掌櫃回大理寺問話。唐掌櫃，是黑是白到大理寺一問便知，莫要在這裡浪費時間了！」

夏末初秋，晚風極是舒爽，唐之婉的雙手因緊張而顫抖不已，她悄悄將其交握，努力控制住情緒。

大理寺要整頓，令「王子犯法與庶民同罪」，本是件好事。不想這個節骨眼上，她竟被冤作了凶嫌要帶去大理寺。她自知並未殺人，不懼怕對簿公堂，擔憂的唯有臥病在榻的祖父。

祖父早先常年在遼東帶兵，寒氣浸染，肺脅一直不大好，到如今垂暮之年，脾肺更是虛弱。看眼前這位楊寺正，也不像是一夜便能查明白案子的人。唐之婉擔心祖父明早起來聽得消息後，一口氣倒不上來，心急如焚。還未穩住心神，她身邊的劍斫峰用四平八穩的聲線說道：「楊寺正，劍某可否同去？」

「你？這……」那楊寺正似是有些不滿，礙於同僚又不好直接拒絕，便打算用無盡的沉默趕客。

劍斫峰笑道：「這唐掌櫃就算被列入凶嫌，總可以請訟師的罷？她匆忙被傳喚，劍某便自請做她的訟師，既不許她以權勢威逼利誘，也不許對方設局攀誣陷害。一切的目的，便是與楊寺正聯手，使此案的審理可堪為我大理寺表率，好令楊寺正給上方有個交代。不知楊寺正意下如何？」

唐之婉知曉這劍斫峰絕對不是愛多管閒事的性子，除了查自己的案子，他幾乎不做任何事，連休沐日也時常泡在大理寺衙門裡，啃著乾巴巴的胡餅，看他那些案卷。除了破案外，他的情緒亦無有任何波瀾，唯有緝拿到凶嫌後，方會紓解眉頭，流露出幾分少年人的得意來。他雖不世故，卻並非不知世故，知曉自己年少，又負責涉五品以上官員之要案，為了不引起同僚的敵視，從不置喙同僚之事。

今日……他竟然要做自己的訟師？唐之婉震驚至極，嘴張得溜圓，連慌亂之中鬢髮散下一縷都未察覺，滿心只想著：難道這傢伙為了能繼續利用自己的鼻子幫他查案，竟連自己多年來的原則都不顧了？

果然，不單唐之婉本人，那位楊寺正也一副驚掉大牙的模樣，眼睛在劍斫峰與唐之婉之間來回逡巡：「劍寺正一向不愛插手旁人的案子，怎的今日……」

「今日劍某休沐，既然不當值，便與尋常百姓無異。不以大理寺正身分，而是作為唐掌櫃的友人，為她爭訟，避免攀誣，於法於理於情，可有不妥？」

聽到劍斫峰稱自己為友人，唐之婉更是震驚。一直以來她與劍斫峰周旋，都是為了薛至柔與那要死的孫道玄。若不是他們兩人交換了身體，怕被這精似鬼的劍斫峰發現異常，她絕對不會數次三番被劍斫峰拿捏，去幫他聞她最害怕的東西。不想這劍斫峰還是個蠻重義氣之人，竟就這樣將自己當做了朋友。

唐之婉與薛至柔不同，無法理不直而氣壯，安心接受別人的好意，旁人若待她好，她定要對對方更好才是。這世上她彷若只能心安理得接受自己家人與薛至柔的厚待，此時被劍斫鋒這般襄助，她不由得陷入了一種難言的惶恐裡。

劍斫峰見她發呆，忍不住蹙眉道：「唐掌櫃，妳說句話，可願劍某做妳的訟師？」

眼下祖父的安危大過天，欠的人情還是今後再還罷，唐之婉眼一閉，指著劍斫峰道：「當然……今日我便聘你做訟師，你別敲我竹槓就是了。」

說罷，兩人看向楊寺正，只見他沉吟片刻，篤定此事對自己有益無害，便鼓足氣勢，清清嗓音對眾人道：「回大理寺，升堂！」

待到了大理寺，聽到死者家屬的嚎啕，看到那黢黑房中的暝暝燭火，瞥見放在臺上的女子屍身，唐之婉還是忍不住腿發軟，嚇得渾身顫抖，躲在劍斫峰身後。

那死者的家屬乃是衣著華麗的一男一女，帶著幾名丫鬟、小廝，看到唐之婉，指著她的鼻子便上前唾罵，彷彿要生吞了她一般。

劍斫峰平素裡看起來雖高卻單薄，此時卻偉岸得有如兩千年前秦國的函谷關，能將六國之兵悉數擋下。只見他伸出左臂將唐之婉護在身後，冷聲道：「爾等有情緒或可理解，但案情尚未明晰，如若將人打傷，一樣有刑牢之罰！」

那起子人果然不敢妄動了，只是嘴裡還哭罵個不停。

劍斫峰抬頭便問：「楊寺正，可否開始問案了？」

現場雖有騷亂，但那楊寺正還是一板一眼地徐步走上半高臺上的位置，坐定後，又清了清嗓音，對堂下一男子道：「錢掌櫃，既是你報的官，便從頭如實再說一遍罷。」

男子本癱坐在地，掩面而泣，聽楊寺正如是說，看起來極其痛苦地掙扎欲起，屁股抬離地不過一搾高，又重重摔落在地，後經兩名小廝攙扶方勉強起身，一把鼻涕一把淚道：「回明公，小人錢坤，西市口錢莊掌櫃，去世的是我的夫人宋氏，這位則是夫人的手帕交周氏……前幾日，我夫人與周夫人一道上街，想採買些胭脂水粉，便逛到了這位唐掌櫃的店丹華軒裡。周夫人見丹華軒裡許多未見過的物什，十足好奇，但我夫人聽到價格只覺格外坑人，引得這位唐掌櫃不悅，發生口角。後經一位小娘子勸說，雙方不再爭論，我夫人便與周夫人一同出了那丹華軒。行至南市口時，這位唐掌櫃突然追了出來，贈與我夫人與周夫人一人一份胭脂，我夫人便收下了。回家後沒幾日，她便與我說頭暈、噁心，我未當回事，只道讓她好好歇息。今日午後，她說身子好多了，約了周夫人一道出門，採買乞巧節的用具，哪知她才梳妝罷，忽然說難受得厲害，面色一下子慘白起來，我忙讓小廝去尋郎中，郎中來時便說我夫人中了毒，救不活了！我忙差遣人去府衙報案，等官差來了，我夫人就……」

這錢掌櫃說著，又嗚嗚咽咽哭了起來，椎心泣血，悔不當初。

楊寺正的目光在唐之婉與劍斫鋒間又逡巡一圈，憤憤道：「仵作已驗明，這位宋夫人死前的確塗了唐掌櫃給的胭脂，可謂人證、物證俱在！本官真不知曉，妳們不過買賣不和，為何便要送人毒胭脂，取人性命！」

差役以白絹相隔，呈上一枚小小的瓷甕。

劍斫峰接過看了一眼，轉問唐之婉：「唐掌櫃，此物妳可識得？」

唐之婉抬眼飛快地瞥了一眼，又低下頭：「這……確實是我送的。」

劍斫峰將那瓷甕拿至唐之婉眼前：「唐掌櫃仔細聞聞，裡面這胭脂膏，有無異常？」

唐之婉湊上前嗅了嗅，頹然回道：「是我做的東西，並沒有什麼不對勁……只是，為什麼會毒死人呢？」

楊寺正一挑眉道：「下官亦找大理寺精於辨認氣味之人確認過，與唐掌櫃店中所賣的胭脂氣味完全一致。可見，該胭脂並未被人做手腳。」

本以為胭脂中定然有人搗鬼，誰料唐之婉承認得卻是乾脆。劍斫峰還想再問幾句，唐之婉的視線卻不與他相交，好似……有難言之隱。劍斫鋒眉頭緊鎖，只覺此事比想像中更複雜。

楊寺正繼續說道：「宋夫人之死確在其塗抹胭脂之後，之間相隔不到一炷香的功夫，二者關聯甚密，死者又有面色蒼白等疑似中毒之證。可見，宋夫人之死定然與唐掌櫃脫不開干係。依照《永徽律》，『諸以毒藥藥人及賣者，絞』。劍寺正，不知本官如此判決，你可有異議？」

聽聞自己竟要被判處絞刑，唐之婉嚇得連出氣都不會了。是了，那宋夫人所用的確是自己做的胭脂。她也不知道其中到底出了什麼岔子，若是有人在其中兌毒，她必定能嗅出來，此時此刻卻全然沒有頭緒。她閉上眼，呼吸莫名停滯，彷彿不等大理寺行刑，便要活活憋死自己。

劍斫峰目不轉睛地盯著唐之婉的一舉一動，見她滿面愧色，心頭好似被無形之手大力一揪，一向清明的思緒竟亂作一團。他雖與唐之婉雖相識不久，卻很瞭解她的心性，知曉她常常陷入自苦與自我否定，亦收不起那氾濫的同情心。眼下他暫時找不到第三方陷害的證據，但只要是人做下的案子，就一定會留下蛛絲馬跡。怕就怕，她當真以為是自己在配胭脂的過程中不慎混入了毒物，導致那宋夫人過世，繼而認下罪名。

劍斫鋒盡力平穩住呼吸，重新拿過那只小瓷甕，打開仔細觀察。

胭脂膏體約莫占罐子的八成，其上有些用過的痕跡，旁側有一塊被挖至瓶底的小洞，應當是仵作為了驗毒挖開的。

「這胭脂究竟有毒、無毒，是何種毒物，怎的半晌不曾說起？」劍斫峰問。

一旁的仵作看了楊寺正一眼，支吾回道：「這……恕卑職無能，無法驗出這其中含的是什麼毒物。」

仵作話說一半，被楊寺正打斷：「哎哎，劍寺正，這但凡驗毒，無非是以氣味嗅之，火燎驗之，再加以屍身模樣辨之。可天下毒物千千萬，豈能因驗不出便不定罪？宋夫人方抹了胭脂便斃命，難道還不足以證明唐掌櫃有罪嗎？」

「話可不能這麼說。」劍斫峰心裡有了幾分成算，邊踱邊道，「每年大理寺整理各地卷宗，遇到死者因誤食魚刺而卡死的不下百件。若按楊寺正之意，天下賣魚之人，盡皆該殺了？」

劍斫峰這一席話，令楊寺正一時間無法反駁。趁此機會，劍斫峰走到唐之婉面前。唐之婉懵懂著抬頭一望，只見他俊逸身軀擋住了駭人的死屍和咄咄逼人的楊寺正，臉上帶著一抹年輕自信，成竹在胸的笑意，拍了拍唐之婉的肩，低聲問道：「別害怕，且看著我，如常回答我的問題便好。」

彷若在苦寒之地被冰封後，終又被暖意包圍，唐之婉終於一點點破繭，徐緩恢復了呼吸，輕輕頷了頷首。

劍斫峰不疾不徐地問道：「妳這胭脂，除了宋夫人外，可還給其他人用過？」

「這盒胭脂是我近來新研磨出的佳品，確實用的人還不多，但除了宋夫人外，亦有其他幾位夫人收過我贈的小禮，只是對方用沒用，我便不清楚了。」

「都是何人？可曾留下紀錄？」

「店內有帳簿記著。」

「新品的配方，可有獨特之處？」劍研峰又問。

不知是因為眼前之人，還是因為話題轉圜到了她熟稔的領域，唐之婉不復方才那般縮手縮腳，思路清晰答道：「這款胭脂在尋常配比外，取了風靡我大唐的嶺南荔枝，研磨提取出含有香氣的精華粉末摻入其中，故而除色澤美豔絕倫外，更有一股荔枝的香甜氣息。為此我特意遣了匠人去了嶺南，建起作坊，在那裡將新鮮荔枝研磨風化成不易腐朽的粉末，再發往洛陽的丹華軒。據我所知，整個大唐我應當是用此法的第一人，這物什成本可要比其他胭脂貴多了，我已經是竭力壓低售價，但那日還是被宋夫人與周夫人嫌貴了。」

劍研峰將小瓷甕湊近自己鼻子嗅了嗅，果然在後段有一股明顯的荔枝香氣。劍研峰示意差役，將小瓷甕奉與楊寺正，楊寺正嗅罷，冷哼了一聲。

「妳這番話，只是妳一面之詞。荔枝固然不是毒物，可誰知道妳這胭脂裡有沒有摻入別的有毒之物？」

見楊寺正仍陷在此前的窠臼裡打轉，劍研鋒反駁道：「楊寺正，想要遍識天下之毒，固然困難，可要試出這胭脂中假定存在之毒有無毒害，卻並非難事。楊寺正若是不嫌棄，不妨……」

楊寺正仍不以為然，嗤笑一聲道：「劍寺正，看你這架勢，對這位唐掌櫃可是頗有信心啊，左不成是你要親自試毒，好為這位唐掌櫃洗白罷？不過所謂『爾之蜜糖，彼之砒霜』，這胭脂也放了許久，毒性跑了也未可知。橫豎你無法證明當時在那一刻，不是因為唐掌櫃的胭脂而令宋夫人斃了命的。這案子，本官看，已是死局，奉勸你還是不要繼續狡賴，免得惹一身騷，把一世英名都毀嘍！」

劍斫峰見慣衙堂上的風浪，怎會被如此一番話嚇到，微笑回道：「劍某的事便不勞楊寺正費心了。如今既然不能證明是唐掌櫃殺人，亦不能洗去她的冤屈，劍某提議，今日問詢便到此罷。不出三日，我等便帶證據來，請楊寺正屆時再做審訊。」

「這……」

算準了那楊寺正要出聲反對，劍斫鋒先聲奪人：「難道楊寺正有確鑿證據，抑或是立即能驗出這瓷甕中是何等毒物嗎？」

劍斫鋒這提議合律合規，楊寺正無法，只得答應。其後劍斫鋒便大步帶著腦子猶如一團漿糊的唐之婉出了門，恰好遇到策馬趕來的薛至柔與孫道玄。

薛至柔已瞭解了事情大概，見唐之婉被放了出來，放心了許多，玩笑道：「緊趕慢趕還是來遲了一步，沒趕上庭審。想必有英明神武的劍寺正在，唐掌櫃應當無虞了罷？」

唐之婉看到薛至柔，瞬間紅了眼眶，哽咽罵道：「算命的！妳怎的算不出是非凶吉，怎到現在才來找我？」

劍斫鋒見唐之婉恢復了幾分精神，心裡暗暗鬆了口氣，目光不由轉向了薛至柔身後的孫道玄。

孫道玄一怔，似是覺得自己這扮相無懈可擊，連聲音都不曾刻意改變：「在下純狐謀，薛大將軍麾下舍人，此一次隨樊夫人進京，奉命保護瑤池奉。」

許是心思還在唐之婉身上，劍斫鋒雖心有疑慮卻無心糾纏，叉手向孫道玄見禮，玩笑似的點了點自己的左臉：「閣下臉上的傷痕，倒是不同尋常。」

「自幼被人狐養大，姓氏亦是由此得來，這臉上的傷口，乃是幼年被別的人狐抓傷所致。」孫道玄說著薛至柔教自己的神乎其神托詞，面不改色心不跳。

劍斫鋒聽罷，淺淺一笑，不再追問，轉而對薛至柔道：「眼下只是暫時退堂，還未最終定論。劍某身在大理寺中，諸事不便，許多事恐怕需要瑤池奉出力。可否借一步到靈龜閣說話？」

薛至柔自然應承，四人乘著月色，一道回了靈龜閣，在之前李隆基與樊夫人談話的堂屋坐了下來。

劍斫峰將案情重複一遍，孫道玄聽罷，眉頭緊鎖，卻什麼也沒說。薛至柔更似全然未曾聽進去，逕自擺弄著桌案上的龜板、蓍草，好似在占卜凶吉。

片刻的沉默之後，劍斫峰實在看不下去，將話題抛給了薛至柔：「聽聞妳那日亦在丹華軒？」

「對啊。」其實，那日薛至柔尚在汴州，乃是孫道玄用著她的身子，唐之婉恐怕他說漏嘴，教他一些薛至柔的習慣與語氣，恰好便碰上了這位宋夫人與周夫人。

但這等事哪裡能告訴劍斫峰，薛至柔一邊應承，一邊在木案下偷偷扯了扯孫道玄的袖籠，讓他也留神聽著。

「敢問當時是何等場景？」

薛至柔免不了又憑藉自己非凡的猜想編排道：「大體的情形，與你們今日問案時說的大差不差。但有一點，讓我有些疑慮，便是那宋夫人。她好似根本分不出不同胭脂的氣味差別，故而我懷疑，她啊，是個天生的齆鼻。」

「何以見得？」劍斫峰追問。一旁的孫道玄也抱起胳膊，饒有興味地看向薛至柔，想聽聽她胡說八道的根據是什麼。

誰料薛至柔卻嘿嘿一笑，賣了個關子道：「此乃天機，不可洩露。如若不是這樣，她也不至於稀裡糊塗的被人害了性命。至於旁的，你且待我明日去問問。若當真能驗證我這結論，等再度升堂時，與那真凶一對質，你們就都能明白了。」

唐之婉聽出了弦外之意，瞪大眼睛，以手掩口：「妳的意思是……那宋夫人是被人陷害的？」

第十八章　離枝連心

確定了宋夫人之死並非意外，而是有人蓄意陷害之後，眾人分了工。眼見就要宵禁，薛至柔勸唐之婉今日就宿在丹華軒，但她掛心祖父，仍堅持要回尚書府，孫道玄便套了馬車，由劍斫鋒駕車送唐之婉回立德坊。

他兩人離開之後，薛至柔不知又遛哪去了。孫道玄見怪不怪，鎖緊了院門，從深井裡汲出一桶水，將銅盆放在磨盤上開始梳洗。抹了香灰的髒汙頭髮被重新捋順，假意的刀疤從清俊的面龐上移開，露出惹是生非的五官，連駐足梨樹上的雀鳥都忍不住探頭一觀。

忽然間，身後廚房的門被打開，原是那薛至柔腹餓，去廚房翻吃食去了。孫道玄勉強睜開眼，冷冽的水滴順著下頷骨滑落，濕漉漉的上下睫毛黏做一片，朦朧間，什麼也看不清，被廚房門板子一敲，趔趄就要摔倒。

薛至柔慘叫一聲：「鬼打牆了！」下意識伸手去拉他，俯仰之間，兩人氣息挨得極極盡，薛至柔甚至能感受到孫道玄面頰表面的冷水正蒸騰起濕熱的氣息。

無月的夜裡，有那麼短短一瞬間，孫道玄似乎覺得眼前之人的雙眼比最明亮的星子更耀眼。但也就那一瞬，下一刻，薛至柔便目放賊光地喊道：「你也發現了，是不是？」

這話像是打啞謎似的，若是旁人早就懵了，難得孫道玄接得上，冷冽的聲音回道：「是，我也發現他們兩人不大對勁。男女之間，若是清白，身體是不會那般不自覺地靠近對方的。」

薛至柔大拊掌，語氣有些激動：「你說的不錯，雖然只看見那一眼，我也能篤定他們之間必有姦情！」

「倒也不必說是姦情罷？」孫道玄語速慢慢，「縱便是妳不看好，他們……」

「你可是話本看多了？都殺人了，左不成還讓我覺得他們是天造地設的野鴛鴦罷？」

「殺人？」孫道玄終於開始意識到他們所說存在偏差，蹙眉問，「妳說的……不是那劍寺正與唐二嗎？」

「啥？」薛至柔彷若受到了驚嚇，「我說的是死了的宋夫人的丈夫與她那手帕交啊！方才在大理寺門口，你沒看見他們兩個身子都快歪到一處去了嗎？」

那孫道玄到了大理寺，多少還是怕的。就算作了偽裝，也不知會不會被突如其來放出的獵犬襲擊，故而他前後眼都只顧著那劍斫鋒，根本沒有注意旁人，此時聽了薛至柔這話，不由陷入了沉思。

而薛至柔比他更加困惑，不住問道：「你說劍斫鋒那小子與唐二娘子的事可是真的？我不在那段時間到底發生什麼了？那小子是不是誆騙我們家二娘子了？」

薛至柔心情急迫，越說湊得越近，孫道玄看著她近在咫尺的俏麗容顏，只覺得喉頭發緊，不自在地甩下一句：「妳還是想想怎麼給唐二洗冤罷」，便逃也似的回閣樓躺棺材板去了。

薛至柔一臉狐疑地看著孫道玄房中的熒熒微光，心想劍斫鋒那混小子恐怕當真是趁她不備誆騙了唐二娘子，難怪三、五日的來尋她，見她攤上官司急得上躥下跳的。

薛至柔既好氣又好笑，一屁股坐在了方才孫道玄所坐的磨盤上。可她心裡並未再想唐之婉與劍斫鋒的事，而是在想方才與孫道玄氣息相交的那一瞬間。

不知為何，她竟覺得這場面曾發生過，可搜腸刮肚思量，卻根本摸不著頭緒。薛至柔搖搖頭，暫時將這些事拋諸腦後，畢竟眼下最要緊的可是先為唐之婉洗清冤屈，只是不知道短短三兩日的時間，那劍斫鋒到底靠不靠得住？

一輪清淺的上弦月掛於天幕上，朦朧得好似隨時會被流雲吞沒。劍斫鋒駕著車馬，飛快地駛向立德坊。

時辰雖已不早，南市卻依舊燈火如晝，過了新中橋後，照亮前路的便只剩下了民宅透出的點點燭光。

唐之婉一言不發地坐在馬車裡，豐潤的雙唇抿著，四周發白，唇中殷紅，仿若時興的蝴蝶唇妝。此時此刻，她表面平靜，內心卻是五味雜陳。

果然吶，父母的話分毫不差，想要憑靠手藝開一家鋪子，自給自足當真不易。只是擅長調配穠麗秀美的顏色，只是擅長製作馥鬱沁脾的香氣，便以為自己能做出最好的胭脂，傻乎乎地開了丹華軒。全然忽略了自己並不懂得如何經營生意，大半年間賣出的胭脂屈指可數。

可她並不想放棄，想起開張那日，年邁的祖父帶著許多部將前來為她打氣助威，她便能抖擻被失意之雨淋濕的羽翼，重新振作起來。

但眼下的危機，卻是令她陷入到了前所未有的自我否定中。她做的胭脂……竟害得一個好端端的人丟了性命，每每想到此，唐之婉的眼淚都會迅速漫上眼眶，無法遏制。

劍斫鋒專心駕馭著馬車，一路無話，此時卻像是背後長了眼，忽然出聲道：「妳平日裡不是很愛說話嗎？怎的今日倒是鴉雀無聲了？」

唐之婉飛快地將眼淚揩去，竭力穩住聲線：「我在想案子的事……也不知道薛至柔怎麼就判斷那位宋夫人聞不見氣味的，這三兩日的功夫，怎麼查得清啊……」

「瑤池奉應當不至於不中用，」劍斫鋒未回頭，聲音十分渺遠，像是午夜夢迴輕柔的囈語，「更何況，有我在。」

唐之婉一怔，徹底鬆了緊抿的唇，唇口間血色逐漸充盈，欲說還休。

尚不等她開口，劍斫鋒便又說道：「不過，方才我粗略算了算妳那款胭脂膏的成本與售價，幾乎不掙錢，妳這又是何苦？」

「荔枝貴價難得，且難保存，我想讓天下的小娘子都知曉荔枝是什麼香氣，每日勻在口上，便能開心幾分……」唐之婉說著，又恐劍斫鋒笑話她，提高了兩分嗓音，補充道，「而且，等它打開了銷路，我自然會提價的！」

「妳這算盤，倒是當真不錯。」劍斫鋒輕輕笑著，那笑聲被淺薄的月色相融，徐徐襲來，緩緩淡去，竟莫名有些寵溺的意味。

惹得唐之婉越發心虛，沒頭沒尾地嘟囔了一句：「我可是最不願意欠人情的……」

「若不想欠我，待此案結束，妳答應我一件事做回報，如何？」劍斫鋒沒覺得她莫名其妙，反而接得很順口，「劍某亦有求於妳。」

「好，」唐之婉應得快，應罷才又問道，「劍寺正何事相求？」

說話間，馬車轉過幽黑的長巷，尚書府霍然眼前，不算奪目的燈籠刺得兩人瞇起了眼。方才的談話也像是被遺留在了無盡的暗夜裡，不再被提及，劍斫鋒跳下馬車，轉頭對唐之婉道：「尚書府到了……唐掌櫃，荔枝安神，妳且安心好睡，只待三日後升堂罷。」

三日後正是七夕乞巧，大唐歷經武后一朝，女子天性開放，除了傳統的穿針乞巧外，還會集會郊遊，甚至穿上胡服騎裝，跨上騏驥，打一場酣暢淋漓的馬球。

南市裡亦是熱鬧，笑語盈盈，只是不少姑娘婆婦走到那紅燈籠高掛的丹華軒，卻發現今日沒有開張，由不得面面相覷。

確實是奇也怪哉。這丹華軒開張大半年，雖然生意不好，但每日路過都會開著門，內裡裝潢十分漂亮，掌櫃是個衣著絹繡，面容昳麗的小娘子，縱使她們只看不買，她也始終笑吟吟的，從不青白眼看人，怎的今日這樣的好日子倒是關了門？他們當然不知曉，此時此刻唐之婉正焦急等在大理寺的正門外，等著那樁案子了結。

尚未到升堂的時辰，劍斫鋒與薛至柔都沒有到，縱使有這一正一邪兩位響噹噹的人物作保，唐之婉依舊覺得心口好似壓著一塊石頭，久久無法透上氣來，並非是不信他們，而是不信自己。

唐之婉垂頭看著繡鞋，不與來往之人相視。忽然間，一雙手從身後蒙住了她的雙眼，唐之婉毫無遊戲的興致，悶聲道：「薛至柔，別鬧了……」

薛至柔倒是一副成竹在胸的模樣，嘻嘻笑著：「唐掌櫃有什麼可煩的？就算沒有我這京洛第一法探，有劍寺正，也不會讓妳白白蒙冤的罷？」

到了眼下這個節骨眼，薛至柔竟還只顧著打趣她，唐之婉不復方才蔫蔫兒的模樣，挺起身子準備回嘴，忽聽身後傳來劍斫鋒的聲音：「都來了？快進來罷。」

兩人忙跟著劍斫鋒往大理寺衙門內走，薛至柔還不忘擠眉弄眼地打趣，唐之婉好氣又好笑，又怕劍斫鋒聽見尷尬，低聲轉了話頭：「對了，那純狐謀哪去了？」

「他的工作做完了，還是不大方便來這裡，我讓他待在靈龜閣了。」

說話間，劍斫鋒帶著兩人又進了那日問案的偏廳。這大熱天的，仵作也是不嫌晦氣，竟還將那死者放在了堂中，周圍還放了幾只冰桶。除去死者外，來的活人亦與那日雷同。

楊寺正見又有閒雜人等跟來，忍不住眉頭直跳：「瑤池奉，此處沒有法事，妳來此所為何事啊？」

「沒有法事，卻是有冤魂吶。」薛至柔嘿嘿一笑，操手道，「而且啊，楊寺正有所不知，我可是此案的目擊人！那日宋夫人來丹華軒時，我瑤池奉就在丹華軒，恰好看到她們口角的全過程。」

「周夫人，彼時妳們進店，這位瑤池奉可在嗎？」楊寺正問道。

周夫人抬起朦朧淚眼，上下打量薛至柔一番，遲疑道：「應當是她不錯，只是……那日她好似比今日看起來漂亮些……」

自然是漂亮些的，孫道玄用著這副身子的時候，每日都會花一炷香的功夫為她妝點，穿的亦是壓箱底的月華裙。哪像薛至柔日日穿著道袍，連髮髻都是最簡單的，用個玉鈿隨便一挽，所以唐之婉常說她仗著天生麗質胡作非為。

薛至柔不在意這些有的沒的，只記掛著孫道玄告訴她的細節：「哎，這些都是小事。我可是記得，那日宋夫人的胭脂便是周夫人代為挑選的。周夫人，我所說不錯罷？」

「唐掌櫃，果真如此嗎？」劍斫峰問道。

唐之婉知曉那日的薛至柔並非真正的薛至柔，生怕大理寺問話會暴露，給她與孫道玄添麻煩，故而一直沒有提起。眼下見薛至柔自己說了出來，應當是已經與孫道玄說好了，便點了點頭道：「是這樣沒錯。當時周夫人很仔細地聞了半晌，為自己和宋夫人選了這款胭脂，拿來找我結帳。但宋夫人嫌貴，還罵我是奸商，我們便吵了起來。瑤池奉勸我『和氣生財』，我想著和客人對罵確實不對，便拿出這款胭脂的樣品，追出去贈予她們，想著讓她們先用上試一試，或許覺得好用後會回心轉意，這不就會有生意了嗎？哪知道竟出了人命……」

「周夫人，確有此事嗎？」楊寺正問道。

周夫人笑得溫婉得體：「摯友之間，這不是很正常嗎？」

「一、兩件是正常，有來有往亦是正常，但若樁樁件件，凡是與氣味相關的物件皆由旁人代勞，是否就不正常了？」劍斫鋒反問道。

周夫人仍保持著笑意，但那笑容卻肉眼可見地垮了兩分，嘴唇動了動，卻沒有發出一個音。

劍斫峰不理會周夫人是否答話，繼續說道：「楊寺正，周夫人好似有難言之隱，但此事於本案至關重要，劍某便僭越代勞了。宋夫人之所以會讓周夫人代為挑選胭脂，乃是因為她天生齆鼻，只能看見胭脂顏色，根本聞不見胭脂的氣味。錢坤，我所說可是事實？」

那位錢掌櫃雙眼轉了轉，顯得氣憤又傷心：「是……我夫人自幼不辨氣味，可這與我夫人之死有何關係？我夫人嗅不到氣味，便可以無辜被唐掌櫃的胭脂毒死嗎？」說罷，錢掌櫃又忍不住開始哽咽，惹得一眾丫頭、小廝亦摀臉哭起喪來。

楊寺正顏面上有些掛不住，劍斫峰卻不以為意，不疾不徐答道：「如果不塗唐掌櫃的胭脂，宋夫人便不會死，這一點，毋庸置疑。」

似是沒想到劍斫鋒會這樣說，在座除了薛至柔外，皆出聲譁然。

唐之婉的雙手又忍不住抓住了裙裾，雙眸裡困頓越濃。

似是算準了眾人的反應，劍斫峰冷眼看戲，隨即話鋒一轉：「可這並不意味著唐掌櫃有罪。劍某先前就說了，這件事就如同吃魚卡刺，不能就此斷定賣魚的殺人。唐掌櫃並不知曉宋夫人不能用這款胭脂，宋夫人亦不知曉這盒胭脂會害死她，反倒是在場之人中，有一人，利用宋夫人聞不見氣味這一點，做下了這害人性命之局！」

堂下已漸漸安靜下來，眾人如有所悟，目光齊刷刷地望向了周夫人。

周夫人起了心虛，訕笑著強辯道：「我是選了胭脂，卻並沒有買啊？是唐掌櫃主動送了胭脂給我們，我又沒強迫她，與我有何干係？下毒殺人的是她，怎竟歪賴起我來了？」

劍斫鋒本無甚表情，聽了這話卻陡然起了怒意。利用他人的仁善來殺人，還要讓他人背鍋，何其可惡？就算今日被冤枉的不是唐之婉，他劍斫鋒也不會袖手旁觀。

薛至柔看那劍斫鋒眉頭緊擰如虯，生怕他關心則亂，不顧身分把那潑婦打了，忙從隨身的包袱裡掏出一枚三清鈴，行至那宋夫人的遺體旁邊，煞有介事地念叨起咒語來。

錢掌櫃立即上前阻攔：「妳做什麼？」

薛至柔一臉委屈，也不正面回答，轉向楊寺正：「明公，若是我沒有記錯，常寺卿先前說，大理寺的案子中，若有原因不明暴死之人，便可交由我崇玄署，看是否是受魑魅魍魎驚嚇所致，我沒說錯罷？」

楊寺正本質上與劍斫峰一樣，對於這位裝神弄鬼的瑤池奉頗為不屑，但打從葉法善被請入牢，大理寺諸多與「玄」、「道」相關的事便只能找她相問。畢竟……這大理寺就算能查明案子，卻超度不了冤魂，要請崇玄署幫忙的地方委實不少。

楊寺正不得不嘆了口氣，言不由衷道：「錢掌櫃，這洛陽城裡，亡故之人想請瑤池奉送一程的可不少，連皇親國戚都得排隊。如今她分文不取，來此送送你夫人，你就莫阻攔了罷？」

有楊寺正發話，錢掌櫃不得不放下了阻攔的手。

薛至柔行至屍身頭部的正後方，煞有介事地念了兩段超度經文，忽然蹲下身，睜大明亮的雙眼望著那屍身，故作驚訝道：「什麼？妳說有話與我說？」

話語終了，四座皆驚。薛至柔俯身將右耳靠近宋夫人的嘴唇，趁眾人目光集中在自己臉上的機會，偷偷摸出一個煙丸往腳後跟處一摁。煙丸暫態裂開，放出一股濃濃的白煙，將薛至柔與宋夫人的屍身都捲入其中，萬事萬物皆看不真切了。

三清鈴聲一響，一個人影於霧中漸漸現出身形，正是薛至柔。但她的道帽落在一旁的地上，髮髻亦變得有些凌亂，眼神無比犀利，彷彿像是被宋夫人上了身。

薛至柔的目光在眾人身上逡巡一圈，最終落在周夫人身上，哭罵道：「妳為何害我！為何明知我有消渴之疾，還讓我用妳那帶有荔枝粉的胭脂？」

錢掌櫃再也忍不住，斥道：「一派胡言！明公，這位瑤池奉明顯是為了給友人脫罪，裝神弄鬼，故弄玄虛！」

「瑤池奉此刻正在通靈。」劍斫鋒本來對這些事不屑，此時卻覺得很有趣，冷笑道，「你若將其打擾，令她魂魄無法歸來，該當何罪？」

錢掌櫃唇口顫抖，剛要反駁劍斫鋒，便見薛至柔僵硬地扭頭，轉向自己，滿眼怨恨：「這錢莊本是我宋家的，因為我爺娘無子，這才招了你這前店的小學童做上門女婿。起初你也算勤快，可前幾年我爺娘相繼去世，你待我便不復當初。後來，你非但壟斷了錢莊的事物不許我插手，還動手打我，如今看來，定是你有了二心，所以就與她一道串通好，要將我害死罷！」

「妳，妳這真是，一派胡言！」錢掌櫃不知是氣是怕，渾身發抖，衝上來就要打薛至柔。薛至柔眼疾手快，拔出身後的桃木劍相抗衡，即刻便有差役上前將那錢掌櫃控制住。

薛至柔已惹得這兩人狗急跳牆，劍斫鋒瞅準時機，上前幾步，望著那屍身道：「說來真是奇了，這位宋夫人妝容齊全，怎的唯獨沒有塗口脂呢？」

「劍寺正問得好哇，自然是因為，口脂乃是此案最為關鍵的證據嘍！」薛至柔的聲音從劍斫鋒身後傳來，只見她不再裝神弄鬼，回到唐之婉身側，蹲下撿起道帽戴上：「先前我一直有個疑惑，便是那消渴疾患者皮膚接觸荔枝粉末，並不致命。這位宋夫人起初只是頭昏噁心，第二次竟直接死了，實在是令人困惑。故而起初我猜想，歹人或許是靠其他物件投毒，並非局限於胭脂膏本身。這正是犯案歹人最聰明，也是最愚蠢的地方，大家請看看這問宋夫人的唇口。」

那楊寺正越聽越糊塗，也撐著桌案起身來看，卻一點端倪也沒看出來，他禁不住有些急躁：「到底是何意，你們莫要在賣關子！」

劍斫鋒心裡有些嫌他，嘴上沒有說，只道：「她臉上畫著全妝，卻唯獨沒有點絳唇，只能說明一點，便是她的嘴唇被人擦拭過了。」

「不錯，」薛至柔接道，「近年女子點絳唇不再用胭脂膏，而是改用朱砂紙，如此塗出來的口脂均勻，色澤豔麗。可這位宋夫人呢，卻始終保持著用胭脂膏點絳唇的習慣。」

「也就是說，她之所以會因消渴疾突發以致身亡，不是因為皮膚吸收，而是口服下了胭脂膏。」劍斫峰接道，「仔細看看，尚可以看到她唇縫間夾雜的絲縷暗紅色。宋夫人體豐，消渴疾十分嚴重，故而常日裡除了服藥外，飲食也頗為講究，這件事只需求證錢莊常請的郎中便可以證實。除此外，劍某還想請一位人證上堂。」

開始抽絲剝繭斷案之時，楊寺正的神情也變得十分肅然，眼下嫌隙盡數摒棄，只剩下對於真相的無盡追求。他抬抬手，示意差役按劍斫峰所說，將人證帶上堂來。

片刻後，一小丫鬟怯怯走上前來。

劍斫峰衝她一頷首，對眾人道：「這位便是宋夫人的貼身侍婢，對宋夫人近日的情形可謂一清二楚。敢問宋夫人頭一次噁心難受是何時？」

「約莫五日前。」小丫鬟小聲回道，「聽聞魏王池有些晚開的荷花甚美，我們夫人與周夫人約了其他幾位老友一道前去觀賞，夫人成妝後不久便開始覺得噁心。只不過，我和夫人都以為是暑氣返熱，所以當時未曾留意。」

劍斫峰又問道：「在宋夫人與周夫人一道前去丹華軒之前，宋夫人有沒有接觸過這種胭脂？」

丫鬟楊氏看了一眼周夫人，似是下定了決心告發，對劍斫峰點頭道：「用過。約莫五日前，周夫人曾來找我們夫人，彼時她便用著這款胭脂。我聞著氣味很好聞，但我從未見過荔枝，便無從分辨這到底是什麼味道。我們夫人見她口脂顏色很漂亮，便問她是在何處買的。她說是從旁人處得的，借給我們夫人用了。我們夫人很是喜歡，便與她相約一道去採買。周夫人走後不久，我們夫人就開始頭暈噁心了……那周夫人還特意派人來問候過我們夫人！」

劍斫峰目光如劍，轉向周夫人：「妳與宋夫人乃是手帕之交，宋夫人亦告訴過妳，自己患有消渴疾，不能碰荔枝等物。妳某次從旁人處得了這款胭脂膏，得知其中有貨真價實的荔枝粉末，便開始籌謀這個毒計。為了測試是否有效，妳專程帶了那胭脂膏去她府上，確認確實會令她發病，方又約了她去丹華軒。若是我猜想的沒錯，那日就算唐掌櫃沒有拿胭脂膏贈與妳們，妳也會數次三番帶著那胭脂膏去給她用，直至她死亡為止！」

「你！血口噴人！」周夫人渾身發抖，卻仍梗著脖子強辯，「我……我怎能左右她用於不用，什麼時候用，我……」

「是嗎？」劍斫峰冷笑道，「據妳府上人透露，妳們從丹華軒回來後，翌日妳又約了她與其他幾位相熟的夫人一道出遊。妳知曉有其他人在，她必定盛裝出行，多半會用到這款胭脂。然而這些都還不夠，為了讓她徹底斃命，妳特意去北市口的糕點鋪子，買了她最愛吃的乳扇。她妝點完，妳帶了這乳扇來，她沒忍住品嘗，便將那含了荔枝粉的口脂吞入腹了許多，毫不知情的她又進行了第二次補妝。唐掌櫃說過，這並非尋常的荔枝粉末，而是經過提純，吸取精華。看似只是小小劑量，可正因為純度過高，便足以令她因犯消渴病而斃命了！」

「你……胡編亂造！」周夫人尖叫道，「我與宋夫人是手帕之交，已相識二十餘年，豈容你們……」

「是嗎？」一直沉默的唐之婉忽然開了口，「妳若當真在意她，為何下意識喊出的不是她的乳名，而是『宋夫人』……」

「也正是因為妳與她相交這二十餘年，不然妳如何那麼清楚知曉她的習慣。」劍斫峰聲音越冷，「昨日瑤池奉打探妳周遭鄰居得知，去歲妳寡居開始，錢掌櫃便頻頻夜訪妳的宅邸，故而劍某斗膽猜測妳定與錢掌櫃有染。妳是為宋家之財，他則覬覦妳美貌能生養，妳二人裡應外合做了這個局。只可惜，宋夫人只怕至死都不知曉，害她的竟然是她的閨中密友與枕邊人！」

「人是她殺的，與我無關啊！」那錢掌櫃見周夫人被抓住命門，急切撇清干係，「此婦惡毒，曾想勾引於我，但我可沒有答應她害我妻室！」

「你！」周夫人氣急，也顧不得顏面了，低聲吼道，「好你個負心的王八，明明皆是你出的主意！」

眼見真凶不打自招，劍斫峰適時上前叉手一禮道：「楊寺正，如今人證、物證俱在，周夫人夥同錢掌櫃，利用丹華軒掌櫃唐二娘子謀害宋夫人。劍某走訪了其他幾位用過唐二娘子所製胭脂的夫人，均未有任何不適。可見，唐掌櫃的胭脂無毒。宋夫人的死，乃因在周夫人的欺瞞下，過量誤食胭脂中的荔枝粉，觸發自身消渴疾所致。昨夜仵作複驗結果，亦認為消渴疾急性發作為死因。可見，宋夫人之死，應由周夫人與錢掌櫃負責，與唐掌櫃無涉。」

得知昨天入夜劍斫峰還在為自己的事情奔走，請大理寺的仵作來複驗，唐之婉滿心說不出的滋味，正如那荔枝，甘中有酸，耐人回味。再偏頭看看自己如釋重負的摯友，滿心過度的自責與自我否定終於逐漸消弭，又被那種不張揚卻足夠充盈的赤誠填滿。

她沒有再去關注凶嫌的撒潑強辯，待楊寺正宣布她無罪後，便走出了廳堂，重新站在了夏末尚暖的陽光之下。

劍斫鋒不知何時跟了出來，他的眉眼亦舒展開，少年人意氣飛揚，匆匆走上前對唐之婉道：「唐二娘子留步……待處理完此事，劍某有要事對妳說。」

第十九章　草木知冰

唐之婉可以發誓，她從未像眼前這般緊張無措過，就算那日被莫名其妙帶入大理寺，也沒有像現在這般，滿心火燒火燎的。

她閉了閉眼，雙手交抱於胸前，做出一副天地不懼的模樣來掩蓋此時的慌亂，極其認真地想，若當真細論起來堪比此時的緊張，在她遠不算漫長的人生裡還是當真有兩回的。

一次是小時候在遼東，與薛至柔學古人「臥冰求鯉」，兩人不慎掉進了冰窟窿裡，被打撈上來時，對上樊夫人要殺人似的雙眼，那感覺……當真比瀕死可怕；另一次便是大半年前，她接到消息稱韋皇后將要為她賜婚時，那種無法左右自己命運的感覺，彷彿喉有鯁骨，背有芒刺。

此時此刻，她竟因為劍斫峰一句「有話要說」，而體會到有如這兩次決定生死或者運命時刻的緊張。

說來也不全然是因為劍斫峰，更因為薛至柔那低聲的起鬨，不住詰問「今日七夕，他可是要向妳表明心跡？」在今日之前，唐之婉從未如此清晰地思考過這個問題，此時此刻就像是被按在菜案上的王八，等著伸頭挨那一刀。

那劍斫峰……當真會像薛至柔所說那般，一直在心悅於她嗎？明明數月之前，她還覺得他像個大號且加厚的皮影一樣，做任何事都一板一眼，像是全然沒有感情。將他與「悅己者」聯繫到一處，可當真是太奇怪了。

唐之婉甩甩頭，悠悠地嘆了口氣，神思尚未理清，劍斫峰終於處理罷事情走了出來，看到唐之婉，他露出一抹淺淡的笑意：「原來唐二娘子在這兒啊，讓我好找。」

唐之婉再一次發誓，她是喜歡容貌出眾之人，無論男女，但她並不以貌取人，更不能理解自己為何會忽然覺得這劍斫峰是如此的英俊。她絕望地閉了閉眼睛，盡量自然地衝他點頭道：「呃……裡面都是差役，我待著不方便，便在此處等了。劍寺正找我何事？」

「還是先前要請妳幫我聞味道的那個案子，」劍斫峰根本不知唐之婉早已腦補了數萬字的話本，仍是那副呆頭愣腦，公事公辦的模樣，「這一拖就是好幾日，多少也耽誤了進度。唐掌櫃，那地方不便妳如此前往，劍某給妳準備了一套服飾，勞妳去偏房換了，我們速速出發吧。」

唐之婉稀裡糊塗地換了小廝的男裝，跟著劍斫峰出發了。待上了馬車，方醒過神，心內五味雜陳，說不清是慶幸還是失落，溢於言表，唯一懊悔的便是方才未曾顧及薛至柔的感受。

距離北冥魚案案發時日不短了，薛至柔之父薛訥一直被關在大理寺裡，今日她來此幫助自己昭雪，必定會觸景生情思念父親。自己只看到她嘻嘻哈哈，只想著那劍斫峰是不是鬼迷心竅心悅自己，而未顧及摯友心底的感受，真是不該。

唐之婉悔不當初，只差捶胸頓足，正唏噓之際，馬車忽然停了下來。見劍斫峰挑起了車簾，唐之婉問道：「到了嗎？」

「還未，」劍斫峰說著，起身鑽進了馬車，「拐過這個路口便到了。不過妳如今既是我的小廝，我駕車，妳坐著，恐怕會令人起疑，不如妳來駕車罷。」

唐之婉不知該氣還是該笑，撂下一句：「我不怎麼會駕車，家去了。」跳下車便走。

劍斫峰連忙阻攔：「哎，唐掌櫃那日不是說好，答應劍某一件事？」

唐之婉哭笑不得：「你讓我答允的就是這事？」

劍斫峰自知有些強人所難，但也沒有別的辦法，硬著頭皮懇切道：「劍某知曉唐掌櫃不愛聞那些東西，我們速戰速決，可否?實不相瞞，托妳辨認的東西正乃是與近來的連環殺人案相關，越早破案，便能防止更多的人遇害。」劍斫峰說著，叉手一禮，向她致意。

唐之婉只覺腦脹頭昏，她與薛至柔不同，沒有一官半職，沒有任何義務去幫助大理寺查案。但劍斫峰才剛在大理寺算是救了她一命，若不是他盡心竭力為她爭訟，說不定她便要被冤作販賣毒胭脂的黑心商販了。她自己被絞死事小，若是祖父亦在驚怒之下加重了病勢，她必定追悔莫及。

雖說……先前想了那一大堆有的沒的有些可笑，但那畢竟不是劍斫鋒的過失。他幫她避免了最壞的結局，於情於理她都不當拒絕這個要求。唐之婉從劍斫峰手上接過馬鞭，坐上了駕車的位置。劍斫峰如釋重負，利索坐入車廂，唐之婉便開始不大熟稔地驅車前行。

轉過長巷，映入雙眼的竟是一家歌舞伎坊，門臉不大，牌匾有些破損，不入流的字體上書「春回坊」三個大字，乍一聽像是個藥鋪，二層樓上站著幾個練身段的丫頭片子，彰顯出此地的真正用途。

唐之婉費力將車停在拴馬樁處，抬頭看了兩眼，又打了退堂鼓，被劍斫峰看出來，一力阻攔道：「唐掌櫃……此處做的可是正經買賣，妳莫多想。」

唐之婉也不知道是自己的情緒太過外表，還是這人能做旁人肚子裡的蛔蟲，面帶遲疑道：「你不是要抓犯人，怎的抓到這梨園來了？」

劍斫峰從懷袖裡取出一截衣袖，遞給了唐之婉。唐之婉不肯接，偏頭警惕地看著那物什。劍斫峰低聲笑道：「放心，不是死人的東西。不瞞妳說，案發這麼久，數條人命歸西，大理寺幾乎使盡了渾身解數，但這凶手神出鬼沒，唯一留下的就是這半截袖籠片，料子上沾染了幾分極淡的脂粉香。我與幾位寺正、仵作四處搜尋，派出了我大理寺的全部獵犬，基本可以確信，這香味就是來自這間歌舞館，但也只能止步於此……」

唐之婉不應聲，而是以一種更加複雜的眼神看向劍斫峰。

劍斫峰忙解釋道：「莫誤會，絕不是將妳與獵犬相比，這話說出來便是唐突，還請二娘子海涵。只是劍某以為，這天下應當無有比二娘子更擅長調配香粉之人，所以才執著於請妳這行家來幫忙看看……」

唐之婉沒有再深究，轉而問道：「你今日是什麼身分來查案的？」

「江南來的客商，帶著家丁來京洛見見世面。」

「可你並不像個富商，」唐之婉摸著下巴點評道，「你看你站的姿勢，還背著手，身上官氣太重了。我見過許多商人，更見過許多浮浪子弟，他們並不是你這樣的。」

「那我應當如……」

唐之婉四下探頭看看，見無人注意他們，開始拉著劍斫峰的袖籠擺弄起他來：「胯頂出來……對，哎你這胳膊，別夾那麼緊……這隻手放前面……」

劍斫峰一怔，竟臊了個大紅臉，身板子越發僵硬，又得了唐之婉一頓數落。

正拉扯不清之際，街口忽然傳來一陣極其平整的踏步聲，眨眼的功夫，一眾士兵簇擁著一駕馬車疾馳而來。劍斫峰十足詫異，正要叮囑唐之婉退後，卻見她急急上前幾步，問那打頭的中年男子：「梁伯，你怎的來了？可是我祖父他……」

馬車車簾一掀，露出唐休璟一張年邁疲憊又顯怒意的面龐：「妳還知曉問祖父？婉婉，這幾日妳晝伏夜出的，如今又跑到這等地界來，到底是在搞什麼名堂？」

這幾日因為那案子，唐之婉心神不寧，在家照顧祖父亦是懨懨的。唐休璟雖已老邁，卻很注意兒孫輩的情緒，常為他們解難排憂。但那所謂胭脂膏殺人之事實在唬人，唐之婉不肯告訴祖父，每日故作輕鬆強顏歡笑，更惹得唐休璟生疑。今日見唐之婉心事重重地出了門，便遣了一位副官跟著，聽說她去了大理寺又換了男裝，跟著一個小子不知要往何處去，唐休璟不顧臥病之身，命人套了車就出門追到了此處。

唐之婉見祖父誤會，擔心他的病勢，便哭笑不得，低聲對劍斫鋒道：「你快解釋解釋啊，我祖父要誤會了！」

那劍斫峰卻不知突然發現了什麼，撂下一句「妳先回去罷，改日我再登門拜訪」，起身跑入了春回坊。

唐之婉目瞪口呆，氣到極致竟笑了幾聲，她不願祖父動怒，少不得壓下心事，先回尚書府去了。

與唐之婉話別後，薛至柔沒有即刻離開大理寺，而是去尋了自己父親的友人，時任刑部員外郎的陶沐，詢問他北冥魚案的相關事宜。

那陶沐年少時曾在藍田縣做仵作，與縣令薛訥一道破獲了不少大案，後經薛訥舉薦入仕刑部，多年來感念薛訥知遇之恩，更視他為知音。

見薛至柔來訪，這年近五旬，剛正不阿的男子竟面露愧色，嘆息道：「不瞞賢侄，打從薛將軍入獄，我便很關注這北冥魚案，可這查來查去，做了諸多假設，卻沒有一個證據可以……若是線索就這樣斷在這裡，恐怕真凶會逍遙法外啊。」

薛至柔聽得直發怔，她也知道，這案子看似不複雜，沒有什麼詭奇的案發現場，也沒有什麼機關暗器，九曲八繞。可越是這樣的案子，越容易令人忽略背後的城府算計。一樁水獸襲擊案竟引發安東都督被禁足京城，無法回到前線，但凡瞭解點家國大事之人皆會起疑心。薛至柔知道，陶伯父願意點到此處，已經是他這個無根無基小吏所能做到的極限。她點頭謝過，寒暄了幾句後，起身離開了刑部。

回到靈龜閣時，夜幕已沉，唐之婉沒回來，薛至柔想當然以為她是回尚書府照顧祖父去了，兀自栓好了門，轉身竟見到了多日未碰面的公孫雪。

薛至柔其實知道，每天夜裡公孫雪都會翻牆回來，守在院子，只是早上又不見人影，這是數日來兩人第一次打照面。

薛至柔神色如常，笑問道：「阿姊辛苦，孫畫師可在？」

「孫畫師晌午後出門往北市買畫具了，亦是剛回來不久。」

薛至柔十足詫異，心道她雖不會畫畫，但這靈龜閣裡長長短短的毛筆很多，竟不夠孫道玄使嗎？但薛至柔也無暇去探究這些，逕自走進靈龜閣，拾級而上，一把推開書房大門走了進去。

孫道玄正坐在桌案前，手持一根頗為粗長的毛筆，對著一張垂吊著的廉價宣紙比比劃劃。對於薛至柔的突然到訪，他早已司空見慣，再也不會被她嚇到，便四平八穩地繼續忙活自己的事。

薛至柔四處翻箱倒櫃，未尋到自己想找的東西，目光反而被孫道玄吸引。起初以為他不過是在練字，仔細看卻發現他那筆鋒劃過宣紙，竟可以將懸空的紙張割裂，一分為二。

薛至柔瞬間起了好奇心，湊上前來：「你這是在做什麼？」

「敵暗我明，即便在城中，亦需時刻提防歹人襲擊，自得有些防身手段，免得……」孫道玄說著，目光瞥向薛至柔，似有半句未盡之語。

薛至柔卻未在意，只顧著將那毛筆從孫道玄手中抽出，上下細看，果然不同尋常。筆尖處經過改裝，長長的狼毫之中，竟藏著一柄無比鋒利的小刃，難怪這孫道玄要去北市買毛筆，想要揀選一根鋒毛能將小刃完好包裹、不長不短的毛筆著實不易。

薛至柔比劃著，又將毛筆還給了孫道玄，面露疑慮道：「你非習武之人，貿然用刀，就不怕失手割了自己不成？」

孫道玄哼笑一聲，又恢復了初見時那副囂張不可一世的模樣：「人不可貌相，懂否？寫字練就的手筋勁力，可絲毫不遜於習武之人。雖然沒有大開大合的招式，無法擒拿嫌犯，但若有歹人近身來襲，應付一下不成問題。更何況，某曾在禹州牢獄中跟著老仵作剖過許多屍身，熟諳人體構造。這筆刀某用起來頗為得心應手，若是對準敵人的關節要害，尋常的刺客還不一定能招架得住呢。」

孫道玄說罷將那筆隨手拋起，在空中轉了個圈復又穩穩接住，抬頭望向薛至柔。本以為這毛丫頭會像先前那樣撇著嘴一臉嫌棄，不想她竟眼冒精光，目光在自己和那筆刀間來回游移：「所以那畫魑的傳言……竟是真的？」

「什麼畫魑？」孫道玄一頭霧水。

「就是說，你從小剖死人，熟諳人體構造，故而畫人才能如此唯妙唯肖呀。」薛至柔笑得倒很像個魑魅，「再加上你扮作純狐謀，那人不人鬼不鬼的模樣，可謂是由表及裡，無懈可擊啊！」

孫道玄登時無語，見她笑得十足開懷，有些不忍回嘴反駁，只道：「今日是乞巧節，妳可是來找針線的？」

「我不搞那些，」薛至柔連連擺手，「術業有專攻，我和我娘都搞不得那些……不與你閒話了，我找我的東西去了。」

上弦殘月掛於枝頭，公孫雪抱著寶劍，斜倚在大梨樹最高的橫枝上，驚鴻身姿與月色相溶，善睞明眸浸水沉霜，她面色平靜，卻又像懷有無限心事。

不知到了夜半幾時，她忽然聽到窸窣異響，立時起身，從梨樹枝頭騰空一躍，呼啦啦飛上了靈龜閣的屋頂。

只見來者正是前番於糠城與公孫雪會過面，那個頭戴面具的玉簫男子，鬼魅似的立在靈龜閣東南角的飛簷上。

公孫雪似是意外又不大意外，拔劍冷聲道：「前番你蠱惑於我，害我差點殺了瑤池奉！我還未找你算帳，今日你自己送上門來，我若不取你性命，難解我心頭之憤！」說罷，公孫雪以迅雷不及掩耳之勢長劍出鞘，直刺向玉簫男子的心窩處。本以為那玉簫男子會躲，誰料他卻直挺挺矗立，分毫不動。

劍氣劈開如水月影，距心口已不盈寸遠，眼見就要血染涼夜，劍鋒卻突然一轉，貼著衣襟滑過，斬下絲縷長髮。

那男子依舊巋然不動，面靨映在鋒利劍上，不辨面具之下的喜怒。

「為何不躲？」公孫雪身負長劍，語氣更冷。

玉簫男子輕笑一聲：「若誠如妳所說，是我出言蠱惑妳的話，我自然該死，又為何要躲呢？反倒是妳，為何不殺我？」

「前幾日是我尋你不到，今日你既自投羅網，取你性命，於我而言易如反掌。我只是疑惑，你明知我的脾氣，為何還前來送死？」

玉簫男子也不多語，只從衣袖裡取出一個雙鯉信封，如同甩迴旋鏢般飛給了公孫雪。公孫雪眼皮不抬，雙指夾穩信封，拉出信箋一看，瞬間變了臉色，抬頭蹙眉問：「你如今已是無常會的左護法，為何將此事洩密與我？」

玉簫男子笑道：「告知與妳自有我的道理……何況妳我相識多年，告訴妳便能賣妳一個人情。就連上一次，我也不過是將我所知道的事情告知於妳，又何談蠱惑二字？若要取我性命，妳便即刻動手罷。」

公孫雪細細思量玉簫男子是否話裡有話，以及多方利害，他是否有告知自己的立場。忖度之際，那站在飛簷上的玉簫男子突然大笑起來，仰面朝後一倒，直挺挺跌落屋簷去。公孫雪一驚，悄步飛身上前一看，卻見那男子穩穩落地後，於黑夜中化作一團黑影，瞬身無影無蹤了。

冷月如霜，公孫雪收起長劍，復看了一眼晚風中抖動的片紙，正是她熟悉又陌生的無常會刺殺任務記檔。打頭一行，寫著的正是老母的姓名與如今的住址，而下面簽字畫押處的落款則是「漁人」二字，其下所簽日期正是今日，顯然是才派發的任務。

正如公孫雪當年在無常會代號為「劍姬」，方才那面具男子代號為「玉簫」，這「漁人」乃是無常會右護法的代號。只不過公孫雪在無常會多年，從未見過「漁人」的真身，只知道其是無常會中排名第一的刺客，至於他擅使什麼兵器，精通何種行刺手段，甚至是男是女則一概不知。

夜風微涼，公孫雪卻是滿頭虛汗。

不知那「漁人」何時會動手，若是她不馬上去糠城，老母可能今夜便會有性命之憂。公孫雪急急地穿越重簷，飛身欲往糠城，躍過兩重角樓。

忽然，她腳步一滯，衣擺飛落，孤影照殘月，思緒回轉，心道這會不會是一個調虎離山之計？畢竟上一次，那廝便設計讓自己刺殺薛至柔，是否存在一種可能，一旦她離開之後，無常會便要派人除去薛至柔？

靈龜閣書房內，孫道玄早已哈欠連天，但那薛至柔一直在摳東摸西不知尋著什麼，未幾又翻出了占風杖，連整帶修，令他無法睡覺，只能隨手翻看桌上的《乙巳占》，哪知卻越看越睏，腦袋快要掉在桌上。

忽然間，二樓木窗傳來一陣敲擊聲，兩人皆驚，孫道玄一把握住那小狼毫，還未起身便聽公孫雪的聲音從窗外傳來：「瑤池奉，婢有要事求見……」

這位大美人影衛平素裡總是一副冷然沉定的模樣，也不知何事驅使，竟令她急到弄瓦翻窗。薛至柔見孫道玄回頭望著她，便微微點了點頭。孫道玄這邊上前撐起了支摘窗，公孫雪一個魚躍進了房來，帶來絲縷清風。

薛至柔見她仍未喘勻氣，遞上一盞溫茶：「阿姊匆忙來尋我，可是有何要緊事？」

公孫雪心急如焚，一時不知從何說起，頓了又頓，方措辭道：「不瞞瑤池奉，婢自幼遭親生父母遺棄，幸得一位老母收養。老母如今雙目失明，正住在糠城的一處宅院裡。」

「那只怕生活多有不便，阿姊可是要去照顧她？」

「若只是這等小事，婢便不來叨擾瑤池奉了。」公孫雪嘴角含著一抹笑，細看來卻滿是苦澀，仿若黃連綻出的花，「實不相瞞，婢與她並非尋常的養母與養女，我們都曾先後在一個叫無常會的隱祕組織中……做過刺客……」

本以為薛至柔會驚訝，或者聽到無常會的名號會表現出幾絲畏懼，不想她面色如常，只是認真聽著自己說話，公孫雪便繼續說道：「彼時婢受人蒙蔽，曾錯殺無辜。承蒙殿下不棄，將婢從那阿鼻地獄似的地方撈出來。婢斬斷了與過往之人的諸多牽扯，一心只想輔佐殿下。可我老母沒有這般幸運，幾十年來，她一直隱姓埋名，一邊躲避無常會的滅口，一邊還要防備仇家的追殺。就在方才，我在無常會時的一位故人來尋，稱會中第一的刺客『漁人』已被派出行刺我老母，為保她性命無虞，我急需返回糠城戍衛老母身側，卻又擔心此為調虎離山之計，會有人對瑤池奉不利。且臨淄王殿下此前曾下令：暗天務必守在瑤池奉身側。我等影衛，刀頭舔血，講求信義，決不能背棄恩主。婢不知道該如何是好，懇請瑤池奉為婢指一條明路！」說罷，公孫雪躬身長揖，凸白的指節顫抖不止。

薛至柔忙將她扶起，半開玩笑半認真道：「此事看似棘手，實則不然。敢問阿姊……究竟是為何會被臨淄王勒令守在我身側，護我周全的？」

「是因為，瑤池奉那日在糠城遇襲……」公孫雪喃喃說著，抬眼對上了薛至柔那雙精明似鬼的雙眸，突然明白她話裡有話。

以她的見微知著，只怕早已知曉，那日在糠城是公孫雪襲擊了自己，而她之所以不動聲色，不過是在等著公孫雪主動承認。畢竟自己坦承過錯和由人揭發，意義截然不同。

公孫雪面色瞬間煞白，她解下腰間的腰牌與佩劍，雙雙放在地上，叉手道：「此事乃婢一人所為，與其他人盡皆無關，所有罪責公孫雪願一力……」

薛至柔打斷了公孫雪的認罪，含笑搖手道：「事情緊急，阿姊先不必說這些。我有些疑惑，想要請阿姊解答：阿姊雖特立獨行，但能受殿下青眼，定是個有大義之人。我薛至柔與妳無冤無仇，妳卻對我下手，我百思不得其解，後得知阿姊的養母便住在糠城……想來阿姊定是誤會了我要對阿姊的養母不利，這才對我下手。不知我說的對嗎？」

公孫雪驚訝之色更甚，望向孫道玄。

孫道玄衝她微微頷首，示意她可以將一切和盤托出。

公孫雪定了定神，娓娓說道：「誠如瑤池奉所料。那日婢從某位故人處得知，瑤池奉母親樊夫人的恩師李淳風當年之死，乃是老母年輕時所為。我雖不識瑤池奉，卻也聽說過瑤池奉之父薛將軍一直為黃冠子之死耿耿於懷，薛家勢大，並非我們可以抗衡。我震驚非常，恰巧見瑤池奉不知為何出現在了老母的院牆外。我擔心瑤池奉乃是知曉了當年之事，前來索命，情急之下便衝動下手，令瑤池奉受如此重的傷。如今若說懊悔，可能瑤池奉會覺得婢虛情假意。瑤池奉信也好，不信也罷，若取婢性命，婢絕無半個不字，只是懇請瑤池奉寬限我幾日，讓我為我老母，擋下最後一劫……」

薛至柔沒有即刻回話，而是轉身走到書架旁，打開裝有占風杖的匣子，取出一封帛書遞向公孫雪，道：「阿姊不必這般說。當年之事，我們不曾親歷，又怎會知曉實情？說來也巧，正是因為阿姊那日行刺於我，劈開了這占風杖，反倒令我從杖柄暗槽中，發現了這帛書，乃師尊李淳風生前親筆。阿姊且看。」

原來那占風杖竟然是空心的，裡面還塞了一封帛書？

公孫雪詫異接過，但見上面密密麻麻寫著許多的小字：

後慧者小兒見信，便可證明貧道此生所算皆無遺漏。不知爾等可曾尋過貧道，親眷諸徒得知貧道死訊，多會傷心，甚至可能因貧道之死耿耿多年。但人之一生，蜉蝣一瞬，得大道，既無憾。爾等皆當因我歡欣，切勿做小兒哭嚎之舉。而貧道肉身之滅，乃是因爲演算出大限將至，便獨自去終南山選定之福地，等大限之至。不想亦有蠢笨賊人，花錢買刺客，欲取貧道性命。

公孫雪看到這裡，腦中浮現出年輕的阿母仗劍前往終南山，看到一位慈眉善目天師的畫面。她唇齒忍不住開始發抖，將左手握拳放在口邊，雙眼卻不曾離開那帛書一瞬：

孰料那刺客竟是個毛丫頭，看年歲，比貧道小徒樊氏還要小些。她不知怎的，亦難對貧道下殺手，甚至還出門幫貧道撿了幾日的柴草。貧道知曉她若無法覆命，便會被無常會處死。貧道本是將死之人，何懼之有？何苦要難爲一個孩子？便乾脆與她點明，說服她，不消她動手，只需看著貧道羽化，再將貧道殮葬，事後說是她殺的便好。貧道何時絕命，天已註定，後世若有徒子徒孫想要報仇，則是絕無必要。

爾等先師已擇絕佳之期，生而無憾，死亦得所，絕妙，切記！

李淳風終南山絕筆

公孫雪腦中浮現出一個虛弱卻又愛玩笑的絕慧老者，似笑非笑地說完這一席話，何等的大智大仁，惹得她眼眶發紅，半晌回不過神。

薛至柔緩緩站起身，行至公孫雪身側，輕輕拍著她的背以示寬慰，惹得那公孫雪更加愧悔，躬身揖道：「黃冠子與樊夫人師徒大仁，護我老母、義弟，此等大恩，公孫雪沒齒難忘！今後願為臨淄王與薛氏一脈，赴湯蹈火，萬死不辭！」

「其實阿姊不必擔心我，」薛至柔笑道，「阿娘出發前已給我在洛陽留了影衛，如今阿姊還是保護老夫人要緊，快出發罷！」

公孫雪冷若冰霜的眼眸裡冰皮始解，終於流動出幾絲暖意，她不再猶疑，轉身出房門，兩個團身上了樹，眨眼便消失在了夜色之中。

一旁的孫道玄終於能捧起那帛書仔細端詳。可片刻之後，他忽然道：「等等，這帛書還有機巧！」

薛至柔聞聲一愣，立即跑回到孫道玄身側問：「什麼機巧？」

孫道玄將帛書放在蠟燭旁，指著密密麻麻字體下方的空白處，對薛至柔解釋道：「此處有白色顏料書寫過的痕跡，說明下面空白處應當還有內容！」

第二十章　秦鏡初懸

不愧為大唐首屈一指的畫師，對墨跡的敏銳，就連號稱神探的薛至柔都自嘆弗如。她顛顛湊上前去，接過帛書，對著燭火左右端詳，半晌也沒看懂一個字，忍不住嗔道：「黃冠子寫的這是什麼密符嗎？」

孫道玄嗤笑一聲，拿回帛書，抽出一張信箋，提起雞距筆，對著燭光，仔細辨別其上彌經歲月殘留的鉛白色粉末，在紙上將那些字勾勒復現出來：

另，臨終閉關之時，貧道曾演算出，慎言與我小徒樊氏或其後人，數十年後恐被捲入一連環夢劫。此夢劫共分五道，需二人齊心，限五命之內方可破局，故曰『鴛命五道』。而夢劫之因，正是太子弘後嗣的至親，因被陷害而蒙冤。欲昭雪冤案，可往大理寺案卷庫尋一無名案卷，自會受益匪淺。

看著孫道玄摹寫出的內容，薛至柔起先是震驚於李淳風之智，竟能在數十年前將有關如今自己這讖夢之事寫進這信中，還封進這占風杖裡。這究竟是李淳風現實當中真有這麼神，還是僅限於這夢境中的妄念臆想，薛至柔也說不清，她甚至連如今自己還在夢中仍不知曉。

如果李淳風說的是真的，那麼這兩人齊心自然是指她與孫道玄，而她們迄今為止在夢中不慎丟掉的命竟已經有了四條。這四條命是否都是為了解開這五道夢劫所必要的犧牲？她無從知曉，她只知道如今得到的一切，已是她拼盡全力所為。

「原來一直以來我們聽到的，不是什麼『冤命五道』，而是『鴛命五道』啊。可這『太子弘後人』又是誰？你嗎？」薛至柔偏頭問道。

孫道玄沒有應聲，握筆的手微微顫抖，甚至在書箋上留下了一滴淺淺的墨痕。薛至柔陡然想起，先前在凌空觀，她用著孫道玄的身體，曾聽葉法善說起，孫道玄的父親乃是相王李旦的侍衛長，母親則是竇夫人身側的女官。而據她所知，太子弘正是先帝與則天皇后的長子，年紀輕輕便薨逝了，並無子嗣，李淳風又為何會留下這等遺言？

薛至柔正困惑，忽然想起太子弘雖然無有所出，但則天皇后為了延續他的香火，將其胞弟李旦的第三子李隆基過繼給了他。薛至柔曾多次聽父親誇讚臨淄王，大有太子弘當年的氣度與謀略。難道說，李淳風所指的太子弘後人，正是指臨淄王李隆基嗎？

誠然，三兩次輪迴裡都繞不過北冥魚襲擊李隆基父子，難道做下這案子的會是自己父親與太子弘的什麼仇人嗎？

而這孫道玄的父母，恰好是李隆基父母身邊之人。薛至柔看他眼眶通紅，神色凜然，想起他初次入靈龜閣的場面，試探性說道：「在一個內外上鎖的二層小館內，除了一個女子外別無他人。然而待外面的人撬鎖打開大門，卻發現這女子懸梁而死。官府認定她是自殺，但有一神探看出端倪，說此女並非自殺，而是他殺……」

孫道玄抬起雙眼望著薛至柔，他似乎意識到，在某次輪迴中，他曾如是這般告知薛至柔。勿需他多說什麼，她便已明白了他全力壓抑的激動與痛處。

有道是「男兒有淚不輕彈」，但此時此刻的孫道玄再難克制，眼淚還是順著通紅的眼眶滾落，他忙低下頭，自嘲笑道：「若是我沒有猜錯，黃冠子所說的懸案，正是我父母當年的案子。而妳描述的場景，正是家母當年之慘狀。彼時我只有三歲，不懂人事，但考妣之喪，仍痛徹心扉。縱便葉天師送我去禹州，由我養父母悉心將我撫養長大，但此案一日不解，我無論取得何等成就，仍無法過好此生。」

「原來，傳聞中，你之所以會去畫死人練就辨骨識人的本領，是為了查明你母親的冤情嗎？那你苦心孤詣查了這麼多年，可有什麼線索？幕後凶手可有眉目？」

孫道玄搖搖頭，眸中黯淡越濃：「不知怎的，我好似曾靠近過真相，但又像是做了一場大夢，能想起來的不過三兩餘痕……我越是努力探求，便會越陷入無盡的惡咒裡……但倘若能看到大理寺的卷宗，定能有所斬獲。」

薛至柔默默聽著，像是突然想到了什麼，抽出書案上的一張黃紙，正是平時懸案上門來登記委託人和所托案情的案卷簿。她將其工整攤開，在受託者上簽上了「薛至柔」三個大字，而後抬眼對孫道玄道：「既有前人種因，你我共擔其果。你若願意，便在此簽上你的名字。」

幾乎沒有猶疑，孫道玄地接過她手中的筆，飄逸如風的字體端然落在了托案者三個字之後，繼而說道：「誠如妳說的，陰差陽錯，因緣際會，妳我共上了這條船。我雖習慣獨往獨來，但並非無情無義。如妳所知曉，為了平父母之冤，我曾隨一個老仵作剖過多年的屍身，熟諳人體構造，我會以一身所學，助妳破此案……」

「口說無憑，」薛至柔一臉認真，在托案者孫道玄的名字旁又寫上了自己的名字，「需得留下字據才是，不然你若耍賴，我找誰說去？」

看著薛至柔唇邊的笑意，孫道玄的心底逐漸湧起了幾分複雜的情思。一直以來，他都像是一頭獨狼，憑藉著草民之身，獨自在與十數年前的幕後黑手相抗。為了不牽累無辜，他離開了養父母，甚至不肯接受同為受害者的臨淄王的任何幫助。

而現如今，天道也好，人為也罷，眼前這伶俐少女成了他的同盟，他有遮身之瓦，飽飲之水，還有一口每每躺進去便會感恩明日還能醒來的棺材。孫道玄微微瞇著眼，緊繃的神色鬆弛了兩分，俊美無儔的面龐上重現少年人的徜徉，骨節分明的手復拿起筆，短暫忖度後，在受託者處薛至柔的名字後寫上了「純狐謀」三個字。

薛至柔看罷，忍俊不禁，嘴角牽起兩個梨渦點評道：「閣下很是嚴謹啊。確實，出去隨我查案的必是『純狐謀』而非『孫道玄』。我們這也算是『與子成說』了，往後……」

這「死生契闊，與子成說」在《詩經》裡本是講同袍將士之誼，薛至柔正是此意。近來卻常被相悅男女所用，加之今夜本就是七夕，這一句無心的話，竟使得這間小小書房氣氛陡然詭異得曖昧起來。

兩人皆是一怔，待回過神，雙雙陷入了無措中。半晌，薛至柔先起了身，抬手撓撓小臉兒，尷尬笑道：「時候不早了……我回去歇了。」

孫道玄點頭作應，又道：「莫忘了明日一早，郎中來給妳瞧病。」

薛至柔自覺身子已經好利索了，但那薛崇簡還是遣了郎中隔三差五來，給她開些苦得要死的藥吃。若是平時，薛至柔定會罵幾聲洩憤，此時卻只是木木點了點頭，逃也似的離開了書房。

不知是因為那封塵封數十年的帛書，還是因為與公孫雪說開了話，抑或……是因為與孫道玄間那奇怪的氣氛，薛至柔一整夜輾轉反側，難以成眠，直至天要擦亮才入眠。

但也不過一個時辰，便聽到有人叩後院大門，她知曉是那薛崇簡請的郎中到了，翻了個身，竟又睡了過去。

未幾，院裡傳來一陣窸窣聲，正是那孫道玄作好了裝扮，下樓應門，看到薛至柔臥房依舊大門緊閉，他十足無語，用奇怪的語調對那郎中道：「瑤池奉仍在入定，你且去客堂等等吧。」

聽得這些動靜，薛至柔終於醒了過來，洗漱罷換好衣衫，走入客堂，百無聊賴地答了那老郎中幾個問題。老郎中很是負責，見薛至柔眼下烏青，生怕被薛崇簡以為辦事不得力，一驚一乍地親自為她熬藥，看著她喝下，才心滿意足地拎著藥箱辭別。

薛至柔更覺得腦脹頭昏，晃晃地站起身，打算回房睡個回籠覺。又聽靈龜閣外，有人叩門，不知是否有苦主前來求助，便撐著走向前堂去。

來人是駙馬都尉武延秀，估摸是薛崇簡那小子說漏了嘴，他得知自己遇刺特來探望。薛至柔雖不喜歡親貴間這些人情往來，但武延秀這個人還是很不錯的，他年長幾歲，對於他們這些小輩頗為照顧。薛至柔便強行壓抑住不適，招呼他來前堂小坐。

孫道玄倒是有些反常，為了隱藏身分，平素他都是一副克制恭謹模樣，此時看著武延秀的表情卻稱得上是猙獰。薛至柔納悶一瞬，想起那日在神都苑，正是這位武駙馬出主意留下他畫了上百種飛禽走獸，一時保住了命，卻因獨自逗留到後半夜而變成了北冥魚案的凶嫌。

武延秀被他這副怪模樣盯著，頗不自在，又不好說什麼，只能對著薛至柔訕笑。

薛至柔如何不知他的心思，忍著好笑對孫道玄道：「純狐兄，可否勞你幫我打些熱水烹茶來。」

孫道玄也不應聲，轉頭便走。武延秀沒有怪他無禮，反笑道：「聽說至柔得了個東夷人當助手，沒想到竟是這般有趣。」

薛至柔無奈，少不了打圓場：「還請武駙馬勿怪，這人自幼被人狐養大，一點規矩也不懂，好在還算衷心得力。我母親出遠門，擔心我冒失再遇險境，便把他留在這裡幫襯我一二，我也時常被他氣得半死呢。」

武延秀也很有禮節地合著她笑，示意隨行小廝端上攜帶的禮品贈與薛至柔：「此一番來也不單是我這做兄長的來看看妳，亦有皇后與安樂的意思。說到底，我們都不相信薛將軍會與新羅人串通謀害帝后，可如今大理寺與刑部查了如此之久都沒有眉目，聖人也著實著急，已發了三兩通火。聽聞妳又在南市遇襲，皇后命安樂與我必前來寬慰妳幾分，怕妳小小年紀遇上如此多事會鑽牛角尖。安樂近來事多，便遣我先來了。」

薛至柔聽了這話，連忙避了席，叉手道：「卑賤之身，竟叨擾皇后與安樂公主，實在不該。我阿爺之冤尚未洗清，我不便前往謝恩，還請駙馬替我言謝。」

「哎，妳這丫頭，妳我說閒話，便不必如此多禮了。」武延秀示意薛至柔起身，又嘆息一聲，「也無怪聖人生氣，安東重地本就緊要，薛將軍即將升任節度使的關口竟出這樣的事，怕只怕這案子拖下去會導致邊地動盪。對了，至柔，我記得妳頗擅長查案，又事關自己父親，可有收穫嗎？」

薛至柔聳聳肩，神色無奈又焦急：「尋常市井的小案子我尚且能查明白，這案子沒頭沒尾的，我可當真是沒有一點頭緒。」

「莫心急，」武延秀寬慰道，「妳可還記得兩年前那個馬球的案子？若無妳襄助，我早不會是現在的光景。妳確實是做法探的材料，切勿妄自菲薄。」

薛至柔打從心底感激武延秀，父親入獄這段時日來，她也看出了不少眉眼高低，好在唐之婉、李隆基、薛崇簡與武延秀皆待她如初，也算是難得。

薛至柔與武延秀又閒話片刻，喝了新烹的江南茗茶，武延秀看出她精神不佳，便起身請辭。

薛至柔顧不得什麼家訓「不得晝寢」，回臥房倒頭就睡，竟夢到了武延秀所說的那個馬球案。

說來那可是薛至柔第一次做法探，就發生在兩年前，彼時她尚未到及笄之年，跟著父母親從遼東邊地回長安述職，趕上薛崇簡生辰。

先前因則天皇后病逝，薛崇簡等人皆要守孝，生辰多年未操辦。此次薛至柔回來，恰逢母親不在長安，薛崇簡便包下了鴻臚寺專為接待各國使臣用的驛館，請了城裡最好酒肆的庖廚在館中設宴。

對於薛至柔來說，去湊這份熱鬧尚不如斜在胡床上看幾頁書來得自在，便連聲拒絕。可那薛崇簡也是個槓頭，竟請了李隆基與武延秀前來做說客，薛至柔無法，只得硬著頭皮隨他們去了。

馬車尚未入驛館院子，便聽薛崇簡吆喝道：「哎，玄玄，妳可真難請，妳若再不來，我們就去妳家吃飯去了！」

薛至柔挑開車簾，面不改色道：「我阿娘正煮飯呢，你若想去便去，還能撈上一碗湯餅吃。」

先前則天皇后在世時，孫輩中的許多人都十分畏懼她，唯獨薛崇簡能與她相談甚歡，可他卻怕極了自己的母親太平公主與薛至柔的母親樊夫人。說起來，母親對他已算十分嬌寵，樊夫人對他也算客套有禮，天知道他為何會像老鼠見了貓似的。

聽了薛至柔這話，薛崇簡嚇得一縮頭，訕笑著未敢再應，惹得李隆基與武延秀皆大笑不住。

薛至柔本想著吃個飯便走，但看門口侍衛在侍弄馬匹，便忍不住問道：「待會子可是要打馬球嗎？」

「崇簡都花大價錢包了這地界，不打如何對得起他？」李隆基笑道，「只可惜崇簡不會騎馬，只能作壁上觀了。」

「哎、三郎三郎，你可別說了。」武延秀連聲阻止，打趣道，「待會子崇簡又要賴人說我們在至柔面前揭他的短了。」

兩人又是大笑，說話間，眾人進了宴客廳，分頭落座。薛至柔的目光還定在門口那幾匹駿馬上。不消說，她自幼長在邊地軍營，極愛打馬球，整個人再不是一副百無聊賴的模樣，而是盤算著飯後也要上場打兩圈。

一頓飽餐之後，驛館的侍者給在座每位端上一只精巧的蓮瓣紋金盞，薛至柔抬手揭開其上的夜光玉罩，只見其內乃是澆了山楂玫瑰酪的酥山。夏日酷暑，這酥山冒著騰騰冷氣，令人未嘗其味便心氣舒爽，在場諸人無不誇讚薛崇簡心細，籌備得當。

薛至柔卻只覺得食不知味，小手攏在嘴邊，輕聲對不遠處的李隆基喚道：「殿下……你們何時開始打馬球啊？」

李隆基立即明白薛至柔的意思，起身笑對眾人道：「諸位，容本王為大家介紹一下，薛慎言將軍之女至柔，頗擅馬球。如今歡宴已畢，邀各位前去舒活舒活筋骨，不知可有同好一道？」

眾人酒足飯飽，本都有些困酣，聽了這話立即來了精神，一群人浩浩蕩蕩地往馬球場趕去。薛至柔發覺身為壽星的薛崇簡卻不在，正納悶之際，薛崇簡不知從何處趕了過來，嘴邊還沾著一片醒醉草，想來是不勝酒力，偷偷吃醒酒湯藥去了。

薛崇簡顛顛上前，極為自覺地與薛至柔並肩前行，嘴裡嘟嘟囔囔抱怨著：「這大熱天的去打馬球？我看他們當真是瘋魔了……玄玄莫怕，我給妳帶了寒玉枕，咱們坐一旁，舒舒服服地看瘋子們瞎舞……」

薛崇簡說著，從行囊裡掏出一個極為精巧的玉面小枕，獻寶似的遞向薛至柔。

薛至柔起了好奇，接過看看，果然連觸指生涼，十足新奇。

薛崇簡見薛至柔感興趣，更來了勁頭，比劃道：「玄玄妳看，此物內裡空空，若是給它注上水，放入硝石，摸起來便是冰冰的了！」

薛崇簡邊說邊做演示著，將玉枕扣在脖頸後，「走在路上，若是暑熱難當，便可以這樣用。或者像這樣將它顛倒一下，便可放在席子上，當枕頭用……」

聽薛崇簡提到「硝石」，薛至柔便明白了其中原理，而做法探的，最期待與最害怕的皆是謎底被揭開，她瞬間意興闌珊，禮貌推卻道：「當真好物件，你先留著罷。我要上場裝瘋去了，若是瘋完此物還是涼的，你再借我一用。」

說罷，她便快步追上了李隆基、武延秀等人，朝馬球場走去。

方經武后一朝，女子騎馬射箭早已不是什麼新鮮事，此處的馬場亦設有女寮，好供女子更衣。薛至柔快步走入其中，三下五除二便換好了衣衫，已按捺不住想要揮杆馳騁的心情，卻忽然聽到馬球場傳來了一陣爭吵聲。

原來，不過換個衣裳的空檔，方才還空無一人的馬球場便被一群新羅人占了。球場不屬於驛館的地界，而屬於鴻臚寺，故而即便薛崇簡包場了驛館，這球場也不在其列。方才更衣前，眾人看球場無人，這便疏忽了。那薛崇簡倒是在，只是喝得五迷三道，根本守不住地方。

薛至柔忙走過去，李隆基、武延秀等人正與那夥新羅人對峙，連那不會騎馬的薛崇簡都上前叉著腰，高聲與對方理論。

為首的正是新羅王的外甥朴太理，其餘則是新羅王公大臣之子。近年來無論是東瀛、新羅還是其他國家，派往大唐的遣唐使不少，其中不乏真心求學，一心加強國與國交流的虔誠者，但也有不少只想來長安、洛陽這樣的富貴逍遙地享樂的紈絝子弟。

若論品階權勢，這些人自然比不上李隆基、武延秀等人，可事關對外邦交，若以權勢威逼恐怕落得個以大欺小，若是對方鬧到聖人那裡去，恐怕要受罰挨罵，自然不能用強。

薛至柔知曉這幾位不好開口，上前低聲與李隆基、武延秀等人達成共識，而後一把扒開胡言亂語的薛崇簡，用流利的新羅話說道：「幾位，這大熱天的，既然大家都是來尋個樂子，不妨一道遊戲如何？」

那群人交換了一下神色，朴太理對手下耳語幾句，由那人代為開口，薛至柔邊聽邊翻譯給李隆基等人：「我們有六個人，你們不過四個人，如何能與我們對抗……」

話方翻譯畢，薛至柔便有些惱，對方居然只算了李隆基、李邕、楊慎交與武延秀，即便自己也穿著胡服，他們依然未將自己放在眼裡。

薛至柔在遼東生活多年，不僅懂新羅語，也熟諳新羅民風，知曉他們向來輕視女子，便冷臉回諷了幾句。不想他們聽了非但沒惱，反而哄笑起來，鄙夷之情溢於言表。

李隆基雖不懂新羅語，但看他們的態度，卻也能猜出一二，不由也冷了神色：「比與不比，一句話而已，何故踟躕不決？」

朴太理見李隆基當真惱了，不敢過於怠慢，又言語了幾句。薛至柔翻譯道：「算上這位小娘子，你們也不過五個人。如此就算我們贏了，也不光彩，我們不與你們比試。」

到這裡薛至柔算是聽出來了，這幾人搶了先機，想要獨占球場，這些有的沒的皆是託辭罷了。這薛崇簡不會打馬球，若是平時硬綁在馬上湊個數或許使得，但眼下他喝得四六不分，若是掉下來摔死可怎麼了得？

正一籌莫展之際，人群後方傳來一個爽朗的男聲：「那就算我一個！」

眾人循聲看去，來人正是渤海靺鞨部族首領大祚榮的幼子大門藝，他雖為靺鞨人，但自小長在長安洛陽，是李隆基的至交好友。

果然，看見大門藝，李隆基英武的面龐陰霾盡散，含笑道：「誰，你不是說不參加今年的萬國馬球賽了，怎的自己偷偷跑來練習？」

「三郎武斷，不參賽便不能打球嗎？」大門藝朗聲而笑，三兩下便驅馬到眾人之中。見大唐這邊有強援趕到，朴太理等人氣焰矮了許多，但仍是眼高於頂，表示薛至柔是女子，不想與之比試云云。

薛至柔冷笑一聲，才想回敬回去，一旁的武延秀似是忍耐到了極限，厲聲喝道：「有女子如何？我們至柔小小年紀尚且不懼，難道你們這些男子，卻不敢與她比試嗎？若是不敢，即刻認輸退出此地，莫在此處喧嘩！」

薛至柔頓覺解氣，立刻把武延秀的話譯了過去。果然，對方登時便耐不住了，立即排開陣勢，氣勢洶洶。武延秀見狀，眼疾手快地揮動馬球杆，撥走了朴太理腳下的馬球，將其控在己方。眼看動嘴不如動球杆，眾人這便一哄而散，各自策馬揮杆，相追競逐起來。

驃騎颯遝，遠射斜入，飛馳如星，杖擊如電。李隆基、武延秀等人自不當說，薛至柔年紀雖小，但策馬極其靈活。只見她匍匐於馬上，以四兩撥千斤之態驅動那靈活的小球，身後一眾男子竟急追不上，有的甚至因勒馬太急摔下馬去。

這也難怪，薛至柔自小在父親軍中跟著幾位兄長學習騎術，技藝頗為精湛。加之其父薛訥十分看重馬球，將其看作軍事訓練的一種手段，薛至柔時常跟著操練，小小年紀便成了個中翹楚。

這廂薛至柔驅趕著馬球一路向前，吸引了所有新羅人的注意，那邊一高大的身影飛馳突破，向前接應，正是李隆基。

朴太理見此，在馬上大聲說了兩句新羅語，同時以極快速度馭馬至李隆基旁側堵截。薛至柔聽懂他是讓其他新羅隊員看好自己與李隆基，果然，兩人周遭的人與馬驟然增多。

但薛至柔分毫也不畏懼，斜揮球棍，將球一挑，小球如有靈性一般，劃出一道優美的弧線，來到李隆基近前。

李隆基餘光瞟著球門，不待小球落地，裝作要大力抽球射門，卻手腕一翻，將球傳給了不遠處的大門藝。大門藝左手勒韁，雙腿夾緊馬肚，將身子從馬上探出大半，健碩右臂揮杆，凌空一擊。

眾人皆以為他必會將球抽射入門，奮力御馬，伸出長杆去擋，哪知小球並未飛向球門方向，而是回傳給了一直埋伏在眾人身後，無人防守的武延秀。

此時幾名新羅隊員想要再回援阻攔，卻早已亂了陣勢，中路出現空檔。武延秀自然不會放過這絕佳的機會，擎起球杖，一舉將球打入了球門正中帶網兜的圓洞中。

「彩！彩！」薛崇簡在場邊有如獸舞，使出叫破喉嚨之力喝彩。

眼看自己所率都是新羅隊的主力，卻被對方率先破了門，朴太理不覺有些頹然。但他們所輕視的小女子確實不俗，他心中忍不住生發出一個猜想，驅馬至薛至柔身側，新羅話問道：「敢問……這位小娘子，可認識安東都督之妻樊夫人？」

薛至柔笑道：「正是家母。」

「難怪，難怪……」朴太理雖不知軍事，卻也聽說過安東都督薛訥之妻貌美擅武，見這丫頭小小年紀還會說新羅話，便大膽猜測，不想當真猜中，心底最後一絲不服終於煙消雲散，真心讚嘆道，「大唐女兒果真不俗！」

這邊氣氛正融洽，身後卻爆發出激烈的爭吵聲，薛至柔調轉馬頭，只見武延秀與竟一名新羅球員打作一團，一旁的李隆基、大門藝等人連忙前來拉架。

薛至柔長在遼東，精通新羅語，隱隱聽到似乎是那人用新羅語罵了句「綠帽駙馬」。這球場上沒討到便宜，竟然訴諸私生活來嘲笑，薛至柔一時無語，再看那新羅人，被武延秀生生打落了兩顆門牙，滿臉血汙，頗為狼狽。

畢竟是自己手下人輸不起，罵人在先，朴太理頓覺臉上無光，不痛不癢中斥幾句，借著回驛館治傷為由，帶著那一起子人灰溜溜地離開了。

武延秀在宗室子弟中一向以好脾氣著稱，不想這平素裡笑眯眯的人發起火，竟不是一般嚇人。楊慎交、大門藝等人走也不是，留也不是，說話也不是，沉默也不是，尷尬得手足無措。

末了，那武延秀撿起馬鞭，拍拍身上的塵土，笑了起來：「今天是崇簡的好日子，酒吃多了，難免有些燒心。不過我素來聽不得這些人說安樂的不是，掃了大家的興致，武某在此致歉了。」

李隆基上前，拍拍武延秀的肩示意無妨，笑對眾人道：「大熱天活動半晌，大家也都乏了，且都散了罷。只是……欠崇簡的生辰禮，一個個可別忘了！」

眾人這才敢笑出聲來，各自散了。薛至柔亦回家去，將此事說與了父母聽。除了驚詫於俊秀的武駙馬竟能一拳打掉兩顆牙外，薛訥夫婦亦沒多放心上。

哪知第二日一清早，薛至柔正用早飯，便聽父親傳話說，出了大事。昨日痛失門牙那傢伙乃是新羅大臣崔沔之子，今早被發現暴亡於房間內，房門上著鎖。仵作勘驗屍身，渾身上下唯有昨日武延秀給的那一拳，別無其它外傷。那新羅王的外甥朴太理不知該如何交代，情急之下將昨日武延秀打人之事告到了聖人處，堅稱崔沔之子是被武延秀打傷，回到房間後臟腑破裂而亡。

薛至柔聽得消息，粥飯也顧不得吃了，騎馬便往外跑。才入隆慶坊，就遇到了同樣駕車要出門的李隆基，薛至柔急道：「殿下，我方聽我阿爺說……」

「是啊，」李隆基亦十分焦急，打斷了薛至柔的話，「這男子之間你一拳、我一拳本不是什麼要緊事，哪知道那人昨日還蹦躂得歡，今朝竟死了。如今聖人大怒，直要廢了武駙馬交與大理寺問罪呢。」

「竟然這般嚴重？」薛至柔一驚，本想著武延秀是聖人愛女安樂公主的駙馬，應有網開一面，不想卻是懲治更嚴，「武駙馬人在何處？已經去大理寺了？」

「虢王一力作保，說是新羅人挑釁在先，且那一拳絕不當致死。眼下聖人給我們三日之期查明真相。本王有幾個考過明法科的友人略懂查案之事，本王正準備去尋他們……」

聽到這話，薛至柔忙道：「殿下別忙，至柔便會查案，殿下能否也帶我去看看？」

——北冥謎案（上）　完

高寶書版集團
gobooks.com.tw

DN 317
北冥謎案（上）

作　　者　滿碧喬
主　　編　林子鈺
責任編輯　高如玫
封面設計　張新御
內頁排版　賴姵均
企　　劃　何嘉雯
版　　權　張莎凌

發 行 人　朱凱蕾
出　　版　英屬維京群島商高寶國際有限公司台灣分公司
　　　　　GlobalGroupHoldings,Ltd.
地　　址　台北市內湖區洲子街88號3樓
網　　址　gobooks.com.tw
電　　話　(02)27992788
電　　郵　readers@gobooks.com.tw（讀者服務部）
傳　　真　出版部(02)27990909　行銷部(02)27993088
郵政劃撥　19394552
戶　　名　英屬維京群島商高寶國際有限公司台灣分公司
發　　行　英屬維京群島商高寶國際有限公司台灣分公司
法律顧問　永然聯合法律事務所
初版日期　2025年01月

國家圖書館出版品預行編目(CIP)資料

北冥謎案（上）/ 滿碧喬著. -- 初版. -- 臺北市：英屬維京群島商高寶國際有限公司台灣分公司, 2025.01
面;　公分.--

ISBN 978-626-402-165-4（上冊：平裝）. --
ISBN 978-626-402-166-1（下冊：平裝）. --
ISBN 978-626-402-167-8（全套：平裝）

857.7　　113020311

GOBOOKS
& SITAK
GROUP©